世界史を作ったライバルたち・上◆目次

LES GRANDS DUELS QUI ONT FAIT LE MONDE

世界史を作ったライバルたち 上

アレクシス・ブレゼ／
Alexis Brezet
ヴァンサン・トレモレ・ド・ヴィレール 編
Vincent Trémolet de Villers
神田順子／村上尚子／
Junko Kanda Naoko Murakami
田辺希久子／大久保美春 訳
Kikuko Tanabe Miharu Okubo

原書房

第8章　ヘンリー八世とトマス・モア　死にいたるまで忠実　215

第9章　スペインのフェリペ二世とイングランドのエリザベス一世　スペイン黄金時代の終焉　238

序文　栄光の夢

　太古より、世界は彼らのものであった。華々しい征服者たち、不治の病をわずらっていた王、教皇、皇帝、エジプトやイングランドの女王…本書に登場する彼らは宮廷生活を送り、群れなす廷臣、ほのめかしに満ちた提言をささやく顧問たちに囲まれ、波のようにうねる軍事パレードを閲兵したが、決定をくだすときに彼らのかたわらにあったのはたった一人の人物の影である。彼らの分身ともよべる宿敵の影だ。この宿敵も同じころ、顧問の進言に耳をかすふりをし、行進する兵士たちの歓呼にこたえ、佞臣《ねいしん》たちの冗談にほほえんでいた。宿敵同士の対決は、たえまがないだけに熾烈《しれつ》で、決闘の舞台が世界であるだけに過酷である。武器の選択肢が無限で、立会人が何百万人もいる決闘だ。「君主」は自分以外の人間をだれも評価しておらず、多くの場合、立ち向かう敵を自分の天下取りをはばむ最後の障害物とみなしている。それゆえに敵に一目置くとともに、同じ理由で憎む。

両者のいずれも、絶大な勢力を誇っている。彼らは「傑物《けつぶつ》」という絶滅危惧種の象徴である。彼らの面前では人々はひざまずいて視線を床に落とし、捕囚は頭《こうべ》をたれ、贈り物が山のように積み上げられる。彼らは、凡人には無縁の誘惑を経験する。強姦、殺人、略奪は彼らにとって赦《ゆる》されるべき小罪である。陽動作戦、隠し事、忘恩、残忍は枢要《すうよう》徳である。悪徳をすてさる権力者、敵を打ち負かす、というたくらみのみが彼らの精神の動きをつかさどり、決断へと導く。悪徳をすてさる権力者、心ならずも戦争をはじめて犠牲者のために祈りを捧げる指導者、聖人のような王者も奇跡的に存在するが、彼らの多くは称賛の美酒に酔う。彼らは誇らしげに帝国や教会、宗教、国家、人種、平等を象徴する軍服や祭服をまとうが、彼らはこうした価値の奉仕者ではなく、あくまでも支配者である。

彼らは偉大であるが、それでも人間であることには変わりなく、だれにも明かさない彼らの心の内によき種と悪しき種がともに芽吹いている。わたしたちがよき種と悪しき種を選《よ》り分けようとするのは無意味である。歴史研究者は道徳を論じる神学者ではないのだから。それどころか、善と悪がないまぜとなったこの明暗――多くの場合は悲劇的で、ときには英雄的な明暗である――こそが、本書が描く二〇の象徴的な決闘に深みをあたえているのだ。彼らの対立においては、一日で一人の人間の生涯が決まり、時として一人の人間の命運が何世紀もの歴史の流れを決めた。感情、偶然、幸運、勇気、巧妙が凝縮した彼らの決闘は、美術史、絵画、演劇、オペラ、小説に多くの題材を提供してきた。英《えい》雄譚《ゆうたん》に心を奪われた子どもたちは世界の果てまで駆けぬける自分を夢見たし、伝説は伝説を生み出した。アレクサンドロス大王はファラオになることを、カエサルはアレクサンドロス大王になることを、カール五世は第二のカール大帝になることを夢想した。ルイ一四世はルイ一四世であることに満足することになった。ナポレオンは破竹の勢いで、エジプト、イタリア、ドイツを征服することでファラオ、カエサル、カール大帝の後継者を自負することになる。

彼らの対決は、わたしたちの国境、宗教、伝統の趨勢《すうせい》を決めた。それは、征服のため、もしくは自衛のための戦いであった。彼らの多くは誇大妄想気味で、後世が自分をどのように評価するかをつねに気にかけていたが、国家、神、特別な土地、原理原則といった、自分たち個人を超越した価値のために闘うこともあった。エルサレムのキリストの墓、鉄のカーテンの向こうの自由な世界、イラクの民主主義といったすばらしい大義が、悲惨な結果をよぶこともあった。

時として生涯にわたって対決を続けたこれらライバルのうちの何組かは、一度も対面することがなかった。ダレイオス三世はアレクサンドロスと戦ったが、一騎打ちを避けて逃げた。ルイ一四世とオラニエ公ウィレムは親戚であったが、三〇年間にわたって敵対した。ただし、つねに物理的距離をおいての対峙であった。チャーチルとヒトラーの対面は想像することもできないが、二人は一九三二年にミュンヘンで出会う寸前のところまでいった。

互いに見知っているライバルもいた。トマス・モアとヘンリー八世は友人であった。フェリペ二世は若い頃にエリザベス一世と会っている。妻であったメアリ・テューダーの死後、いっときはエリザベスとの再婚も考えた。しかし、エリザベスは「わたしの体はか弱い女の体にすぎません。しかし、わたしには王の心と勇気があります」と述べていることでわかるように、妻の器《うつわ》におさまりきれない人物であった。画家オラース・ヴェルネと作家シャトーブリアンによる描写で有名な、ティルジットにおけるナポレオンとアレクサンドル一世の会見――シャトーブリアンは「世界の運命は、ネマン川の上に浮かんでゆれていた。のちに、ここで世界の運命が決着することになる」と書いた――は、歴史上比類なき頂上会談である［一八〇七年、ナポレオンとアレクサンドル一世は和約を結ぶためにネマン川に浮かべた筏《いかだ》の上で会見した］。筏の上のテント、河、口には出さぬがどちらも相手に感服している二人の皇帝。絵になる要素がこれだけそろうと、歴史家や小説家を触発しないではおかない。五〇年後のビスマルクとナポレオン三世の会見は、後世から同じような扱いを受けていない。どちらの会見も、その後の歴史の流れを決定した点では甲乙つけがたく重要であるにもかかわらず。

二〇世紀のイデオロギー戦争とアメリカ映画は人々の頭に、口元がだらしなく顔色が青白い「悪者」と、これとは対照的に、どのような状況でもすばらしいほほえみを浮かべている「正義の味方」のイメージを焼きつけてしまった。しかし、幸いなことに、歴史はディズニースタジオでつづられはしない。チャーチルとヒトラーの決闘と、それと比べるとスケールがおとるケネディとフルシチョフの決闘の場合、だれが「悪人」でだれが「正義の味方」かは容易に判断がつくが、大多数の決闘ではそれほど善悪がはっきりしておらず、わたしたちの判断はゆれ、迷いが生じる。ダレイオス三世はじつのところ、思われているほど卑怯《ひきょう》ではなく、彼の黒い伝説は、ブレンヌスが言ったとされる「征服された者に災いあれ！」のとおりに、敗者ゆえに実際以上に黒くぬりつぶされているのだ［ブレンヌスは、紀元前四世紀にローマを侵略したガリア人の首領］。オクタウィアヌスは正しかったが、クレオパトラがまちがっていたわけでもない。教皇グレゴリウス七世は戦争指導者としてもすぐれていたし、皇帝ハインリヒ四世が浅薄だったわけでもない。当事者たちも、こうした敵愾心《てきがいしん》と敬意があいなかばする思いを相手にいだいていた。伝説によると、アレクサンドロスはダレイオスをペルセポリスで丁重に埋葬させた。ナポレオンはロシア皇帝アレクサンドルについてラス・カーズに「アレクサンドルには才気があり、優雅で、教養もある。容易に人を魅了することができる人物だ。しかし、用心すべきだ。彼は誠実ではない。ローマ帝国後期のギリシア人そのものだ」と述べながらも、「もしわたしがここで死ぬとしたら、ヨーロッパにおけるわたしの真の後継者となるのは彼だ」と結んだ［ラス・カーズは流刑となったナポレオンに随行してセント・ヘレナ島で秘書として仕え、『セント・ヘレナ覚書』を口述筆記した］。そのいっぽう、敵であるヒトラーは「傑物《けつぶつ》」だろうか、とモントゴメリー元帥に問われたチャーチルはほんの少したためらったあとに「いいや…彼はあまりにも多くの誤りをおかした」と答えた。

ほんとうかどうかは定かではないがルイ一四世が言ったとされる「わたしは戦争を愛しすぎた」と、これまた真偽が定かでないナポレオンの冷笑的な言葉「パリの一夜がすべてを修復してくれる」［ナポレオン軍の辛勝で終わった一八〇七年のアイラウの戦いで自軍に多数の死傷者が出たことについて、このように述べた、とされる］により、偉大な人物は、わが子を喰《く》らうクロノス神のように自国民に死の犠牲を強いる、というイメージが定着している。しかしながら、争いなど少しも好きではないのに戦いに挑んだ者もいる（本書にも少なからず登場する）。小さなエルサレム王国の元首であったボードゥアン四世は、自分の最大の敵である病と闘った。スペインのフェリペ二世は、決定をくだす前に、心身が疲弊するまで神に祈った。一九〇六年に「政治は戦争とほぼ同じくらいに気分を高揚させてくれるうえ、同じように危険だ。戦争の場合、死ぬとしたら一回だけだが、政治では何度も死ぬ」と述べたチャーチルは、兵法に熱い関心をいだいていたものの、血なまぐさいことを好んでいたわけではない。ケネディは「知っていますか？　彼ら将校らは全員、わたしたちと比べてとてつもなく有利な立場にあるのです。彼らがまちがいをおかすと、彼らのまちがいを指摘するまえにわたしたちは消滅してしまうのだから」と心の内を打ち明けている。

　旧約聖書の伝道の書は「空《くう》の空《くう》なるかな、すべて空《くう》なり」と述べている。たしかにそうだろう。しかし、一度は味わってみなければ、こうした栄光——権力、財宝……——がすべて空《むな》しいと悟ることはできない。生涯闘ってからでないと、和約の喜びを味わうことができない。皇帝ハインリヒ四世の墓碑銘は「陛下は争乱の王国から平和の王国へ旅立たれた」であった。トマス・モアは自分の処刑を命じたヘンリー八世について「この哀れな世の悲惨からわたしを解放してくれる（国王）に感謝している」と述べた。カール五世は、一介の僧として修道院の狭い一室に引きこもるために政治的な死、社会的な死を選んだ。セント・ヘレナ島のナポレオンも、人間が物事の趨勢《すうせい》にあたえる影響がいかに微細であるかについて思索した。アレクサンドル一世についても、修道僧として生涯を終えたとの説がある。カルデロン［一七世紀スペインの劇作家］作『人生は夢』のなかで、一度は失墜して復権した王である主人公は次のように自問している。「人生とはなんだ？　一つの熱狂？／人生とはなんだ？　一つの幻想？　一つの影、一つの虚構。もっとも大きな幸福とて、些事《さじ》にすぎない／なぜなら人生は夢だから／そして夢はたんに夢にすぎない」。しかしながら、多くの人を殺し、世界地図を引きなおした夢もある。一面の廃墟、もしくは花開く文明をあとに残した夢だ。絵画集、歴史的建造物、伝説がいまでも語り継いでいる夢だ。こうした夢を、手練《てだ》れの語り手でもある著名な歴史研究者たちが叙述するのが本書である。夢にすぎないかもしれないが、歴史上もっとも長い夢ばかりである。

アレクシス・ブレゼ
ヴァンサン・トレモレ・ド・ヴィレール

第1章　アレクサンドロス大王とダレイオス　栄光と不名誉

マケドニアのアレクサンドロスとダレイオス三世の決闘はアケメネス朝ペルシア帝国の命運を定め、ユーラシア大陸の戦略地政学的核心の力学をくつがえした。二人の対決を決闘とよぶのはたんなるメタファーではない。二人は、敵味方が入り乱れる接近戦で実際に対決しているからだ。「諸王の王」とよばれ、史上初の広大な帝国を治め、絶大な権勢をふるう君主だったダレイオスは、目をみはるほどの軍事力を誇っていた。しかし、そんな彼の前に立ちはだかったのは、人類史上まれにみるすぐれた武将であった。アレクサンドロスは、軍人としての天性の資質ゆえに、ペルシア軍に有利だと思われた兵力の不均衡をくつがえし、優位に立つことになる。全面戦争の形をとったこの決闘は、初のペルシア帝国に悲劇的な崩壊をもたらし、オリエントと西洋の文明衝突の起源を語る神話と位置づけられることになる。壊滅戦略をともなう西洋勢力のとどめのない伸張のさきがけともよべる決闘だった。

クラウゼヴィッツは「(戦争は）規模を大きくした決闘以外のなにものでもない」と述べている。その逆も真であって、結局のところ決闘とは、もっとも単純な形に還元された戦争ではないだろうか。それもそのはず、戦争を意味するラテン語のbellumは決闘を意味するduellumから派生しており、どちらも敵を服従させて抵抗力を弱めること、場合によっては壊滅させることを目的としている。紀元前四世紀にダレイオスとアレクサンドロスが対峙《たいじ》した戦《いくさ》は、以上のすべてにあてはまる。両者が武器を手にしたまま、互いの息づかいが感じられるほどの近距離で直面したという場面が二回もあったという意味で決闘であったし、ユーラシア大陸の広範な地域の地政学的秩序をくつがえした大規模な戦争でもあった。とはいえ、決闘と戦争のあいだには基本的な違いがある。決闘には明確なルールがある。武器は同一である。いっぽうが剣を、もういっぽうがピストルを使う決闘は考えられないし、ピストルとリヴォルヴァーの組みあわせもありえない。また、決闘はあらかじめ決められた時間に、指定された場所で行なわれる。多くの場合、国法の埒外《らちがい》で行なわれる、儀式化された行為である。これに対して戦争では、敵味方が対等の条件で戦うことはまれである。戦争はまた、合法の暴力を独占し、何千人もの人間を合法的に死に追いやることができる国家による究極の国事行為である。戦争においては、戦闘がどこでいつ行なわれるのかがあらかじめわかっているのはまれであり、対決する両軍の兵力、戦略、戦術には差がある。その差は時として非常に大きい。

指揮官の目標はまさに、敵がもっとも不利な条件で闘うことになるよう仕向けることである。不意打ち、奸計《かんけい》、権謀術数、情報操作は戦争のイロハである。とはいえ、武将たち、とくに偉大な武将たちは多くの場合、こうありたいという自分のイメージをいだいており、そうしたイメージに適合する行動規範をもっている。ゆえにアレクサンドロスはペルシアと戦うにあたり、ときとして側近たちが勧める戦略ロジックを高潔でないとしてしりぞけ、自身の英雄的な戦争観に合致する戦術を選んだ。また、勝利が戦争の目的であるにしても、どんな犠牲をはらっても勝てばよい、というものではない。この点での反面教師は、紀元前三世紀にローマ軍と戦って勝ったものの、戦闘ごとに軍勢を減らして大きな犠牲をはらったピュロスである。

さらにいえば、戦争は多くの場合、文化環境とそこから生じたルールや慣習のしばりを受ける。たとえばダレイオスは、機動性が高いアレクサンドロス軍と戦うには、戦車を放棄するほうが有利であることは明白であったにもかかわらず、ペルシアの戦略文化を語るうえで欠かせない戦車に執着した。戦争のロジックは決闘につきものの決まり事やしきたりとは無縁であるものの、対等の立場で敵と対決することを――とくに雌雄を決する戦いにおいて――望むのは人間の常である。より頭脳的な戦略や戦術をとった者が勝つ、という形にしたいのだ。この意味で戦争は、たんなる「手段を変えた政治の延長」ではなく、相手より上に立ち、ひざまずかせ、完膚《かんぷ》なきまでにたたきのめしたいという強い思いの表われでもあるのだ。

アレクサンドロスはペルシア軍と戦うとき、自身で敵将に可能なかぎり迫ろうとした。敵軍の「頭」に相当する大将を倒すことで「体」を弱体化しようと望んだからであるが、彼はこの戦いを決闘ととらえていたからでもある。最高指揮官であっても最下級の歩兵と同様に危険にさらされる接近戦での対決であるから、まぎれもない決闘である。一七世紀もしくは一八世紀の戦争画と、アレクサンドロスとダレイオスの戦闘の一つを描いたポンペイの有名なモザイクを比べてみよう。前者では、たとえばテュレンヌ［一七世紀フランスの名将］やマールバラ［一八世紀イギリスの名将、チャーチルの先祖でもある］といった名将が馬上の人として前面に描かれており、その背後には火薬の煙や土ぼこりがただようなかで軍勢がはるか地平線まで展開している。絵の主人公である最高司令官は、高台から采配《さいはい》をふっているようだ。地平線のかなたにいる敵将はほぼ判別不能だ。これに対して、ポンペイで発見された有名なモザイクは、アレクサンドロスとダレイオスの両将が三メートルの距離をおいて見つめあっているようすを描いている。兵士と馬が錯綜する乱戦のなか、アレクサンドロスは馬に、ダレイオスは戦車に乗っている。両者ともかっと目を見開き、相手をはっしと睨《にら》んでいる。二人の顔からは、疲労、闘志、そして恐怖さえも読みとることができる。彼らは戦闘に参加しており、周囲の兵士たちと見分けることもむずかしいほどだ。ドラマティックなモザイク画である。[1] いまにも戦況が急展開し、両将の運命も定まるのだ、と感じさせる。それは、強国の名に値する史上初の強国が消滅しようとする瞬間でもあった。

アレクサンドロス大王と小ダレイオス

マケドニアとペルシアとの戦争史はほぼ排他的にアレクサンドロスを主人公に据《す》えてきた。アレクサンドロスは神のようにたてまつられているのに対して、彼の敵であり、主要な犠牲者でもあるダレイオス三世（ダレイオス・コドマンノスとよばれることもある）は、歴史の舞台にのぼった大役者の一人だというのに（歴史の大舞台にのぼった役者とよぶべきかもしれない）、これ以上ありえないくらいにみじめな扱いを受けることになる。アケメネス朝ペルシア最後の「諸王の王」に後世があたえた運命は忘却と無関心である。アレクサンドロスはダレイオス三世を打ち負かして葬ったが、ギリシア・ローマの歴史家たちは多分、アレクサンドロス以上に残酷に彼をたたいて葬りさった。それだけではない。もう一人のダレイオス、すなわち著名な先祖「ダレイオス大王[2]」の存在感が圧倒的であるだけに、ますます影が薄くなるという、さらなる屈辱をなめた。ダレイオス大王が礎《いしずえ》を固めたペルシア帝国の滅亡の責任を負わされたのがダレイオス三世なのだ。もしヴィクトル・ユーゴーがペルシアの作家であったとしたら、われらがダレイオスに「小物」というあだ名を進呈したことだろう。もう一人の君主、しかも同じように三世であったナポレオン（ルイ・ナポレオン）をこき下ろして「小ナポレオン」とよんだように。

　だが、ダレイオスには悲劇的ヒーローとしての要素がすべてそなわっている。オスマン帝国のバヤズィト［第四代皇帝、ティムールの捕囚として死んだ］やインカ皇帝アタワルパなどの、とうとつに失墜した君主のように、悲劇作者、小説家、歴史家にインスピレーションをあたえてもおかしくなかった。しかし、ごく少数の映画の断片――まっさきに頭に浮かぶのは、オリヴァー・ストーン監督の『アレキサンダー』（二〇〇四）である――をのぞき、ダレイオスが登場する文芸・芸術作品はまれであり、彼についてわたしたちが知っていることはほぼすべて、古代西洋の歴史家が残した短い描写を典拠としている（アケメネス朝ペルシア人は彼についてなんの証言も残していない）。しかも、こうした歴史家たちのよりどころは二次史料である。一世紀のローマの歴史家、クルティウス・ルフスは「ダレイオスは、生来おだやかで忍耐強かったが、権力の行使によって彼の性格は変化した」と簡潔に記している。二世紀のギリシア人歴史家であるアッリアノスは、ダレイオスに対してより厳しく、「軍事にかんしては、だれよりも弱く無能な人間であった。その他の分野における彼の行動は節度があって穏当であった」と述べている。

ギリシア・ローマ時代のその他の史料からは、自信たっぷりで、気持ちが浮つきがちで迷信深く、懐疑的な人物像が浮かび上がっている。多くの場合、ダレイオスは、西洋人の頭のなかに長年焼きつくことになるオリエントの専制君主の戯画的なイメージにぴったりと付合《ふごう》する人物として描かれている。すなわち、権威的で尊大、ずる賢く、悪辣《あくらつ》で、これがないと高尚な魂の持ち主とはみなすことが不可能なウィルトゥス（徳）を完全に欠いた人物である。ウィルトゥスとは、現代の西洋語では適切な訳語がない言葉であるが、偉大な指揮官と国家元首に必要なすぐれた資質をすべて合わせた品性を意味する。古代の歴史家たちにとって、このウィルトゥスを体現しているのがアレクサンドロスであった。要するに、ダレイオスは、アレクサンドロスとは正反対の人物、とみなされていた。アレクサンドロスは、自分に有利な状況を利用しようとせず、可能なかぎり公平に戦おうとしていたのに対して、ダレイオスはその逆で、アレクサンドロスが病気だと知るやいなや敵軍に襲いかかろうとした、と伝えられている。イラン人でさえもダレイオスを弱いくせに思い上がった人物とみなしているので、彼に対して西洋人より情け深いとはいえない。古代の史料は、圧倒的な軍事力を背景とするダレイオスに対して小規模の自軍に実力以上の力を発揮させねばならぬアレクサンドロス、という構図を描くことで、二人のあいだのコントラストをいっそう強めている。すくなくとも数量の上では優位に立っている敵を前にして、知将アレクサンドロスは頭脳によって優位に立つことになる…。これでおわかりだろう。これからはじまるのは、二つの軍隊の衝突というよりは、二人の人物の決闘である。

二人の戦いという性格を強調するためであるかのように、ダレイオスの母と妻と子どもたちがマケドニア軍の捕虜になったとき、この戦争の心理的な緊張は頂点に達する。このドラマティックな出来事――その責任はダレイオスにあった。自軍の優位を確信するあまり、アレクサンドロスとはじめて直接対決する戦場に家族をつれてきたのがまちがいだった――によって気弱になり、周章狼狽《しゅうしょうろうばい》したダレイオスは、家族の解放のための交渉に全エネルギーをつぎこんだがむだ骨に終わった。こうした貴重な人質を確保していれば、ダレイオスに神経戦を仕掛け、自分が決めた条件で戦闘にのぞむよう追いつめることができる、とアレクサンドロスが理解していたからだ。この罠に落ちたダレイオスには、アレクサンドロスと正面からぶつかって戦う以外の選択肢はなかった。直接対決を避け、守りに徹した戦略をとればアレクサンドロスを疲れさせ、ついには撤退させることができたかもしれないのだが。後年、ローマはまさにこうした戦略によって、ハンニバルの電光石火のごとき侵攻を止め、ついには敗退に追いこむことに成功している。

力関係の変化

古代史、すなわちギリシア人やローマ人が書いた歴史は、当時の現実とは少々ずれた戦略地政学的イメージをわたしたちにうえつけた。ペルシアに対するギリシアの連勝――マラトンの戦い（前四九〇）、サラミスの海戦（前四八〇）、プラタイアの戦い（前四七九）――だけでなく、ギリシア側の敗退――テルモピュライの戦い（前四八〇）、ギリシア人傭兵一万人余の脱出行（前四〇一）――でさえも、ギリシア人重装歩兵を傭兵としてかかえて圧倒的な強さを誇るペルシア軍に敢然《かんぜん》と挑み、挑むだけでなく勝つこともできる「凜々《りり》しく勇猛なギリシア」という印象をはぐくんでいる。以上の勝利がまぎれもない快挙であることは確かだが、現代の表現を使えばギリシアにとって「実存的脅威」であったこれらの戦いはペルシアにとっては広大な帝国の辺境におけるマイナーな戦闘にすぎなかった。このころのペルシアは前代未聞の広がりをもつ帝国であり、東はインダスにいたり、西はエジプトや今日のブルガリアにおよび、南のペルシアから北はサマルカンドとアラル海までを版図としていた。とはいえ、敗戦を生きのびることができた敗者が、敗北のインパクトを過小評価しがちなのは本当である。何世紀もあと、トゥール・ポワティエ間の戦い（七三二）でフランク王国に押し返されたアラブ人［ウマイヤ朝］は自分たちの敗北は重大ではないとみなしたし、オスマントルコもレパントの海戦（一五七一）で艦隊が壊滅したあとに同じような態度をとった。

ペルシアから見たギリシア民族とは、文明化された世界［ペルシア帝国］の西の国境周辺に住む一種の「野蛮人」であった。ギリシア世界を特徴づける都市国家間のライバル関係と諍《いさか》いはペルシアの介入を許した。ペルシアはギリシア都市間の戦争に容喙《ようかい》することをためらわず、あるときはアテナイを支援したかと思うと次にはスパルタ側にまわった。これこそ、ペロポネソス戦争のあいだにペルシアがとった行動である。[3] このように複雑で、しばしば緊密であった関係が二つの民族のあいだに存在した結果として、ギリシア人はペルシア文明に魅惑され、ペルシア軍を補佐する兵士としてさまざまな戦役（ギリシア・ペルシア間の戦争も例外ではない）に参加していた。これは、ときとして忘れられている事実である。ダレイオスとアレクサンドロスとの争いにおいても、ギリシア人傭兵がペルシア側について活躍していた。

とはいえ、クセルクセス一世によるアテナイの略奪（前四八〇）以来、ギリシア人は絶対的な力を誇る隣国ペルシアに強い怨念をいだいていた（なによりも許せなかったのは、パルテノン神殿の破壊であった）。アレクサンドロスの父であったマケドニア王ピリッポスは、小アジアを侵略するという自分の構想にギリシアの諸都市国家を引き入れるために、この怨念をうまく利用した。アレクサンドロス自身は、のちにステップの騎馬民族が中国文明に魅せられるように、すべての文明のなかでもっとも輝かしいペルシア文明の威光にひかれ、これをわがものにしたいという気持ちにかられた。そもそも、ペルシアの魅惑にうち勝つことなどできようか？　アケメネス朝ペルシアは、歴史上初の本格的な帝国であった。紀元前六世紀にキュロス二世［キュロス大王］が創建し、カンビュセス、ダレイオス一世［ダレイオス大王］、[4] クセルクセスといった優秀な後継者が発展と強化につとめた国家は、厚みのある政治的、経済的、社会的な空間を形成していた。ペルシア人は、メディア人やパルティア人などをふくむイラン語派民族の一角を占めていた（メディア人の王国はペルシア帝国に飲みこまれたが、パルティア人は後年、アレクサンドロスの帝国瓦解後にバラバラとなった領土をつなぎあわせて大国を形成し、ローマと敵対する）。ペルシア帝国は中央集権国家であったものの、ある程度の自治が認められていた約二〇の州からなる連邦制を基本としていた。行政組織の面でもインフラの面でも大いに先進的であったが、とくにすぐれていたのが道路システムであった。税制も効率的だったので、当時としてはもっとも規模の大きい陸軍と、なみはずれたとはよべないものの無視することができない艦隊からなる、手ごわい軍事力をそなえることができた。

クセルクセス暗殺（前四六五）後は、内紛と権力闘争が起こり、これによって帝国は弱体化したと推定することができる。すくなくとも、ギリシアやローマの歴史家の筆致はそのような印象をわたしたちにあたえる。しかし、アレクサンドロスの攻撃にそうは簡単に屈さなかったところをみると、ペルシアの統治構造は内紛に耐えられるほど強固であったと思われる。とにもかくにも、紀元前三三六年のダレイオス三世即位により、ペルシア臣民の士気は大いに高まり、帝国の安定性はましたようだ。だが、ダレイオスが権力を掌握したのと同じころ、マケドニア王ピリッポスが小アジアに侵攻するという計画を明らかにした。その後に息子アレクサンドロスがくわだてることになる征服の序幕であった。

二人の指導者、二つの軍隊

即位して新たな「諸王の王」となったときに四五歳であったダレイオス三世は、アルメニア州の総督をつとめたことがある、経験豊かな人物であった。即位前はアルタシャタとよばれていたダレイオスにお鉢がまわってきたのは、バゴアスという名の宦官《かんがん》によって前王二人があいついで毒殺されたためである。なお、バゴアスはダレイオスも同じ手法で物理的に排除しようと試みたが、ダレイオスは巧みに暗殺計画の裏をかいた。

ゆえに、アレクサンドロスは自分よりもずっと年かさの敵と相見《あいまみ》えようとしていた。そして、二人のどちらにも、同年代の人間が一般的にもっているとされる長所と短所があった。アレクサンドロスは血気さかんであり、これに対してダレイオスは慎重であった。前者は激しやすく傲岸《ごうがん》だが、後者はどちらかといえばためらいがちで優柔不断であった。戦闘においてアレクサンドロスはひと目で状況を把握し、起こる事態に電光石火のスピードで対応した。彼の決定は、たとえ非常にリスキーなものであっても、結果的にほぼすべて適切であった。ダレイオスは物事の組織と準備に熟達しており、力関係を鋭敏に見ぬくことができた。しかし、彼は一端《いったん》決めた計画にこだわりつづけ、戦闘の場で状況に応じて柔軟に対応するのは苦手だった。ダレイオスは打算的で、アレクサンドロスは情熱的だった。アレクサンドロスは想像力と活力にあふれ、対するダレイオスはかたくるしく、よそよそしかった。自軍の兵士たちといっしょに馬を駆って戦うアレクサンドロスは集団のなかに溶けこんでいるようだった。彼は将兵のあいだで絶大な人気を博していた。とくに初期には。敵味方《てきみかた》入り乱れる戦闘の中心から離れた地点で戦車の上から采配《さいはい》をふるダレイオスは、近づきがたいように思われた。筋骨隆々として、風に髪をなびかせたアレクサンドロスは生命力と健康に充ち満ちていた。上背《うわぜい》があって痩身《そうしん》、長い顎髭《あごひげ》をたくわえたダレイオスは畏敬の念をよびさました。アレクサンドロスからは生理学的な歓喜が途方もないほどあふれ出ており、ダレイオスは将棋をさすように戦争を指揮していた。

ダレイオスは、瓦解のさなかにある、とはいえないまでにも少し前から停滞気味の帝国を前王から引き継いだのに対して、アレクサンドロスは父の死後、超大国への道を歩んでいる国［マケドニア］の指導者となった。アレクサンドロスは、自分が標的と定めた敵よりも一世代以上若いとはいえ、ほんの数年間で個人としても政治家としても軍人としても豊かな経験を積んだ。自分にまかされた州の管理経営にもっぱら打ちこんできたダレイオスよりも多くのことを学ぶことができたのだ。哲学と軍事の厳格な教育――家庭教師をつとめたアリストテレスからはなかんずく、ペルシアへの憧れと恨みを吸収した――を受けたアレクサンドロスは、父が亡くなると自分の権力を固めるために断固たる措置をとることにした。潜在的なライバルを一人残らず物理的に排除し、その次にけたはずれのエネルギーを発揮して、ギリシア全体を自分の大義に同調させることに成功した。ペルシア遠征のためにダーダネルス海峡を越える以前には、執拗なゲリラを相手にバルカンで困難な戦いも経験している。

両者とも、なみはずれた軍事力を先代から受け継いでいた。ペルシア軍は、後年のカルタゴ軍と同様に、出身母胎もさまざまな戦闘員が結集したモザイクのような組織であり、それぞれがきわめて多様な戦略文化に固執していた。たとえば、歩兵戦の要員としてギリシア人重装歩兵もいれば、重装と軽装のすぐれた騎兵隊もあった。後者のうちには、その後の何世紀ものあいだ遊牧民が縦横無尽に跋扈《ばっこ》することになる中央アジアのステップの出身者もふくまれていた。帝国の各州はわりあてられた数の兵力を供給するとともに、戦費も分担した。帝国は広大であるうえ、人口も多く経済的にも豊かだったために、質量ともに刮目《かつもく》すべき軍隊を結集することができた。とはいえ、この軍事力にはいくつかの弱点があった。この手の軍隊の常であるが、ペルシア軍が有効に機能するかどうかは最高司令部の力量にかかっていた。くわえてこの軍隊は、事態が自分たちにとって有利に進まないとなると短時間のうちに戦闘手段を失う傾向にあった。アレクサンドロスの軍勢を迎え撃とうするころ、帝国がそれまでにいくつかの浮き沈みを経験したということもあり、ペルシア軍部隊は以前ほどには百戦錬磨ではなかった。もう一ついえば、黄金期を経験したすべての軍隊と同様に、ペルシア軍は時間とともに進化するのをおこたっており、その伝統的戦術のいくつかはマケドニア軍との大戦において致命的な欠陥を呈することになる。しかしながら、ペルシア軍の核を構成しているのは一万人のエリート軍団であった。だれかが斃《たお》れた場合はただちに補充されるのでつねに定員一万を維持するために不死隊とよばれる精鋭部隊であり、そのうちの一〇〇〇人は「諸王の王」の身辺警護隊に所属していた。古代ペルシアから近代イランにいたるまで、さまざまな形態で一九七九年のイラン革命まで続いた不死隊は、軍全体を統率、管理するうえで必要な安定性を担保していた。

　アケメネス朝の軍隊が紀元前四世紀初頭の兵法の最高峰をきわめていたとしたら、マケドニア軍は戦略の常識を覆《くつがえ》しつつあった。この戦略革命を推進したのはマケドニア王ピリッポスであり、息子のアレクサンドロスはその成果を享受することができた。ピリッポスは戦略のすべてのレベル（大戦略、小戦略、戦術、技術、兵站）で改革を断行した。まずは、弱小であったマケドニア王国に軍事優先の方針を導入することで、自分の野心に見あったインフラと強力な軍隊を創りあげた[5]。次に、ギリシアの諸都市国家に向けて説得、抑止、強制を組みあわせた戦略を展開することで、ギリシア国境を越えて遠征するために必要な戦略地政学的基盤を確立した。こうした事業はピリッポスの死によっていったんは中断されたが、息子のアレクサンドロスはみずからの権力を固めるやいなや、これを再開して見事な手腕を発揮した。なによりも大きかったのは、ピリッポスが技術面および戦術面で自軍にもたらした変更であり、その効果は指数関数的に増大した。兵站の面では、後世にナポレオンも実行するように、現地での調達を推奨し、ついには補給品管理部隊の同行も禁止し、兵士たちは背嚢《はいのう》に三〇日分の食料をつめて移動することになった。家族の帯同も禁止され、各騎兵がつれていくことができる従僕は一人だけ、歩兵の場合は一〇人につき従僕一名と決められた。その結果、ピリッポスの軍は前代未聞の速さで移動するようになり、迎え撃つ準備ができていない敵を急襲することができた。

戦術および技術面でピリッポスがもたらした主要な革新は、ギリシアの歩兵の基本的な武器である槍を長くしたことである。伝統的な槍は長さ約二メートル半で、重さは二キロ以下であった。ピリッポスが採用した長槍「サリッサ」は長さ六メートルで、重さは七キロだった。以降、マケドニアの歩兵は小さな盾を腕にかけ、両手でサリッサをにぎることになる。陣形も縦深に改良され、歩兵たちは敵の攻撃への対応力を増した。短い槍で武装した伝統的な重装歩兵が列を乱しがちだったのに対して、兵士と兵士の間隔も見なおされたために方陣がくずれる危険は減り、一糸乱れず移動できるようになった。その結果、マケドニア式ファランクス（密集陣形）は、これまでのファランクスと比べて防御と前進の能力が向上した。重装歩兵同士の相乗効果と、陣形の安定により、ファランクスは状況に応じて向きを自在に転じることが可能となり、最高指揮官と将軍たちは戦術を迅速に変えることができるようになった。マケドニア式ファランクスがマケドニア軍の要《かなめ》であったとしたら、重装騎兵は不意打ちを得意とした。アレクサンドロスに忠誠をつくすエリート貴族（王の友、仲間を意味するへタイロイという名でよばれていた）で構成されていたマケドニア騎兵隊の先頭に立つのは若き君主その人であった。騎兵隊は、戦闘の方向を変えるのに適した条件をファランクスが整えた後、勝負の決め手となる攻撃に出た。敵をうるさく責め立て、ファランクスとヘタイロイが活躍する下地を整えるのは、投石兵、槍投兵（投槍はミズキ製できわめて高品質であった）、弓兵、軽騎兵からなる補助部隊の役目だった。ファランクスの脇にひかえているのは、ヒュパスピスタイ（盾もち兵）[6]で構成された伝統的な軽装歩兵部隊であり、騎兵隊による攻撃につきそうのが通例であった。当時はあたりまえとされた戦法とは逆に、マケドニアの騎兵隊は、敵の歩兵部隊の横や後ろにまわってその動きを乱そうとするのではなく、正面から攻撃をかけた。ギリシアの都市国家は、自分たちの軍隊とは異なり、領土を守って国家組織を保持するためではなく敵を壊滅させるために構想されたマケドニア軍を押し返すことはできなかった。

マケドニアのピリッポスは、若いころに捕虜としてテーバイにとどめ置かれた経験があり、このときにテーバイが誇るもっとも偉大な知将エパメイノンダスの兵法を学ぶことができた。エパメイノンダスが考案した「斜線陣」は当時、ちょっとした革命であった。[7]アレクサンドロスも父に倣《なら》い、エパメイノンダスの教えを適用して赫々《かっかく》たる成果をあげた。ゆえに、ペルシア軍が直面することになったのは、これまでとはまったく異なる軍隊、自分たちにはなじみのない新しい技術や戦術であった。くわえて、これまでペルシアはつねに攻め入るほうであり、ギリシア人に対する防衛戦の経験は一度もなかった。しかし、クセノポンが自著『アナバシス』で語った経験（ギリシア人傭兵としてのペルシア中央へ遠征したのち、仲間一万人とともにギリシアへの帰還をめざした苦難の旅）により、ギリシア兵士は敵対的な異国という環境のなかでも生きのびる力をもっていることは証明ずみであった。[8] アリストテレスがクセノポンを尊敬していたことは知られている。このアリストテレスは、ギリシア人に強い感銘をあたえた『アナバシス』から引き出すことができる教訓を教え子のアレクサンドロスに伝えたことは想像に難《かた》くない。クセノポンは、アケメネス朝ペルシア建国の父であるキュロス大王の生涯を描いた『キュロスの教育』の著者でもあり、このなかでキュロスを偉大な君主の手本として描いている。アレクサンドロスは、この本を読むことでペルシアに魅せられ、ペルシア帝国の果てまでの遠征に身も心も捧げつくすことになったのかもしれない。

距離をおいての決闘――グラニコス川の戦い

自分の優位を信じて疑わないダレイオスは、マケドニア軍がペルシア帝国の辺境に迫っていると聞いてもたいして心配しなかった。この軍隊を率いているのが自分よりも二五歳も年下の若者だと知ると確信した。草深い僻地《へきち》から出てきたこの田舎貴族は、余《よ》が派遣する最初の部隊にいやおうなしに阻止され、来た道を引き返すことになろう、と。あまりにもばかばかしく、自分が出陣するまでもないと判断した。キュロス大王とダレイオス大王の誇り高き後継者、知られているなかでももっとも広大な帝国を治める「諸王の王」がわざわざ出向く？　そんな名誉を、ペルシア軍の十分の一という軍勢を率いる青二才にあたえられるわけがない！

小説仕立てのアレクサンドロス伝『アレクサンドロス大王物語』（一世紀）の名前不詳の著者（伝

カリステネス）は、アレクサンドロスに送ったとされる以下のメッセージを通じて、ダレイオスの尊大ぶりをあますことなく伝えている。「諸王の王、神の血筋を引き、ミトラ（盟約の神）の玉座を共有し、太陽とともに起床し、自身が神である余《よ》、ダレイオスより、僕《しもべ》であるアレクサンドロスへ。余は汝《なんじ》に厳命する。余の奴隷である汝の親のもとに戻り、汝の母であるオリュンピアスの胸に抱かれて休息をとれ、と。なぜなら、汝はまだ、教師と乳母を必要とする年齢の子どもだからだ。余はそこで、一本の鞭《むち》と一個のボールと黄金を汝に遣《つか》わす。好きなものを選ぶがよい！　鞭を遣わすのは、汝には躾《しつけ》が必要だからだ。ボールを遣わすのは、これほど多くの若者を軍隊に動員するという汝の年齢を考えると思い上がりもはなはだしいことをくわだて、首謀者として諸都市に騒擾《そうじょう》をもたらすかわりに、汝が友人らと遊ぶためだ。いずれにせよ、地上の人間がすべて結束したところで、ペルシアの民を打ち負かすことはできないからだ。余の兵士の数はかぎりなく、砂粒を数えたところで、余の兵士の数には達さないだろう。われわれは、この世のすべての平原をおおうことができるほど大量の金と銀を所有している。ゆえに、余は汝に黄金で満たされた小箱を遣わす。部下たちを養うことができずに途方にくれているとしたら、帰郷の路銀として黄金を彼らに分配するがよい」

両軍の初の対決は、マケドニア軍がヘレスポントス［ダーダネルス海峡］を渡ったすぐ後に起きた（前三三四）。戦場（トルコのチャナッカレ県、現在のビガ川の近く）を流れる川の名前からグラニコス川の戦いとよばれる合戦はダレイオスにとって遠隔決闘であった。周知のとおり、彼はその場にいなかったからである。この決闘はあと少しのところで、おそらくは不可逆的に、ダレイオスが予測したとおりに片がつく可能性があった。アレクサンドロスは間一髪のところで命びろいをしたからだ。

しかし、アレクサンドロスはほんとうに神々の加護を受けていたのかもしれない…。

　アレクサンドロスは側近の慎重な助言をしりぞけ、戦場に着くやいなや攻勢をかけることでロドスのメムノン[9]が率いるペルシア軍を攻撃する、と決めた。敵軍は川の向こう側に陣どっていたので、この決定は危険だと思われたし、実際のところ危険であった。しかしながら、ペルシア軍は事実として地の利を得ていたのに、これを生かさず、その布陣には欠陥があった。むずかしい作戦であったが、アレクサンドロスはまずは騎兵隊を、次に歩兵隊を向こう岸に渡らせることに成功し、敵軍の最高司令官が陣どるペルシア軍左翼へとみずから進んでいった。そのとき、ペルシア軍の司令官の一人、ロイサケスがアレクサンドロスの頭部に刀をふり下ろした。兜《かぶと》は地面に転がり落ちたが、アレクサンドロスが受けた傷はたいしたことがなかった。しかし、次の瞬間にスピトリダテスという名の別の司令官が姿を現し、アレクサンドロスの顔めがけて刀をふりあげた。今度こそ絶体絶命であった。刀がふり下ろされる寸前に、アレクサンドロスの側近の一人であるクレイトスがかけよってスピトリダテスの腕を切り落としたおかげで、刃《やいば》は逸《で》れてアレクサンドロスの頭部はぶじであった[10]。アレクサンドロスは九死に一生を得たというのに動揺もみせず、攻撃を続け、短時間のうちにペルシア軍は包囲されてしまった。

　この最初の戦闘はほんとうの意味での決闘ではなかったが、攻撃側の勝利に終わった。しかし、アレクサンドロス側の兵力が四万人であったのに対してペルシア側はおそらく一五〇〇〇人（そのうち五〇〇〇人がギリシア人傭兵）だったと思われるので、攻撃に対抗するのに十分な戦力を投入しなかったためだ、とダレイオスは考えることができた。そう侮《あなど》ってはならないと気づいたダレイオスは、ことの重要性に見あった軍勢を整えることに努め、みずからが指揮をとる、と決めた。

はじめての顔あわせ――イッソスの戦い

ダレイオスとの直接対決を待つあいだ、アレクサンドロスは今回の勝利の勢いを駆って、地中海沿岸の南へと自軍を進めた。ペルシアの強力な艦隊を無力化するためである。この目的を達成するため――敵と抵抗できるほどの海軍を自身はもっていなかったこともあり――、ハリカルナッソス、ティール［ティルス］、ガザといったペルシアが支配する戦略的に重要な港町に対して一連の攻囲戦を仕掛けた。ティールとガザを奪取したのは、イッソスにおける二回目のペルシア軍との対戦、すなわちダレイオスとの直接対決のあとである（前三三三年一一月）。会戦もゲリラ戦も得意とするマケドニア軍は、攻囲戦の強者《つわもの》としても通っていた。この方面での経験は、ギリシアの都市国家との戦いでたっぷりつんでいたからだ。

ダレイオスは大規模な軍勢を整え、アレクサンドロスが二度と自分に立ち向かうことがないようにたたきつぶすことを欲していた。そのアレクサンドロスはウィルス性の病に倒れてキリキアから動けず、ひたすら快方を待っていた。これを知ったダレイオスは、無力となったアレクサンドロスを襲おうと自軍をさしむけたが、機動性におとる彼の部隊は進軍のスピードが遅く、ユーフラテス川を越えるのに五日もかかった。ちょうどそのころ、アレクサンドロスは健康をとりもどし、進軍をはじめた。二人の対決場所となったのはイッソスだ。アレクサンドロスはここの山間の隘路に野営地をかまえた。早く勝負をつけようと急ぐダレイオスは――休戦期である冬が近づいていたので、出身地である遠い州に兵士たちをいったん返して春になってよびもどすのはごめんだった――、自分にとって地形が不利であったにもかかわらず敵と対決しようと決心した。

アレクサンドロスが率いる四万人の兵士は、ペルシアと同盟国の一五万の兵士と向かいあった。ピナルスという名の川が両軍をへだてていた。戦闘の鍵をにぎるとみなすマケドニア式ファランクスをくずすため、ダレイオスは自軍の騎兵隊をさしむけることを予定していた。敵の左翼を後退させ、中央部隊であるファランクスを横と後ろから攻撃することを狙っていた。合戦の場に立ったアレクサンドロスは、たちまち敵の戦略を理解し、これに合わせて自軍の陣容を整えた。自分の右腕であるパルメニオンの能力を信じ、彼が守る左翼ならペルシア軍の攻撃を押し返せるだろうと読んだアレクサンドロスは、敵と同じ戦略を選択した。ダレイオスがマケドニア式ファランクスへの攻撃を考えていたように、アレクサンドロスもペルシア軍布陣の中央に配されたギリシア人傭兵の歩兵部隊を打ち負かすことを目標とした。戦闘がはじまる前にアレクサンドロスは将兵たちに向けて演説を行なった。クルティウス・ルフスの『アレクサンドロス大王伝』によると、アレクサンドロスは兵士たちに、ギリシアの地がペルシア兵に蹂躙《じゅうりん》されたこと、ダレイオス［一世］、そしてクセルクセスがいかに無礼であったかを思い出せ、と述べた。彼らがギリシア人に水や土地を献上せよと求めたことを。敗者となったギリシア人が自分たちの水源で渇きを癒やし、自分たちの慣習にしたがって食物を得ることを許さぬためだ。アレクサンドロスは、彼ら［ペルシア］は二度にわたりギリシアの神殿を破壊し、焼きはらい、ギリシアの都市を襲い、神々と人間の正義の原則をすべてふみにじった、と強調した［ダレイオス一世はギリシア遠征を行ない、諸ポリスに水と土地を献上するよう要求した。クセルクセスも大規模なギリシア遠征を行なった」。

グラニコス川の戦いにおけるのと同様に、戦闘がはじまるやいなやアレクサンドロスは忠実なヘタイロイたちとテッサリア騎兵をひきつれて敵軍の左翼に襲いかかった。そこから遠くないところで、ダレイオスは戦車の上から部下たちを見下ろしていた。同じころ、ペルシアの騎兵部隊がパルメニオンに襲いかかり、パルメニオンはこの攻撃を押し返すのに苦戦した。一方、ヘタイロイの急な動きに驚いたファランクスは、隊列をくずしてふたたび陣形を整えることもかなわず、やがてばらばらとなり、敵の攻撃にさらされた。この危機的な瞬間を迎え、マケドニア軍は戦意を喪失するかと思われた。しかし、ファランクスの歩兵たちは接近戦で、ペルシア軍のギリシア人傭兵たちを相手によくもちこたえた。彼らの戦法を知りつくしていたし、自分たちより弱いとわかっていたからだ。同じころ、ペルシアの騎兵隊が後退しはじめ、アレクサンドロスはダレイオスに近づいた。戦車に乗ったダレイオスはにっちもさっちも行かぬ状態にあった。戦車を牽《ひ》いていた馬が槍の攻撃で倒れたために、前進も後退もかなわなかった。弟のオクサトレスがほかの将兵とともに果敢に兄王を守っていた。だが、アレクサンドロスは足を負傷していたにもかかわらず、じりじりとダレイオスに近づき、あと数メートルのところまで迫った。宿敵同士ははじめて見つめあった。はじめての印象はどのようなものだったのだろう？　事態は刻々と変化しており、二人には自分たちの心を探る余裕などなかった。なかば破壊された戦車の上でバランスをくずしたダレイオスは、アレクサンドロスが自分に襲いかかろうとするとき、一頭の馬に飛びのった。間一髪で、ダレイオスは虎口《ここう》をのがれた。自分がだれだかわかってしまうような印のたぐいはすべてすてさって。王が逃走すると、ペルシア軍は自壊した。パニックのなかで多数の兵士が命を落とした。二万人のギリシア人傭兵、そしておそらくは一〇万人にのぼるペルシア人兵士が殺された。

勝負の終わり――ガウガメラの戦い

イッソスでペルシア軍は壊滅した。そしてダレイオスの命運は定まったかと思われた。戦いの直後に、ダレイオスの家族はアレクサンドロスの捕虜となった。これにより、ダレイオスとアレクサンドロスのあいだに外交のかけひきがはじまった。ほぼ二年のあいだ、前者は後者に領土や金銭の提供を申し出た。アレクサンドロスは聞く耳をもたなかった。彼の望みはただ一つ、ペルシア帝国征服の完遂であった。アレクサンドロスが戦勝の成果を着々と固めているあいだ、ダレイオスは絶望に駆られた。しかし、茫然自失はやがて執拗な復讐心に置き換えられ、これがダレイオスのエネルギーを倍加したようだ。イッソスで莫大な数の将兵を失ったにもかかわらずダレイオスは前回以上に大規模な軍勢を招集することに成功した。これにはアレクサンドロスも意表をつかれた。クルティウス・ルフスは次のように記している。「何千もの兵士を失ったダレイオスが、どうやら以前よりも兵員を増強したらしい、と知らされたアレクサンドロスは、にわかに信じることができなかった」。ダレイオスには軍備につぎこめる力量と資金があったのだ。彼は、槍や鉄棒つきの特別な戦車、そしてなによりも大鎌が輪心からつき出ている戦車の建造に力を入れた。また、重装歩兵には、サリッサからヒントを得た長槍をもたせた。今回、ダレイオスはみずから戦闘の舞台を選んだ。騎兵隊や自慢の大鎌つき戦車が実力を十分に発揮できる大平原である。最後の外交交渉を試みたダレイオスに対して、アレクサンドロスは「戦《いくさ》が、両国それぞれの国境を定めるであろう。われわれのどちらも、近日中に運命が分けあたえるものを受けとるであろう」と返答した。

決戦、すなわちアケメネス朝ペルシアの栄光ある歴史に終止符を打ち、アレクサンドロスを軍神の位に引き上げることになる戦いの舞台と決まったのは、ガウガメラ——アルビールとモースルの中間に位置する——であった。今回、ダレイオスはすべての点で切り札をにぎっていた。イッソスのときと比べても兵員はさらに増強され（二五万人）、しかもその大多数は騎兵であった。アレクサンドロスの戦力は四七〇〇〇人（そのうち騎兵は七〇〇〇人）であったから、数の上では圧倒的に優勢であった。さらに、今回の戦場は理論的にはダレイオスにとって有利であったうえ、大鎌つき戦車という秘密兵器もあった。そのうえ、戦闘用の象も何頭か用意した。マケドニア軍の騎兵隊の動きを封じる対策も怠らず、地面に鉄の杭《くい》を打ちこんだ。

自分たちの目の前に勢ぞろいした膨大な数の敵兵をみて、マケドニア兵たちは不安に襲われた。雲霞《うんか》のごとく結集した兵士、馬、象、兵器が広大なガウガメラの平原をおおいつくしている様《さま》はアレクサンドロスにも衝撃をあたえ、彼の士気も一瞬ぐらついたようだった。今回ばかりは、彼も自分の戦力を過大評価してしまったのだろうか？　心配になったパルメニオンは夜襲をかけることを提案した。しかしアレクサンドロスは一蹴《いっしゅう》した。そのような卑怯な手は自分にふさわしくないと思ったからだ。戦闘前夜、アレクサンドロスは始終、これ以上ありえないほど神経をたかぶらせていた。彼はなかなか就寝しようとせず、自分が考えた戦闘プランを反芻《はんすう》していたが、やがて昏睡に近い状態に陥《おちい》り、部下たちが起こそうとしてもなかなか目を覚まさなかった。しかし、いったん覚醒すると、この昏睡のおかげか、元気になったようだった。

今回、ダレイオスの計画の柱は、敵を包囲する作戦であった。ペルシア軍の布陣を見たアレクサンドロスは、ただちに敵の意図を理解した。そこで、エパメイノンダスの斜線陣にならい、左翼と右翼を折り曲げるように自軍を配置した。彼が率《い》いるヘタイロイ（重装騎兵）は右側の角に置かれた。一方のダレイオスは、二つの軍勢の優劣の差を見て意気軒昂《いきけんこう》となった。何万もの騎馬兵、殺傷能力が高い大鎌が陽を浴びてきらめく戦車、攻撃性を高めるためにアルコールをたっぷりあたえた象が居ならぶ自軍と比べると、敵軍は貧弱そのものであった。自分の勝利を確信していたダレイオスは、敵軍が斜線陣を敷いたのを見ても自軍の布陣を変えなかった。彼もこの戦いが重要な意味をもっていることは承知していた。自分の将兵たちに次のように語ったといわれる。「われわれが戦わねばならないのは栄光のためではなく、われわれの命のため、そして命よりも貴重な自由のためだ。今日という日は、史上最強の帝国が盤石となる、もしくは最後を迎えることになろう」

戦闘は今回もまたあっというまにはじまった。マケドニア軍は地面に打ちこまれた鉄棒を事前にとりのぞいたうえ、大鎌つき戦車を無力にするための無敵の作戦を考えついて実行した。すなわち、ファランクスの重装兵士たちはサリッサで馬の脇腹をついて倒し、戦車の兵士に後ろから襲いかかることに成功した。象による攻撃は期待されていた効果をあげなかった。予定どおりにアレクサンドロスはヘタイロイと攻撃に出たが、今回は斜線陣のおかげでファランクスは列を乱すことがなかった。ダレイオスは、騎兵たちを敵陣の背後にまわりこませようと、斜線となったマケドニア軍の左翼と右翼に走らせた。その結果、ダレイオスがいたペルシア軍左翼にすきまが空いてしまった。アレクサンドロスとヘタイロイはこの間隙になだれこんだ。これは、戦闘の帰結にとって決定的な瞬間だった。アレクサンドロスは一瞬にしてペルシア軍を二つに分断した。突然、アレクサンドロスは戦車上のダレイオスの姿をみとめた。諸王の王はイッソスのときと同様に、死骸、兵士、馬がひしめくただなかで、動きがとれなくなってしまった。アレクサンドロスは数メートル先にいて、いまにも自分に飛びかかろうとしている。そのとき、きわめて重要なメッセージを託された伝令が現れ、アレクサンドロスの動きを止めた。マケドニア軍の左翼でパルメニオンが敵の攻撃に押しつぶされる危機を迎えている、とのことだった。アレクサンドロスは迷った。どうしても討ちとりたいダレイオスは自分の目の前にいる。しかし、彼の指揮官としてのすぐれた判断力がまさった。自軍崩壊のリスクをとるのではなく、半回転してヘタイロイたちをひきつれてパルメニオンの支援に向かった。戦車の上でじたばたするダレイオスをあとに残して。

　左翼に駆けつけたアレクサンドロスは敵の攻撃を押し返し、彼の戦法は敵を潰走《かいそう》に追いこんだ。このままでは自分を窒息させるのは必至《ひっし》と思われた重圧を突然とかれたダレイオスは、その場を脱出して逃走した。イッソスのときとほぼ同じ状況であった。しかし、今回ばかりは不死鳥が灰からよみがえることはなかった。その後まもなく将軍の一人に裏切られ、家族と再会できないままに暗殺されたのだ[11]。ダレイオスとともにアケメネス朝は滅びた。アレクサンドロスはペルシア帝国を手中《しゅちゅう》におさめたが、帝国の組織に変更はくわえなかった。彼の遠征熱は冷めずに進軍を続けたが、インドまで達したところで側近たちの説得を入れて引き返すことにした。前三二三年に亡くなったとき、アレクサンドロスは、三二歳であった（同じ年齢のころ、ダレイオスはまだ王ではなかった）。なお、アレクサンドロスは、ダレイオスをしとめるチャンスを自分から奪ったパルメニオンを決して許さなかった。[12]

アレクサンドロスがうちたてた広大だが脆弱な帝国は、彼の死後まもなくばらばらとなった。[13]ペルシア帝国がサーサーン朝の始祖によって三世紀に再興されたとき、栄光ある先人として引きあいに出されたのはキュロス大王、ダレイオス大王そしてクセルクセス一世であった。当然のことながら、第一次ペルシア帝国のあっけない崩壊の象徴であるダレイオス三世は唾棄《だき》すべき人物とされた。ダレイオス三世の宿敵も同様の扱いを受け、現代のイラン人にとっても「忌々《いまいま》しいアレクサンドロス」のままである。

しかしながら、ダレイオスにも功績を認めるべきである。第一、だれがアレクサンドロスを止めることができただろう？　ダレイオスという、戦いをいとわず、きわめて計画的な敵がいなかったら、アレクサンドロスとて栄光の頂点をきわめることはなかったろう。ダレイオスが侵略者を押し返して自分の帝国を救おうとして必死になって奮闘しなかったら、アレクサンドロスは、もっとも華々しい名将、人類の歴史に足跡をきざんだ傑物として輝きを放つことはなかったろう。だが、決闘が勝者にとって至高の行為だとしたら、敗者にとっては悲劇である。アレクサンドロスとダレイオスの対決の数十年前（紀元前三九〇）、おぞましいローマ略奪のさいにガリア人を率いてローマを荒らしまわったブレンヌスが言ったとされる「征服された者に災いあれ!」以上に、敗北の悲運にみまわれた者の痛々しい運命をみごとに言いあてる言葉はない。

アルノー・ブラン

原注

1　このモザイクが、両者の明暗を分けたガウガメラの戦い、もしくはそれより前のイッソスの戦いの一場面を描いていることは確かである。どちらの戦闘でも、ほぼ同じ対決シーンがみられたからだ。ただし、戦いの規模と重要性を根拠に、ここで描かれているのはガウガメラの戦いの場面ではないかと推定することができる。

2　紀元前五五〇年生まれのダレイオス大王(在位前五二二—四八六)は、征服と帝国統治機構組織の両面で初代国王キュロスと第二代国王カンビュセスの事業をおしすすめた。アケメネス朝ペルシアの国境をインダスとトラキアまで広げ、都ペルセポリスを築き、スサに宮殿を建設した。麾下《きか》の将軍たちがマラトンの戦いでアテナイ・プラタイア連合軍に敗北したことは、ペルシアにとってたいして意味のない出来事にすぎなかった。ダレイオス大王は自身が指揮をとってのギリシア遠征を準備していたが、実行する前に亡くなった。ダレイオス大王の子孫であるダレイオス二世が、ダレイオス三世の曾祖父であったと考えられている。

3　この苛烈な紛争（前四三一—四〇四）ではアテナイとスパルタが対立し、ペルシアの支援を受けたスパルタの勝利で終わる。この戦争に将軍として参加した歴史家トゥキディデスが残した記録は、戦記の傑作とみなされている。

4　カンビュセスは、紀元前五三〇年に父キュロスの後継者となり、八年間にわたって帝国を治め、この間にエジプトを征服した。紀元前五一八年に生まれたクセルクセスはダレイオス大王の息子であり、母方の祖父はキュロス大王であった。父の死後に玉座につき、前四六五年まで約二〇年間、帝国を統治した。父親にならって西部前線での戦いをおしすすめ、一連の華々しい勝利をおさめたが、サラミスの海戦で頓挫した。その後、プラタイアで自軍がふたたび敗れると、ペルセポリスとスサの都の大規模な整備計画にエネルギーをそそぐことにした。側近のアルタバノスに暗殺された。

5　紀元前三五九年にピリッポス二世が王座につく以前、マケドニアは二級国家であり、ほかのギリシア人たちはマケドニアの住民はなかば野蛮人だとみなしていた。戦略地政学的条件のために外部からの侵略に弱く、それまでの君主はだれ一人、マケドニアをギリシアの強大国の地位に引き揚げることができなかった。ピリッポスがはじめた行政、経済、軍事の改革により、マケドニアはまず外部からの脅威を押しとどめ、次にテーバイやアテナイの勢力に対抗し、ついにはギリシア世界全体の盟主となった。

6　ヒュパスピスタイは、エリート歩兵部隊を構成していた。彼らの伝統的な装備は大きな丸い盾、いずれも短い槍と剣であった。彼らは、身体能力（力、速度、耐久力の総合能力）を基準に選抜された。彼らの敏捷な動きは、ファランクスの動きの相対的な鈍さをおぎなった。

7　テーバイがスパルタと対決したレウクトラの戦いにおいてエパメイノンダスは、スパルタ軍の右翼に配置されたエリート部隊に直面するように、ほぼすべてのテーバイ部隊を何列もの厚みのある陣形を組むように左翼に結集させた。手薄となったテーバイ軍の右翼に対しては、敵が突撃しても応戦せずに後退するようにあらかじめ命じていた。このため、戦闘がはじまると、テーバイ軍の全体としての陣形は左翼を頂点として斜線を描いた。この戦術により、エパメイノンダスはおそるべきスパルタ軍に対して大勝利をおさめた。一八世紀、フリードリヒ大王はこの戦術を復活させる。

8　兄であるアルタクセルクセス二世を武力で倒して「諸王の王」の座につこうと考えたペルシアの小キュロスは、一万人のギリシア人傭兵を雇い入れた。バビロンから一〇〇キロ以内にあるクナクサで小キュロスの軍勢は兄の軍勢に対して優位に戦いを進めた（前四〇一）。しかし、キュロスが戦死したために最終的に勝利したのはアルタクセルクセスであった。クレアルコスをはじめとする傭兵団指揮官が勝者によって斬首されたので、無名の士官であったクセノポンが同胞らを故郷までつれて帰る責務を担うことになる。

9　ダレイオスに仕えていたギリシア人傭兵。アレクサンドロスの侵攻がはじまったとき、ダレイオスからペルシア軍の指揮をまかされた。グラニコス川の戦いの翌年、熱病で死ぬ。

10　以上は、古代の歴史家たちが記したアレクサンドロスにかんする史料のなかで、もっとも信頼がおけるとされるアッリアノス著『アレクサンドロス東征記』による。プルタルコスによるヴァージョンでは、ロイサケスとスピトリダテスの役割が入れ替わっている。

11　ダレイオスの死の状況にかんしては諸説ある。アレクサンドロスはダレイオスの死の現場にいた、と説く者もいれば、アレクサンドロスが到着したのは殺害後であってダレイオスの遺骸に対面した、と説く者もいる。いずれにせよ、ダレイオスが亡くなったのは、マケドニア軍が彼を包囲する準備を整えていた紀元前三三〇年七月である。アッリアノスによると、ダレイオスは彼の右腕であったベッソスの配下二人に殺された。アレクサンドロスはペルセポリスでダレイオスのために帝王にふさわしい葬儀をとり行なった。前三二四年、アレクサンドロスはダレイオスの娘、スタテイラと結婚する。

12　ダレイオスの死後まもなく、アレクサンドロスはパルメニオンの息子であり、そば近く仕えていた指揮官の一人であったフィロタスを、自分に対して陰謀をねった、とがめた。アレクサンドロスは残忍な刑死によってフィロタスを排除したのち、陰謀に荷担した証拠を示すてまをとることもなく、父親のパルメニオンも同罪だとして殺害させた。

13　アレクサンドロスの死後、その新たな帝国は、彼に仕えていた将軍たちの餌食となる。後継者争いの結果、もっとも力のある将軍が帝国を三分割して、それぞれが君主となった。こうして生まれたアンティゴノス朝マケドニア、セレウコス朝シリア、プトレマイオス朝エジプトのいずれも、細分化の段階をへて崩壊する宿命をのがれることはできなかった。

参考文献

Arrien, *Histoire d'Alexandre*, traduction Pierre Savinel, Paris, Éditions de Minuit, 1984.『アレクサンドロス大王東征記』（大牟田章訳、岩波文庫　上下巻、二〇〇一年）

Diodore de Sicile, *Bibliothèque historique*, livre XVII, traduction Paul Goukowsky, Paris, Les Belles Lettres, 1976. シケリアのディオドロス『歴史叢書「第一七巻」』——帝京大学教授の森谷公俊による八三章までの訳が帝京史学のウェブサイトで公開されており、閲覧可能 https://appsv.main.teikyo-u.ac.jp/tosho/tos4-6.html

Plutarque, *Les Vies des hommes illustres*, vol. II, traduction Jacques Amyot, édition établie et annotée par Gérard Walter, Paris, Gallimard, 1951. プルタルコス『アレクサンドロス大王伝』（森谷公俊訳、河出書房新社、二〇一七年）

Pseudo-Callisthene, *Le Roman d'Alexandre*, traduction Aline Tallet-Bonvalot, Paris, Flammarion, 1994. 伝カリステネス『アレクサンドロス大王物語』（橋本隆夫訳、国文社、二〇〇〇年）

Quinte-Curce, *Histoire d'Alexandre*, préface de Claude Mosse, traduction

Annette Flobert, Paris, Gallimard, 2007. クルティウス・ルフス『アレクサンドロス大王伝』（谷栄一郎・上村健二共訳、京都大学学術出版会西洋古典叢書研究書、二〇〇三年）

研究書

Battistini, Olivier et Charvet, Pascal (dir.), *Alexandre le Grand. Histoire et dictionnaire*, Paris, Robert Laffont, coll. « Bouquins »,2004.

Briant, Pierre, *Darius dans l'ombre d'Alexandre*, Paris, Fayard, 2003. —, *Histoire de l'Empire perse, de Cyrus à Alexandre*, Paris, Fayard, 1996.

Fuller, John Frederick Charles, *The Generalship of Alexander the Great*, New Brunswick (New Jersey), Rutgers University Press, 1960.

Keegan, John, *L'Art du commandement*, Paris, Perrin, 2013. Mosse, Claude, *Alexandre. La destinée d'un mythe*, Paris, Payot, 2012.

Schmidt, Joel, *Alexandre le Grand*, Paris, Gallimard, 2009.

第2章　スキピオ対ハンニバル

カルタゴの一回目の死

いくつかの戦闘は芝居に似ている。ザマの戦いは、古典演劇のルールにしたがっている「フランス古典劇は三単一の法則を守らねばならない。単一の場所で、単一の時間で、単一の行為が完結する、というルールである。場面転換、設定が二四時間以上を超すストーリー、主題に関係のない伏線は認められない」。場所は、カルタゴから数十キロに位置する美しい谷間、ザマ（チュニジア）に限定されている。時《とき》は、紀元前二〇二年一〇月一九日。ほんの数時間で、ローマの存在そのものをおびやかした一七年にもおよぶ長い戦争に決着がつき、一つの文明が光から薄闇へと転落した。しかも、この劇には、ドラマティックな運命をたどる千両役者二人が登場する。二世紀の歴史家フロルスが「史上もっとも偉大な」と評価する二人の指揮官だ。一人目のプブリウス・コルネリウス・スキピオは若き軍人だ。このときの彼はまだ「アフリカヌス」という尊称をあたえられていないが、すでに、一度も敗北を喫したことがない名将との評判をとっていた。二人目のハンニバルは、経験豊かな軍人だ。このとき四五歳だったハンニバルはアフリカの老ライオンであり、百戦錬磨のおそるべき指揮官としての名声はおとろえていなかった。彼のローマに対する戦いは一七年にもおよび、その間《かん》にローマの軍団《レギオー》を約二〇も壊滅させ、ローマの存在そのものをゆるがした。そのハンニバルはついに、自分にみあった敵と対峙《たいじ》することになった。二人とも、これが容赦のない決闘となることを承知していた。勝利か、さもなくば死。

二つの軍隊。あわせて七万人の兵士、一万頭の馬。くわえて、八〇頭の象もいた、といわれている。全員が不動で、まなじりを決し、神経は張りつめていた。昇ったばかりの太陽がブロンズ製の兜《かぶと》と鋼《はがね》の槍《やり》をきらめかせている。隊列を整えた兵士たちは革ひものしめ具合を調節しながらささやきをかわしている。カルタゴから徒歩で五日ほどの近距離にあるこの谷間には秋が訪れていて、気温は摂氏三〜四度にとどまっている。何人かの騎兵は、乗っている馬が足元の短い草を食《は》むのをやめさせようと手綱をひっぱっている。数時間後、何千もの死骸がこの肥沃な谷間をおおいつくし、農民たちがここに種を蒔《ま》くことができるのは何か月も先のこととなる。両軍の兵士たちは、激戦となると承知していた。ハンニバルの兵士たち三五〇〇〇人は、シチリアとイベリア半島［ヒスパニア］がローマに奪取され、イタリアに残っていた最後のカルタゴ部隊が撤収した以上、首都カルタゴ、自分たちの財産そして家族が敵の手に落ちるのを防ぐ最後の砦は自分たちだ、と覚悟している。敵地で孤立しているスキピオ指揮下の二五〇〇〇人のローマ人兵士たちにとっては、退却も敗北も許されない状況だ。カルタゴからローマにねがえったマシニッサ［北アフリカ、ヌミディアの王］の歩兵六〇〇〇人と騎兵四〇〇〇人は、カルタゴが勝利した場合に自分たちがどのような運命をたどるのかは十分にわかっていた。だれもが、生きのびるためには死に物狂いで戦わねばならない…

頂上会談

歴史家ポリュビオスによると、戦闘の数時間前、両将は中立を保てる場所で会談した。最初に口を開いたスキピオは、背筋をのばして馬に乗っており、その軍装は光を反射してきらめき、頭と髭は丹念に剃られていた（彼を描いたものとされる肖像画や胸像のすべてに共通するトレードマークである）。スキピオより年嵩《としかさ》で、たくましい戦士の腹筋を模したブロンズの鎧《よろい》がやや窮屈《きゅうくつ》そうなハンニバルは、その隻眼《せきがん》――彼はイタリアで片目の視力を失っていた――で敵将を値踏みした。二人はどの言語で会話をかわしたのだろうか？　わからない。二人のいずれも通訳をともなっていたのだろう。しかし、通訳などまじえずに、どちらも完璧にマスターしていたギリシア語で会話したことも大いにありうる。ローマの歴史家たちが書き残した、いずれも不確かで型どおりの伝聞は別として、何が話しあわれたかはいっさい伝わっていない。ハンニバルが、拒否するのであればたたきつぶすとのおどしを交えながら退却するようスキピオの説得につとめたことが考えられる。スキピオはおそらく、戦争をはじめたのはハンニバルであり、自分はカルタゴの降伏――ローマはカルタゴにとって非常に厳しい講和条件をつきつけていた――を求めにやってきたのだ、と述べたのであろう。実際のところ、二人がザマにやってきたのは決着をつけるためであり、和平交渉など念頭になかった。どちらも、二国のあいだの和平などまやかしにすぎないとわかっていたからだ。スキピオの目的はただ一つ、ハンニバルを彼の本拠地で負かすことだった。ローマにとってハンニバルは国家の敵ナンバーワンであったが、スキピオにとってはそれにとどまらず、のりこえねばならぬ手本そのものだった。彼が「カルタゴを破壊する」ことを望んでいたことは確かだが、なによりも欲していたのは、ほまれ高い宿敵を凌駕することで歴史に名を残し、後世に認められることだった。あらゆる点で二人のあいだには隔たりがあったが、共通点も多かった。どちらも、偉大な軍人を輩出した家系の出身であった。スキピオの父と伯父はカルタゴとの戦いで斃《たお》れている。スキピオがはじめて軍を指揮したのは二五歳のときであった。ハンニバルが暗殺された義兄の後継者としてカルタゴ領ヒスパニア（イベリア半島）軍の司令官に就任したのは二六歳と、ほぼ同年齢であった。彼の父はその六年前に亡くなっていたが、スキピオの父親と同じく祖国に命を捧げての戦死であった。

二人のもう一つの共通点は教育である。どちらもギリシア式の教育を受けたことに疑いの余地はない。スキピオはギリシアの哲学、合理主義、偉人——なかでも絶対的な手本と崇めるアレクサンドロス大王——から大きな影響を受けた。くわえて、ギリシアの宗教にも惹かれていた。ローマの歴史家ティトゥス・リウィウスによると、彼はヒスパニア戦役の戦利品の一部をデロス島［ギリシア］の神殿に送ったそうだ。スキピオは、当時の質実剛健で武張《ぶば》ったローマよりも、洗練されたギリシア文明を高くかっていた。黴《かび》がはえた道徳感と迷信にこり固まったローマの年配貴族たちは、スキピオが「サンダル履きでギリシア風マントをまとい、読書と運動のために体育場《ギュムナシウム》に通うのを見て眉をひそめた」（ティトゥス・リウィウス）。読書も運動も男らしい趣味とはよべず、胡散《うさん》くさい、とみなされていたからだ「ローマではギリシア風の運動競技は好まれず、青少年には軍事教練が必要だと考えられていた」。ハンニバルもスキピオに負けないくらいギリシア文化に染まっていた。これは、ギリシア人家庭教師、シシュロスとシレノスのお陰であった。二人はハンニバル少年にギリシア語だけでなく、ギリシア人の考え方も教えた。彼の戦略のもっとも大きな過《あやま》ちは、まさにこの教育に原因があったのではないか…。カンナエの戦い（前二一六）でローマ軍を壊滅させたというのに、ハンニバルは一気にローマに攻め入ろうとせず、敗者がギリシア流に名誉ある降伏を交渉するために勝者のところにやってくるのを待った。しかしローマの元老院はあくまでローマ流であり、ギリシア流ではなかった。ハンニバルにとって戦争はパワーゲームにすぎず、勝者が求めるべきは敗者の徹底的な破壊ではなく新たな協定の交渉だ、と考えていた。ハンニバルが逡巡《しゅんじゅん》し、交渉を期待し、ローマ進軍をためらっているあいだに、ローマは再軍備に邁進《まいしん》し、「徹底的な動員」をかけて市民を兵士に仕立てた。カルタゴの将軍たちは自分たちの大将の過ちに気づくことになる。ティトゥス・リウィウスによると、腹心の一人のマハルバルは「ハンニバル、あなたはどうしたら勝てるか知っているが、自分の勝利を活用することを知らない！」とこぼした。こうしてローマを一気に潰《つぶ》す機会は失われ、二度と出来《しゅったい》しなかった。それから一四年後、カンナエの戦略的失敗がいかに大きかったはだれの目にも明らかとなった。今度は、ローマがカルタゴを直接脅かしていた。そしてスキピオには、ここザマで自分のチャンスをとり逃すつもりなど毛頭《もうとう》なかった。

古いライバル関係

その時点ではだれも意識していなかったが、この戦いはほぼ二〇年間続いていた紛争の終章となる。地中海の西側で覇《は》を競っている二大強国、ローマとカルタゴの双方を疲弊させた戦争である。紀元前二一九年に紛争がはじまったとき、カルタゴはその繁栄の頂点にあった。ローマとの一次戦争（第一次ポエニ戦争　紀元前二六四―二四一）でシチリア、サルデーニャ、コルシカを失ったカルタゴは、みごとによみがえっていた。カルタゴはいつまでも敗北をかみしめるどころか、ローマの影響力がとどいていない地域に新たな支配地を築くというたくらみにただちにとりかかった。キケロに言わせると、後ろをふり向かず前に進むというのがカルタゴ人の性格の特徴である。キケロは「（彼らは）たえず希望と思惑に駆りたてられ、導かれる」と述べている。リビア海岸地方と現在のマグレブ［北西アフリカ］の大部分をすでに支配していたカルタゴは、ヒスパニア南部海岸とその豊かな金鉱の征服にのりだした。同時に、レヴァント［地中海の東海岸一帯］、とくにカルタゴ人の出身地である現レバノンのティルス港にいたる海路の支配を強めていた。カルタゴ人は比類ない商才の持ち主であったが、農業にも長けていた。地球温暖化とは無縁だった当時、北アフリカの気候は現在よりも穏やかであり、いまでは砂漠となってしまった一帯は穀物の大産地であった。くわえて、カルタゴでは農学が学問として大いに評価されていた。マゴという名の著者による農学概論は、紀元前三～二世紀の当時としては非常に先進的であったため、紀元前一四六年にカルタゴが最終的に攻略され、徹底的に破壊されたのち、ローマの元老院は特別委員会を設けて二八巻からなるこの概論を翻訳させた（一世紀のローマの博物学者で政治家であった大プリニウスによる）。これが、こんにち知られている唯一のカルタゴの書物である。これを引用しているラテン語の文書を通じてのみ知られているのであるが…。しかし、カルタゴには長所しかなかったわけではない。ゲルシア（少数の有力商人が支配する「長老会」）を核とするカルタゴの支配階級はきわめて自己中心的であり、カルタゴ支配圏の都市にカルタゴ以外との取引を禁止し、カルタゴのためだけに生産するように強要した。ポリュビオスによると、カルタゴの支配層が尊重していたのは「農村を厳しく搾取《さくしゅ》することで、自分たちに最大の資源と貢ぎ物を提供する長官たち」のみである。こうした過酷な施政は住民の心を離反させたが、莫大な富をカルタゴにもたらし、葡萄酒、油、穀物、象牙、塩、黄金が首都のカルタゴになだれこんだ。こうしてカルタゴは西地中海でいちばんの繁栄を誇る都市となった。ローマ時代の歴史家で地理学者であるストラボンは、当時のカルタゴの人口は七〇万を越えていた、と推測している。これはいささか誇張された数字であり、現代の歴史研究者は五〇万人前後だったとみなしている。五〇万人であったとしても、エジプトより西の地域では最大の人口をもつ都市であった。おなじころ、これも推定であるが、ローマの人口は三〇万を超えていなかった。戦争がはじまると避難民がおしよせ、カルタゴの人口は倍増することになる。くわえて、カルタゴはライバルであるローマよりも都市整備がはるかに進んでいた。当時の旅行者たちは、カルタゴの港、市場、四～七階建ての建物（一部の建物には水道がそなわっており、排水は維持管理がいきとどいた下水道に流されていた）。通りは狭くて臭く、下水道（クロアカ）は一つしかないローマは、この点ではカルタゴと張りあうどころではなかった…

ローマの新たな運命

その一方、共和国であったローマはカルタゴとの戦いを通じてアイデンティティーを固めるとともに新たな運命を切り拓き、西地中海の支配を通じて新たな領土を獲得し、帝国へと変貌する道筋をつけることになる。紀元前二一九年、第二次ポエニ戦争がはじまる直前のローマにはもはや、レムスとロムルスが拓いた小さな都市国家の面影はなく、旺盛な発展のさなかにあった。五〇年間ほどで、(たいへんな苦難をともなってだが)いまのフィレンツェにいたるまでの中部イタリアを支配するにいたっただけでなく、北イタリアに植民地をいくつかもつまでになっていた。ローマは独自の手法で征服を進めた。すなわち、ローマは、服従させた都市を完全に支配下に置くのではなく、非常に進んだ経済・政治システムのなかに組み入れた。これらのソキイ(同盟市)はローマに税金を払い、兵力を供給した(このおかげでローマ軍の規模は倍加した)。同盟市は、主として外交や軍事にかかわる、重要な政治的決定をくだす権利を放棄せねばならなかったが、一定の自由を享受することができた。これはすでにパクス・ロマーナであり、昔から続いていた部族間の争いに終止符が打たれ、相対的な安定が保たれた。しかしハンニバルの視点からすれば、この独創的な支配形態はローマの弱点でもあった。紀元前二一九年にイベリア半島のローマ植民地サグントゥム[現在のサグント]を攻撃、占拠したのをきっかけに、アルプスを越えてイタリアに北から侵攻する遠征をはじめたとき、ハンニバルが狙っていたのはカルタゴの領土的野心を妨害するローマの勢力圏を縮小することだった。そのための手段は外交と武力である。彼はイタリアの北部と中部の部族に密使を派遣し、彼らがローマに放棄させられた自由の回復を約束して、ローマからの離反をうながした。自分が勝利を重ねれば、説得に応じようとしない部族もカルタゴになびくであろう、とハンニバルは期待した。そして、実際に勝利を重ねた…。紀元前二一八年一一月、ティキヌス［イタリア半島北部］の戦いでは、カルタゴ軍（戦力三八〇〇〇人）が、われらがスキピオの父、プブリウス・コルネリウス・スキピオが率いる軍団（戦力三八〇〇〇人）を敗走させた。その数週間後、ハンニバルはトレビアの戦いでティベリウス・センプロニウス・ロングスが率いる軍団を罠に誘いこみ、またしても勝った。この戦いでローマは三万人の兵士を失った。六か月後のトラシメヌス湖畔の戦いで、ハンニバルはまたしても圧勝、ローマ側の戦死者は二五〇〇〇人で生き残った者はほんのわずかであった。紀元前二一六年八月のカンナエの戦いでハンニバルの軍師としての天才ぶりは頂点をきわめた。民族もさまざまな混成部隊で戦力五万人のカルタゴ軍が、今度こそは二度と起き上がれないようにハンニバルをたたきつぶそうと元老院がたいへんに苦労して招集した八万人の軍団兵とぶつかった。ハンニバルは第一線にガリア人とヒスパニア人の兵士たちを配置し、ローマ軍の猛攻をしのぐ役目をあたえた。その間に、リビュアとカルタゴのベテラン歩兵からなる左翼と右翼がローマ軍の左右にまわりこんで包囲した。これで罠が閉じられた。この日の数時間だけでローマは、アメリカがベトナム戦争の全期間で失ったのと同じ数の兵士を失った。しかしながら、こうした華々しい勝利にもかかわらず、ローマが兵力の大半を失って青息吐息の状態であるにもかかわらず、イタリアの都市でカルタゴ側につくところはわずかだった。紀元前二一五年以降、いったんカルタゴになびいた都市もローマからの働きかけ（交渉もしくは武力）によってもとの鞘《さや》におさまった。首都ローマを孤立させて攻略できなかったことにくわえ、十分な援軍を祖国から得ることができなかったため、ハンニバルはしだいにイタリア半島の先端、現在のカラブリア地方に追いつめられた。この間に、シチリアではローマ軍団が最後まで残っていたカルタゴ人たちを追い出した。ヒスパニアでは、一部の歴史家たちが「バルカ帝国」とよぶ、ハンニバル・バルカの一族が征服した豊かな領土のすべてがローマの手に落ちることになる。その手柄は、プブリウス・コルネリウス・スキピオとその兄のグナエウスに帰す。紀元前二一一年にこの二人が戦死したあと、やり残した仕事を引き継いだのは、プブリウス・コルネリウスの息子、すなわちのちに「アフリカヌス」の尊称を贈られるわれらがスキピオである。そのとき、彼はまだ二五歳であった。イタリアの再征服は簡単ではなかった。一〇年以上もハンニバルはイタリアを自分の庭のようにみなし、北から南までほぼ自由に移動し、ローマの軍団を何度も打ち破ってきた。恒常的に物資も兵員も不足していたが、不利な状況だといつでもするりと身をかわした。そして可能な場合はつねに攻撃に出た。しかし、ローマの元老院の一徹ぶりと市民を兵役に動員する粘り強さが最後に勝った。カルタゴが軍人という職業を軽視しているのに対して、ローマの男子にとって兵役は市民としての人生の重要なステップであり、重責を担う地位につくための（唯一とはいわずとも）最良の手段でもあった。この違いは大きい。兵力の点でローマにはもう一つの大きな切り札があった。人口の多さである。ラティウム「ローマを中心としたイタリア中央部」はほぼ無尽蔵の兵士供給地だった。戦争の最盛期、ローマは二七万人以上の市民を兵役に動員することができた。ローマほど発展した後背地をもっておらず、兵役が市民の義務として根づいていないカルタゴはローマの三分の一しか動員できなかった。敗戦が続いても新たな市民に招集をかけ、兵士としての訓練をあたえ、有能な指揮官に託すことが最終的にカルタゴに差をつけたのだ。

ザマ勝利の鍵

ローマにハンニバルを負かすことができる将軍がいるとしたら、それは若きスキピオであった。彼は戦争術を厳しい現場で学びとった。ティキヌスの戦いの少し前、父親につきしたがっていた一七歳のスキピオは待ち伏せにあった、といわれる。スキピオの死に物狂いの奮闘が父の命を助けたそうだ。その後の三年間、彼はトレビアおよびトラシメヌス湖畔での惨敗を間近に体験したと思われる。カンナエの戦いでは、生き残った兵士たちを集めて劣勢を挽回しようと努めた（このエピソードは確実視されている）。しかし、彼のキャリアの真の転換点は紀元前二一一年、父と伯父の死をまねいたヒスパニアでの手痛い二回の敗北のあとだった。ローマの元老院が状況を建てなおすプロコンスル〔代理執政官〕をつのったところ、手をあげたのはスキピオ一人であった。こうして、本来求められる年齢よりもずっと若い二五歳でスキピオはプロコンスルに就任し、ローマによるヒスパニア制圧の試みを再開することとなった。勝算などないと思われた。ヒスパニアは三つに分かれたカルタゴ軍によって守られていて、そのいずれもスキピオが指揮を負かされた軍勢よりも規模が大きかった。しかし、スキピオは紀元前二〇九年、イベリアのカルタゴ支配圏の首都であるカルタゴ・ノウァ〔現カルタヘナ〕を急襲してみなを驚かせた。難攻不落との評判だったために守備隊が手薄だったカルタゴ・ノウァは、スキピオの奇襲により、攻撃初日に陥落した。紀元前二〇八年、グアダルキビール川の水源から数キロのところにあるバエクラの戦いで、スキピオはカンナエの戦いから得た教訓を生かした。彼は、自軍のもっとも優秀な部隊にカルタゴ軍の両翼を攻撃させ、敵には最後の最後までこれは前哨戦のこぜりあいだと信じこませた。そのため、ハンニバルの弟であるハスドルバル将軍は、本格的な攻撃にそなえる態勢をとらなかった。その結果、カルタゴ軍はローマ軍に包囲されてしまい、ハスドルバルは間一髪のところを逃げのびた。その二年後、イリッパ［現スペインのセビリャ県］の戦いでは、敵軍よりも数のうえではるかにおとっていたが、騎兵を数多く擁《よう》していたスキピオはまたしてもすぐれた軍師としての才能を見せつけることになる。両軍は展開したものの、数日間にらみあいを続けていた。スキピオはローマ軍団を中央に、ヒスパニア人兵を両翼に配置した。スキピオの父を破ったハスドルバル・ギスコ将軍も同じ布陣でのぞんだ。すなわち両軍とも最強部隊が中央を固め、同盟部族の兵士を両翼に配置して直面していた。しかしスキピオは突然配置を入れ替え、ローマ軍団が両翼を固めたかと思うと、これに対応する時間をハスドルバルにあたえず攻撃を開始した。スキピオは規律正しいローマ軍団兵と騎兵に突撃を命じ、カルタゴの両翼を襲わせた。カルタゴ軍の中央はローマ軍のヒスパニア人兵の脅威にさらされ、自軍の両翼が壊滅するのを止めることもできなかった。この敗北により、カルタゴはヒスパニアを失った。スキピオは名声を勝ちとり、自分の力量にふさわしい敵、ハンニバルと対決するための鍵を手に入れた。こうしてスキピオは、将軍としてははじめてハンニバルとザマで矛《ほこ》を交えることとなった。

両軍それぞれの勝算は？　これに答えるのはむずかしい。これまでのところ、ローマ軍がハンニバル相手に勝ったことは一度もない。ハンニバル以外のカルタゴの将軍たちは全員、ローマと対戦して敗れさっているものの。すぐれた指揮官が率いている場合、ローマ軍団《レギオー》は当時としては最高の戦争マシンであった。その効率性は、マニプルスとよばれる歩兵中隊を基礎的な単位とした独特の戦闘システム、および厳しい訓練と武器装備のたまものだった。約五〇〇〇人の軍団兵で構成されるローマ軍団は、カルタゴのファランクスのように密集陣形を組む重装歩兵大隊ではなかった。一個のマニプルスは二個のケントゥリア（各八〇人）で形成され、三個マニプルスがコホルスとよばれる大隊一個（四八〇人）を形成していた。それぞれのマニプルスを率いる隊長には、ある程度の自主判断が認められていた。このことが、ローマ軍の動きに柔軟性をあたえた。この柔軟性をさらに強めたのが、発射台として機能したのちに盾の壁となる、という当時としては非常に独創的なローマ軍団の戦術である。軍団の重装歩兵は兜《かぶと》や盾や鎖帷子《くさりかたびら》にくわえ、二本のピルム［投槍《なげやり》］で武装していた。そのうちの一本は軽い槍であり、遠くにいる敵軍に向けて放たれた。もう一つのピルムはより重量があり、敵軍と衝突する直前に一斉に放たれた。接近戦がはじまる前に、六～七〇〇〇本の槍が敵軍に降りそそぐことになる。こうして敵を混乱させてから、軍団兵は白兵戦に移る。剣をにぎりしめた軍団兵は盾を使って敵兵の盾を押しのけてから、相手の腹を刺した。今回、スキピオが集めた兵士たちは若い新兵ではなく、カルタゴの戦術を熟知している百戦錬磨の古参兵であった。結集した軍団のうちの二つは、カンナエの戦いから逃走した生き残り兵士からなる「懲罰軍団」であった。元老院は彼らに、戦争が終わるまで故郷に戻ることを禁止していた。彼らはシチリアで一〇年前から戦闘に明けくれていた！彼らが、名誉を挽回し、故国に堂々と戻るチャンスをいまかいまかと待っていたのはいうまでもない！

ハンニバルの最後のチャンス

こうしたローマ軍と戦うためにハンニバルが結集したのは大規模な軍隊だった。ポリュビオスやティトゥス・リウィウス、アッピアノスといったローマ時代の著者たちがあげる数字にはややバラツキがあるが、現代の歴史研究者たちはこのときのカルタゴ側の戦力は三六〇〇〇人前後であろうと推定している。カルタゴ軍の常として、その多くは傭兵であり、出身地や専門ごとにまとまっていた。ポリュビオスによると、最前列を固める一二〇〇〇人の兵士は「リグリア人、ガリア人、バレアレス人、ムーア人」であった。彼らは勇猛であったが規律正しいとはお世辞にもいえず、彼らの攻撃力はおそれられていたが、白兵戦のときに身を守る装備は貧弱であるうえ、耐久力を欠いていた。第二列には、カルタゴ人兵とフェニキア系リビュア人兵が配された。彼らはこの日のためにカルタゴとその近隣の都市から招集されていた。おそらくはギリシア式に武装していたと考えられるこれら民兵は長盾で身を守り、主として槍を武器として戦う。彼らはファランクス――紀元前六世紀もしくは五世紀にギリシア人が考案して以来、戦場で主流となっていた密集陣形――を形成していた。いずれも兜《かぶと》、脛《すね》あて、盾、腹と胸を守る胴鎧で身を固めたこれら重装歩兵が密集したようすはさながらブロンズの塊であり、つんつんと飛び出しているのは槍の先端であった。密集こそがこのファランクスの力の源泉であった。各兵士がもつ盾は幅が広いために隣の兵士の脇を守ることができた。二列目の兵士の槍は一列目の兵士たちの頭上を通ってつき出ている。後続の列はコンパクトに固まったまま、目の前の敵を押しつぶして殲滅《せんめつ》しようと前列を押すように進む。しかし、この伝統的な陣形は動きが遅く、柔軟性を欠いていた。ザマで傭兵部隊の後ろに置かれたこのファランクスは、ヒスパニアを失ったあとにカルタゴに戻ったハスドルバル・ギスコが招集した訓練不足の市民で構成されていたために、以上の欠陥はいつもにもまして大きかった。ハンニバルが彼らに期待していたのは、第三列にひかえる主戦力の介入まで敵をできるだけ疲れさせること、その一点であった。傭兵からなる第一列、カルタゴ市民からなる第二列（ファランクス）から少し離れたところに置かれたこの第三列は最強であり、南イタリアでハンニバルとともに戦ってきた古参兵で構成されていた。ブルティウム（カラブリア）やカンパニア（ナポリ近辺）出身の兵士がとくに多かった。ポリュビオスによると、これらの兵士は「もっとも戦闘的で頑強」であった。騎馬兵は慣例にしたがい、左右の両翼に配置された。二〇〇〇名のカルタゴ人騎兵は右翼を占め、左翼には西ヌミディア王のシュファクスが提供した三〇〇〇名のヌミディア騎兵が結集した。これらヌミディア騎兵はおそろしいほど効率のよい戦術の使い手であった。疲れを知らぬ小型馬にまたがった彼らは敵に突進し、投槍を放つとたちまち遠ざかる。殺傷能力が高く、逃げ足が速かった。ただし彼らは、ローマ側にねがえったマシニッサがつれてきた四〇〇〇人の騎兵と比べると経験不足であり、ハンニバルはこのことを承知していた「マシニッサは東ヌミディアの王。最初はカルタゴ側についていたがローマ側にねがえって、ザマでは自分がつれてきた騎兵の指揮をまかされる」。ハンニバルはそこで、自軍のヌミディア騎兵に対して、早めに戦列を離れよ、と指示を出した。おそるべきマシニッサの騎兵たちに追走させることで、彼らをできるかぎり遠くに引き離すのが狙いであった。

とっておきの武力は象であった。有名で、やがて伝説となるカルタゴの戦象である。八〇頭の「ザマの戦象」については、諸説紛々《しょせつふんぷん》である。きまじめな著者とみなされるポリュビオスは、これらの戦象は第一線に配置された、と述べている。しかし今日の歴史研究者は、大きな矛盾を指摘して、この話を疑問視している。数か月前の「カンピ・マグニ（大平原）の戦い」ともよばれるバグラデス川の戦い［この戦いでスキピオが率いる遠征軍にカルタゴ軍が敗れたことで、カルタゴはイタリアにいたハンニバルをよびもどした］をふくめ、ザマに先立つ一連の戦いにおいてカルタゴ側が象を投入したことは一度もなかったのだ。ポリュビオスはまた、ザマでは象が恐慌《きょうこう》を来《きた》し、自軍の兵士に襲いかかった、とも述べている。これは信じがたい。象使いたちは金属の楔《くさび》を装備していたことが知られているからだ。乗っている象が興奮して手がつけられなくなると、金槌でこれを頭蓋骨に打ちこむためである。ザマの戦いから半世紀後に筆をとったポリュビオスは、事実を粉飾して神話に近づけ、当時の庇護者一族、すなわちスキピオ家の栄光を高めようとしたのではないだろうか［ギリシア人であったポリュビオスは人質としてローマに送られたが、スキピオ・アフリカヌスの義理の孫であるスキピオ・アエミリアヌスの庇護を受けた］。勝者の偉大さを強調するために、敗者の戦力を誇張した可能性がある。象がいたにしろ、いなかったにせよ、ハンニバルが採用した布陣は、彼の戦術家としての才能がいかにすぐれていたかをまたしても示している。彼は、トレビア、トラシメヌス湖畔、カンナエで大勝利をもたらしたおなじみの包囲戦略を放棄した。騎兵が不足しているためにこの戦略は不可能となったからだ。そのかわりに、ローマが側背部から攻撃するチャンスをつぶすための布陣を採用した。これにはスキピオも困惑した。スキピオは「ハンニバル流に」戦いを進める、すなわち攻囲戦術を仕掛けようと考えていたからだ。第一列と第二列からはやや距離を置いてベテラン兵を第三列に配した今回のハンニバルの布陣により、攻囲攻撃はあやうくなった。スキピオの意図は明白だった。アッピアノスによると二三〇〇人で構成されたスキピオの歩兵は三列にならんでいた。これは、ローマ軍の伝統的な陣形であり、いまだに兵士は三つのタイプ（最前線に配置される若い兵士ハスタティ、より年嵩《としかさ》で第二列で出番を待つプリンキペス、第三列で待機して旗色が悪くなったときに投入されるベテラン兵トリアリ）に分かれていた。しかし、スキピオはいつものようにチェッカーボード状ではなく、各部隊の前後左右の間隔を確保しつつ、前の部隊の真後ろに次の部隊がならぶように配置した。さらに、軍団の前に配置される軽装歩兵を、軍団第一列の部隊間のすきまを埋めるように配置した。これで最前線の穴はなくなった。この新たな布陣は、第一列と第二列が交互に前に出て戦うという当時の鉄則は用いない、というスキピオの意図を明白に示している。彼は、第二列と第三列をそれぞれ右と左に滑らせてカルタゴ軍を包囲しようと考えていた。ハンニバルがカンナエでとった戦術と少し似ている。スキピオは、この作戦を成功させるのに必要なだけの騎兵が自陣にいることを知っていた。彼は左翼に、ラエリウスが指揮する一五〇〇人のローマ人騎兵と、ダカマンテという名前だけが伝わっているヌミディア人が指揮する六〇〇人のヌミディア騎兵を配置した。右翼には、マシニッサと彼の大規模な騎兵隊を配置した。

征服された者に災いあれ

トップ会談は終わった。二人の将軍は話しあいをもち、神々は彼らから犠牲の捧げ物を受けとり、兵士たちはそれぞれの将軍の演説を聴いた。武器がものを言う時間となった。はじまりはいつものように、軽装歩兵たちによる前哨戦であった。次にローマ側の騎兵たちが攻撃に出て、ハンニバルが予測したとおりに、カルタゴの騎兵たちを追いかけて戦場を離れた。騎兵隊の脅威がなくなったので、ハンニバルは自分の歩兵を動かせると思った。しかし、最前列による攻撃はローマの鉄壁の守りにぶつかってくだけた。「リグリア人、ガリア人、バレアレス人、ムーア人」の兵士たちは、第二列の歩兵たち［カルタゴ市民兵］が前線に上がって自分たちを支援しないことに憤激した。ふたたびポリュビオスを引用すると、「傭兵たちは、恐怖に縮み上がって助けにやってくる勇気がないカルタゴ市民兵によって見放された。彼らはついに後退しはじめた」。ローマ軍団のハスタティに押された傭兵たちは一塊《ひとかたまり》となって、自陣の第二列に向かって逆戻りした。しかし、カルタゴ市民兵たちはハンニバルの指示にしたがって槍衾《やりぶすま》をかまえているだけだった。第一列の傭兵の生き残りと、第二列の市民兵はローマ軍のハスタティと対決することになった。ハスタティの勢いがなくなると、プリンキペスが前線に出てハスタティを支援した。カルタゴ軍の傭兵と市民兵はしだいに劣勢となり、じりじりと後退して第三列の両翼にならびなおした。このとき、ザマの戦いの天秤はまたしてもハンニバル側に傾くかと思われた。それまでの攻撃で疲労していたローマの歩兵たちは、体力を温存していた百戦錬磨の古参兵と対決することになったからだ。その当時、疲労していない戦力という駒をもっていることは決定的なアドバンテージであった。現代になって行なわれた検証により、激しい白兵戦が半時間も続くと戦闘員の筋肉は痙攣し、麻痺することが明らかになっている。一時間後には息があがり、反射神経は鈍くなり、疲労で腕の力は半減する。消耗していない部隊を残しておくことはきわめて重要なのだ。これを知っていたハンニバルは、攻撃側の疲労を見こみ、ローマ軍の中央を壊滅させようと考えていた。しかし、ローマ軍団兵たちの耐久力は驚異的だった。その上、ローマの騎兵たちはいつもとは異なり、逃げ出したカルタゴ側の騎兵を追いかけることをやめて道を引き返した！　これは、ハンニバル側について長いこと戦ってきたマシニッサの知恵だったのだろうか？　もしくは、イタリアとヒスパニアでの戦いからスキピオが引き出した教訓であろうか？　いずれにせよ、ローマ人騎兵とローマと同盟を結んだマシニッサのヌミディア人騎兵たちは全速力でザマに戻ってきた。そして、カルタゴ軍に後ろから襲いかかった。カルタゴ軍は攻囲され、前からはハスタティに、側面からはプリンキペスとトリアリに、背面からは騎兵に攻撃された。このようなプレッシャーを受けたカルタゴ軍が壊滅するにはどれほどの時間がかかったろうか？　おそらくは一時間もかからなかったろう。確かなのは、カルタゴ側が大敗したことだ。ポリュビオスによると、カルタゴ側の死者は二五〇〇〇人で八五〇〇人が捕虜となった。一方、ローマ側の死者は二五〇〇人にとどまった。こうした数字の不均衡は不思議でもなんでもない。あの当時、敗者は無慈悲に追いまわされ、その場で惨殺された。そして負傷者はとどめを刺された。

必然の運命

戦いがまきおこした土ぼこりが収《おさ》まったいま、敗北の場合は祖国をローマに引き渡してしまう、このように重大きわまりない戦いにハンニバルが挑んだのは正しかったのだろうかとの疑問が浮かんでくる。イタリアを転戦していたときのハンニバルは、自分が有利とわかっていないかぎり、自軍を戦いに投入することはなかった。一度も。しかし、「人は彼に何を非難することができようか？」とポリュビオスは自問し、ほぼなにも非難できない、と結論づけている。そのとおりである。ハンニバルは「こうした状況において」つねに「巧妙で経験深い指揮官としての行動」をとってきたからだ。第一、戦わないという選択肢があったのだろうか？　シチリアとヒスパニア、そして南イタリアを失った時点でカルタゴは軍事的に敗北していた。もう失うものはほとんど残ってなかった。ハンニバルの無敵伝説を除いては。しかし、負けるにしても、負け方しだいで講和の条件をゆるめることができるのでは、とハンニバルが期待した可能性はある。しかし講和条件は情け容赦のないものだった。ローマはカルタゴ軍船をすべてローマに引き渡すことを要求した。例外は数隻のみだった。賠償金として、五〇年にわたって毎年、銀を二〇〇タラント［一タラントは約二五キロ］を支払わねばならない。巨額である。また、アフリカの大部分の領土からカルタゴが手を引くこと、事前にローマの承認を得なければどのような戦争もはじめないことも条件だった。過酷な条件であったがカルタゴは最終的に受け入れた。逆説的だが、ローマがつきつけた講和条件をカルタゴが受諾したのは、ハンニバルが積極的にこれを推《お》したからである。徹底抗戦論者であり、ローマを震えあがらせ、スキピオがだれよりもおそれたハンニバルが現実的感覚によって講和受容派となり、カルタゴの元老院で強硬に反対していた一派を抑えこんだのである。しかし、ローマのカルタゴに対する憎しみは燻《くすぶ》りつづけ、ついには爆発する。カルタゴに対するこの憎しみをだれよりも体現しているのが大カト［マルクス・ポルキウス・カト・ケンソリウス、共和政ローマの政治家。軍司令官をつとめたこともある元老議員］である。外交使節の一員として紀元前一五七年にカルタゴを訪れた大カトは、カルタゴの目をみはる復興に衝撃を受け、元老院での演説の最後にはいつでも「カルタゴは滅ぼさねばならない」とつけくわえることになる。大カトの願いを実現することになるのは、われらがスキピオ・アフリカヌスの孫［長男の養子］であるスキピオ・アエミリアヌスである。彼はローマとカルタゴの最後の戦争である第三次ポエニ戦争（前一四九―一四六）のさいに、カルタゴに派遣され、カルタゴを陥落させて徹底的に破壊した。

歴史は、ザマの二人のヒーローに幸福な運命をあたえなかった。敗戦後、ハンニバルはカルタゴの国家元首ともよべるスーフェースに選ばれ、政治家としてもすぐれた手腕を発揮してカルタゴの経済を復興させた。しかし、このためにローマの反カルタゴ（反ハンニバル）感情を目覚めさせてしまった。やがて、反乱をくわだてていると告発されてしまう。同国人から見放されたハンニバルは、紀元前一九五年の夏に小アジアに亡命する。シケリア［現シチリア］のディオドロスによると、まずはシリア王アンティオコス三世のもとに、次に小王国ビテュニア（現トルコに位置する）のプルシアス王のもとに身をよせた。しかし、プルシアス王がローマの放った刺客に自分を差し出そうとしたので、「生きたまま捕らえられるよりは」毒を仰いで死ぬことを選んだ（アッピアノスによる）。このハンニバルを打ち負かしたスキピオを待っていた運命も、同じように苦々しいものだった。栄光に包まれ、褒《ほ》めそやされ、アフリカの覇者という意味で「アフリカヌス」という尊称をあたえられ、プリンケプス・セナトゥス（元老院の第一人者）および執政官の地位についたスキピオに対して、元老院議員たちが嫉みと猜疑心をいだくのに時間はかからなかった。人気がありすぎる軍人はクーデターをたくらむのではないかと疑うのが、彼らの習性であった。まずは彼の友人たちが攻撃され、彼自身も公金横領の疑いで告発された。うんざりしたスキピオは紀元前一八三年にローマを去り、カンパニア地方の小都市リテルヌムに隠棲し、死ぬまでここですごす。ローマに見すてられたと思ったスキピオは、アッピア街道沿いにあるスキピオ家の墓に自分を埋葬しないよう指示した。歴史家ウァレリウス・マキシムスによると、彼は自分の墓石に「恩知らずの祖国よ、おまえがわたしの骨をもつことはない！」と彫らせた。ザマの勝者の墓は跡形《あとかた》もないが、彼の有名なライバルの墓は、イスタンブール（トルコ）の中心から一時間もしないところにいまでも残っているというのは、歴史の皮肉であろうか。なおいっそう皮肉なことに、この墓を改修して大理石でおおったのは、ローマ皇帝セプティミウス・セウェルス（一四五―二一一）である。はじめての北アフリカ属州出身皇帝となったセプティミウス・セウェルスの出生地はレプティス・マグナ（リビュア）…旧カルタゴ領の都市であった。弔《とむら》われかたの違いは、二人の後世における名声の差を反映している。スキピオは不当にも歴史の地下牢に投げこまれて影が薄いのに対して、ハンニバルは史上もっとも偉大な名将の一人として人々の記憶のなかで生きている。

エリック・トレギエ

参考文献

Goldsworthy, Adrian, *Les Guerres romaines*, Paris, Éditions Autrement, 2001.

Grimal, Pierre, *Le Siècle des Scipions : Rome et l'hellénisme au temps des guerres puniques*, Paris, Aubier, 1975.

Lancel, Serge, *Hannibal*, Paris, Fayard, 1995.

Le Bohec, Yann, *Histoire militaire des guerres puniques*, Paris, Éditions du Rocher, 1995.

Liddell Hart, Basil, *Scipion l'Africain*, Paris, Payot, 1934.

Melliti, Khaled, *Carthage, histoire d'une cite méditerranéénne*, Paris, Perrin, 2016.

第3章　オクタウィアヌス対アントニウスとクレオパトラ　一四年におよぶ戦い

ところはローマ。時は紀元前二九年八月一三日、一四日、一五日。オクタウィアヌス（将来のアウグストゥス）は三つの勝利を祝って凱旋式を行なった。第一は、ダルマチアとイリュリアに対する勝利、第二はエジプト女王クレオパトラ七世を破った紀元前三一年九月二日のアクティウム海戦の勝利を祝うためだ。第三は、ローマによるアレクサンドリア占拠後のエジプト降伏と、エジプト女王の死（前三〇年八月一二日だと思われる）を記念する凱旋式であり、これがいちばん豪華であった。カエサルの養子であるオクタウィアヌスは三二歳にして世界の覇者となった。前年の一月一一日、ローマに平和が訪れたことを告げるために首都のヤヌス神殿の扉が閉じられた。史上、三回目の閉門であった［この神殿の両側にある扉は戦時に開けられ、平時に閉じられた］。すべてのローマ市民が待ち望んでいたこの平和をもたらしたオクタウィアヌスは、小柄で虚弱な美男子であった。きゃしゃといってもさほど誇張ではないこの優男《やさおとこ》が不屈なうえに直感にすぐれ、ものごとを整然と進める能力にたけ、意志が強く、おまけに迷信深いとは、だれも想像していなかった。現実を把握する比類なきセンスをそなえ、内に秘めた強烈な野心と決意をおくびにも出さないオクタウィアヌスは革命的なリーダーであり、自分の党派を国民的な運動体へと変えることに成功した。これにより、一四年におよぶ情け容赦のない戦いを勝ちぬき、ローマを盤石《ばんじゃく》の強国へと変える新たな体制をうち立て、その指導者となることができた。当のローマの人々はこの政体をプリンキパトゥス［元首政］とよんだが、われわれは帝政とよんでいる。

序章——カエサル暗殺

ローマで内戦がはじまったのは、前四四年三月一五日。この日、マルクス・ユニウス・ブルトゥスとガイウス・カッシウス・ロンギヌスをはじめとする二四名の元老議員が、年初に終身独裁官に就任したカエサルを暗殺した。その後の計画をなにもたてぬままにことにおよんだ暗殺者たちは、パトリキ［貴族階級］が支配する共和政への回帰を夢見ていた。ローマ史上かつてない強大な権力をにぎったカエサルが、共和政の精神を根底からくつがえす変更をもたらしたことを彼らは察したのだろうか？　いずれの変更も、めざすところは君主政であった。

ローマ市内では、カエサルはパルティア遠征のためにオリエントに出発する前に王となることを欲している、との噂が流れていた。前五三年にローマ軍団を虐殺した無敵のパルティアを倒せるのは王者のみである、との神託が出ていたからだ！　この遠征に参加するため、南イリュリアのアポロニア[1]の近くに軍勢が結集していた。オクタウィアヌスはこれを監督する任務をカエサルから託され、現地に派遣されていた。カエサルはオクタウィアヌスの大伯父（カエサルの妹ユリアの娘が、オクタウィアヌスの母であるアティア）であり、血のつながりは薄い。しかし、息子をもてなかったカエサルはオクタウィアヌスをかわいがった。ローマでは公職である神官の組織のうちでもっとも権威があるもののひとつ、神祇官団にオクタウィアヌスがくわわることができるように便宜をはかり、彼をパトリキの地位に引き上げた［オクタウィアヌスの実父は名門の出ではなかった］。こうしてオクタウィアヌスは、ローマでもっとも由緒ある貴族の一員とみなされるようになった。前四六年、カエサルは北アフリカのヌミディア遠征勝利を祝う凱旋式のさいに、はじめてオクタウィアヌスをともなって公衆の面前に姿を現した。戦車に乗る大伯父のかたわらを、馬に乗ったオクタウィアヌスが行進した。これは通常、凱旋将軍の子どもに許される特権であった。そのうえ、ヌミディア遠征の実戦に参加しなかったにもかかわらず、軍人に贈られる勲章、ドナ・ミリタリアを受けとった。この二つは、例外的な待遇であり、カエサルがオクタウィアヌスを自分の後継者に指名したことがだれに目にも明らかとなった。前四五年の終わり、カエサルは当人になにも伝えぬまま、オクタウィアヌスを養子とするとした遺言書をしたため、ウェスタ女神に仕える女祭司に託した。

　アポロニアには、オクタウィアヌスと同年代の友人たちが同行していた。そのなかの一人が、たくましい体つきのマルクス・ウィプサニウス・アグリッパであった。このアグリッパはやがてオクタウィアヌスのもっとも忠実なブレーンとなり、非常に優秀な軍人および行政官として倦《う》むことなく彼に仕えることになる。三月二〇日から二七日のあいだに、オクタウィアヌスの母からの、カエサル暗殺を知らせる手紙がアポロニアに届いた。母は息子に、ローマは危険だから戻らないように、と説いた。息子は聞く耳をもたなかった。四月のはじめ、オクタウィアヌスはイタリアのブルンディシウム［現ブリンディジ］に上陸した。政界には詳しくなかったし、軍務経験はごく限定的だった。しかし、同胞と祖国と神々に対するローマ市民の義務感であるピエタスにつき動かされ、カエサルの仇を討つことを願っていた。なんの権力ももたず、公的な肩書きもなかったが、なみはずれた運命が自分を待っている、との信念をいだいていた。ある占星術師からそのように告げられたからだ。

ローマへの途上、彼はカエサルの遺言状の内容を知った。故人はテヴェレ川岸に所有していた庭園と、一人あたり三〇〇セステルティウスの金をローマ市民に贈っていた。そしてオクタウィアヌスを第一相続人に指定し、資産の四分の三——莫大な財産である——を遺《のこ》していた。また、オクタウィアヌスが相続を受諾すれば、彼は自分の養子となり、カエサルの名前を継ぐ、とも書かれていた。オクタウィアヌスはこの遺産を受けとり、カエサル派の頭領となることを決意した。これは、彼がこの時点でいかに非力であったかを考えると無謀そのものであった。だが自分の決意をしめすために、彼は養子手続きが正式にすむのを待たず、自分のものと決まった名前、ガイウス・ユリウス・カエサル・オクタウィアヌスを名のることにした。[2] そして早い時期からオクタウィアヌスを省略して、亡き養父とまったく同じ名前を使い出した。この名前の威光により、古参兵を味方につけ、民衆の支持を集め、ローマの慣習にしたがって死者のクリエンテス［被庇護者］を引き継ぐことができた。しかし、この名前には警戒心をよびさます力もあった。オクタウィアヌスはとりあえず、小規模な軍勢を整えた。

五月のはじめ、彼がローマに到着すると群衆がかけよった。

ローマ市内では、カエサル暗殺後の動揺がおさまると、主要人物の政治的ポジションが明白となった。ローマを統制しているのはマルクス・アントニウスであった。現職の執政官であったマルクス・アントニウスは、行政の権威として法的な裏づけをもつ唯一の人物であった。カエサルが殺された直後、彼は目をみはる交渉能力を発揮した。三月一九日にカエサルの遺言状を開封したのも彼であった。その翌日、カエサルの葬儀で、彼は熱烈な追悼演説を行なって群衆の心をつかんだ。これを聴いた市民はわれがちに、フォルム［公共広場］で荼毘《だび》に付されたカエサルに崇敬の念を捧げた。執政官アントニウスが最初にとった措置は三月一五日以前にカエサルが公布した決定の追認であり、これによってカエサルの政策の継承者というイメージをあたえることができた。そして、当然のようにカエサルの後継者としてふるまった。道理のないことではなかった。

共和政ローマに仕える何人もの高官を輩出した一族の子どもとして前八三年一月一四日に生まれたアントニウスは、良家の男児にふさわしい文武両道のいきとどいた教育を受け、アテナイに留学もした。身体能力が高く、太っ腹で鷹揚な性格の若きアントニウスは、その野心と軍人としての勇気と演説の才能で早い時期から頭角を現した。それだけでなく、放蕩《ほうとう》やぜいたく好きといった欠点でも人目を引いた。また、彼の気分は高揚と鬱《ふさ》ぎこみを交互にくりかえすことにも、人々は気づいた。血縁関係にあるカエサルとともに出陣したガリア戦争では華々しい活躍をみせ、次に元老院での活動で政治的地歩《ちほ》を固めた。カエサルとポンペイウスが対立した内戦ではカエサル側につき、カエサルの勝利にとって重要な役目を果たした。前四八〜四七年、期間一年の独裁官となったカエサルは、彼を騎兵長官、すなわち自分が不在のあいだにイタリアを治める代理に任命した。このむずかしい任務をアントニウスは期待どおりに果たすことができなかったうえ、この間に破廉恥なふるまいがあったとみなされたため、一時《いっとき》はカエサルの不興をかった。しかし前四四年、カエサルはふたたびアントニウスを登用、自分の同僚執政官とした。二月のルペルカリアの祭りで、アントニウスはカエサルに王権を象徴する月桂冠をカエサルに捧げた。当のカエサルはこれを受けとることを断わったが。生前のカエサルに忠実に仕え、カエサルの事績に敬意をはらってこれを継承し、カエサル派のリーダーとなったアントニウスには、政治的、軍事的な実績に裏打ちされた正当性があった。[3] 若いオクタウィアヌスには、まさにこれが欠けていた。

第一幕――オクタウィアヌスの到着とクレオパトラの出発

当然のこととして、ローマに到着したオクタウィアヌスが最初に会いに行ったのはマルクス・アントニウスであった。カエサルが自分に遺した相続分をただちに渡してもらうことと、護民官職への立候補を認めてもらうことが目的だった（政治資金を必要としていたし、護民官にあたえられる大きな特権を手に入れることは重要だった）[4]。アントニウスは高飛車な態度をとり、言を左右にして、オクタウィアヌスの要求をいずれも法律上の理由を盾にしてしりぞけた。カエサルの遺言が認証されるのは翌年、前四三年八月一九日である。それまでに着実に味方を増やして力をつけていたオクタウィアヌスは、八個軍団を従えてローマ市内を行進して元老院にパニックをひき起こし、執政官への立候補を認めさせ、カエサルとの養子縁組を公認させ、国庫を管理する権利を得た。以上の大技《おおわざ》を二〇歳そこそこでなしとげるたのだ！　性格も気性もまったく異なるオクタウィアヌスとアントニウスが意気投合することなど不可能だった。どちらがカエサルの後継者であろうか？　どちらも自分が後継者だとしてゆずらなかった。

二人はカエサル暗殺者たちを倒すために互いが相手を必要としていたので、まだ敵意をむき出しにするにはいたっていなかったが、紛争の芽はすでにふくらんでいた。二人が抱擁しあったり、長続きしない合意にいたったりと、実態はしばしば糊塗《こと》されるものの、この紛争は一四年も続くことになる。二人ははじめから、この争いはどちらかの排除によって決着する以外はありない、とわかっていた。そのころの最大の帝国、ローマの覇権をめぐる世界規模の対立であった。

同志を必要とするオクタウィアヌスはまず元老院を味方につけようとした。無力な傍観者にすぎないとはいえ、元老院にはそれなりの正当性があった。カエサル暗殺後、アントニウス側につくか、暗殺者の側につくかでゆれた元老院は、不安におびえながら傍観を決めこみ、雄弁家として有名な同僚議員のキケロに頼った。カエサル暗殺の陰謀にはくわわらなかったが、専制政治を阻止せねばと考える共和主義者であったキケロは自分の出番が来たと張りきり、暗殺者全員に恩赦をあたえることを提案した。彼はアントニウスを「凶暴な狂人」とよんで憎む一方で、「カエサルの子ども「オクタウィアヌス」」は簡単にあやつることができる道具になる、とふんだ。「ローマの民に救済をもたらす」ために自分が考える政策をオクタウィアヌスに吹きこむことができる、と考えたのだ。そこでオクタウィアヌスに公職をあたえようと運動した。

カエサルの暗殺者たちは、市民が自分たちに憎悪の念をいだいていると感じてローマを離れた。行き先はオリエントである。西には、一人だけ味方がいた。唯一生き残っている、ポンペイウス［カエサルと争って敗れ、のがれた先のエジプトで殺された］の遺児であり、バエティカ（ほぼ現在のアンダルシアに相当）でまたもローマに反旗をひるがえしたセクストゥス・ポンペイウスである。

もう一人、カエサルの死をうけてローマを去った者がいる。エジプト女王のクレオパトラ七世である。キケロは四月一六日付けの手紙のなかで、これを「逃亡」と形容している。彼女は、カエサルの有無をいわせぬ招待に応じて前四六年の夏に息子のカエサリオンと自分の夫であり弟でもあるプトレマイオス一四世とともにローマにやってきて、テヴェレ川右岸のカエサル所有地に滞在していた。伝説となる二人の関係がはじまったのは前四八年の秋であった。この年の八月、ポンペイウスはファルサルスの戦いでカエサルに敗れ、翌月にエジプトにたどり着いた。一三歳のエジプト王プトレマイオス一三世には貸しがあるので、ここで軍勢を立てなおすことができる、と思っていた。歴史がある国だが前五五年からローマに服従しているエジプトは地中海地方で特異な存在であった。この国を前三二三年より治めているのは、アレクサンドロス大王の部下であったマケドニア出身のプトレマイオスが拓いた王朝、すなわちギリシア系の王朝であった。ファラオを神と崇めるエジプトのイデオロギーと、ヘレニズムに特有のギリシア的な王権コンセプトが、融合することなく併存する王朝であり、兄弟と姉妹のあいだの近親相姦的な結婚を認めていた。ナイル氾濫《はんらん》の恵みを享受する農業、商取引、伝統を誇る豊かな国であった。また、ギリシア文化の威光を放つアレクサンドリアは、前一世紀中頃において唯一ローマに対抗できる繁栄した都市であった。威風堂々たる艦隊を所有していたし、行政組織は効率よく機能していた。しかし、強大な独立国家というイメージとはうらはらに、政治面では弱小であった。そのため、ローマの金融業者や政治家が――遠慮の度合に濃淡はあれども――つけ狙う餌食となっていた。

エジプトで捲土重来《けんどちょうらい》をはかるというポンペイウスの意図は荒唐無稽《こうとうむけい》でもなんでもなかったが、プトレマイオス一三世とその妻で姉でもある二〇歳のクレオパトラとのあいだに確執があることを見落としていたし、エジプト宮廷内の陰謀を過小評価していた。少年王の顧問たちはポンペイウスを殺し、斬り落としたその首をカエサルに捧げるよう命令をくだした。カエサルを喜ばせることで、クレオパトラ派と対立する自派に肩入れしてもらおうという魂胆《こんたん》であった。数日後にアレクサンドリアに着いたカエサルは彼らの思惑とは正反対の反応を示した。

巻いた絨毯のなかから飛び出すという奇想天外な登場だけでなく、クレオパトラの巧みな話術と知性、魅力と優美な立ち居ふるまい[5]に魅了されたカエサルは、いわゆる「アレクサンドリア戦争」にクレオパトラ側について積極的に関与することになる。この戦いは六か月続いた。クレオパトラの妹、アルシノエはプトレマイオス一三世側につき、姉に替わって王妃だと認められた。やがて、自軍の敗北によって追いつめられた少年王はナイルの分流を渡ろうとして溺死した。カエサルにとっても今回は辛勝であったが、前四七年、クレオパトラを、十三世よりもさらに年下の弟プトレマイオス一四世とともにエジプト王座にすえることができた。そしてクレオパトラとともにナイル川クルーズを楽しみ、春の終わりにエジプトをあとにした。ただし、エジプトを管理下に置くために三個軍団を残し、やがてもう一個をくわえることになる。前四七年六月二三日にクレオパトラは男児を産んだといわれる。6 スエトニウスによると、カエサルの同意を得てこの子はプトレマイオス・カエサルと名づけられたが、皮肉屋のアレクサンドリア市民たちはカエサリオン［小カエサル］というあだ名を進呈した。カエサルにとってクレオパトラとはどのような存在だったのだろうか？　同盟者？　浮気相手？　戦利品？　人質？　なんであれ、ローマ法は外国人女性とのあいだに生まれた子どもを嫡子だと認めない。前四六年夏にローマに到着したクレオパトラは、七月に行なわれた、ガリア、エジプト、ポントゥス、アフリカにおけるカエサルの四つの勝利を祝う凱旋式を見学したのだろうか？　妹のアルシノエが捕虜として、ナイル川とアレクサンドリアの灯台を描いた絵に挟《はさ》まれてさらし者にされているのを目撃したのだろうか？　アルシノエがウェルキンゲトリクス［ローマによる支配に対抗したガリア人蜂起の指導者］のように凱旋式のあとで殺されるのではなく、小アジアのエフェソスにあるアルテミス神殿に幽閉されたのは、クレオパトラがカエサルに命乞いをしたお陰だろうか？　答えは出ない。

ローマで彼女がオクタウィアヌスに会ったかも不明である。オクタウィアヌスが、クレオパトラとカエサルのあいだに存在した絆、二人の関係を問題視するローマの世論について無知であったことはありえない。カエサルが所有していた不動産の一つを彼女が住まいとしていたことも、カエサルが建設をはじめたフォルム［フォロ・ジュリアーノ］を見下ろすウェヌス・ゲネトリクス神殿のなかに、金箔をほどこしたクレオパトラのブロンズ像をカエサルが据《す》えたことも承知していたにちがいない。いずれにせよ、クレオパトラは息子とともにローマを去り、七月にアレクサンドリアに着いた。帰国するやいなや、彼女は邪魔なプトレマイオス一四世を排除し、幼い息子であるプトレマイオス一五世・カエサルをファラオに仕立て、自分は摂政となった。プトレマイオスとカエサルという二つの名前の並立には、クレオパトラの政治的思惑がこめられている。トリノ美術館収蔵の前三八年の石碑を読むと、プトレマイオス・カエサルがギリシア系エジプトとローマの二つの文化起源をもつファラオであるとの主張が明白である。ナイル川の氾濫不足、飢饉、ペストといった災害がクレオパトラを忙殺した。それでも、エジプトが地中海世界の重要な一員である以上、ローマ政治をつねに注視する必要があった。こうして、彼女は意図せずしてエジプトをローマ内戦にまきこむことになる。

クレオパトラがエジプトに上陸するころ、ローマの空を彗星がよぎった。カエサルを記念し、ユリウス一族の始祖とされるウェヌス・ゲネトリクス［母なるウェヌス］神をたたえる競技会をオクタウィアヌスが開催している最中であった。「この星は、カエサルの魂が、絶大な力をもつ不死の神々の仲間入りをしたことを意味する」とオクタウィアヌスは説明した。そして前四二年にカエサルが正式に神格化されるのを待たずして、「神君カエサルの息子」と自称するようになった。ローマの平民、軍団、古参兵たちの支持をめぐって激化するばかりのアントニウスとオクタウィアヌスの勢力争いにおいて、これは無視できないアドバンテージであった。実際のところ、ローマでは一か月単位で状況が変化し、緊張が高まっていた。ののしりあいもヒートアップした。キケロはアントニウスを弾劾する有名な連続演説「フィリッピカ」を前四四年九月からはじめた。オクタウィアヌスもアントニウスも自陣を固めるのに忙しかった。前者は、エトルリア人の先祖をもち、すぐれた政治的センスに恵まれたマエケナスを味方につけた。マエケナスは、オクタウィアヌスの資質を宣伝するのに不可欠な詩人や芸術家たちを動員することになる。彼らはのちに、権力争いの内戦を叙事詩にすり替えるのに重要な役割を果たす。両陣営は武装に努め、兵士をつのり、噂話を流した。政治家が生き残るには、相手の攻撃をかわす回避行動、裏切り、ほのめかしを組みあわせること、相手の戦力を見定めること、自分の味方を叱咤激励すること、どちらにつくか決めかねている者たちを説得することは必須である。

電撃の恋と同盟関係の組みなおし

　クレオパトラはアレクサンドリアからローマ政界の動き——意外な展開、策謀、合従連衡《がっしょうれんこう》——を見守っていた。事態は刻々と変化した。前四三年春に、元老院と組んだオクタウィアヌスとアントニウスのあいだにムティナ［現モデナ］の戦い[7]が起きた。そうかと思うと、レピドゥスとアントニウスとオクタウィアヌスのあいだの密約によって期間五年間の三頭政治が決まり、この政治体制は前四三年一一月に法律によって公認され、三人が共和政ローマ再建を担うことになった。[8]この法律により、属州を分けて統治すること（イタリアは不分割のまま）、処罰者名簿を作成してキケロをふくめた政敵を処刑して彼らの財産を没収することが可能となった。前四二年一〇月、マケドニアのフィリッピにおける二つの戦闘——アントニウスが武将としての才能を示し、敗軍のカッシウスとブルトゥスが自殺した——により、カエサル暗殺者と共和主義者が一掃された。[9]その次に行なわれたのは、共有地であるイタリアを除くローマ帝国の新たな三分割であった。軍団も分けられ、三人それぞれの使命も決まった。

　このめまぐるしい動きのなか、クレオパトラはどの陣営をつくかを明確にすることを用心深く避けた。彼女の行動方針は流動的であくまであいまいだった。二股かけ？　いや、彼女の目的はただ一つ、エジプトの力と独立性を強めることだった。彼女はキプロス島をとりもどし、三頭から自分の息子をエジプト王と認めてもらうことに成功した。

一連の出来事により、こうした政治状況に変化が訪れた。まずは、タルソスでの出会いがあった。前四二〜四一の冬をギリシアですごしたアントニウスは小アジアに向かった。アレクサンドロス大王に倣《なら》いたいという思いにかられていただけでなく、カエサルが計画してたが暗殺によって果たせなかったパルティア討伐を自分の手で実現したいと熱望していたからだ。彼はローマの同盟国を監視し、自身との関係を強化した。また、ヘレニズム文化をうそいつわりなく愛していたし、ローマのインペリウム（支配権）に服従している民族に好意をいだいていたので、カエサル暗殺者の側についた都市に対しても盲目的な弾圧をくわえることはなかった（負担が非常に重い貢ぎ物を求めたものの）。フィリッピの戦いの力強い勝者であるアントニウスは、神の恩寵に守られた者にちがいないとみなされた。ゆえに彼は、ヘレニズム文化圏の王侯たちが受けていたのと同じような敬意——君主の神格化——をもって迎えられた。エフェソスに入市すると、群衆が喝采し、彼を「恵みをあたえてくださる、蜜のように甘いディオニュソス」とよんだ。アントニウスが新たなディオニュソス神？　クレオパトラの父をはじめとする、ヘレニズム王朝の君主たちがそのようによばれていたうえ、アントニウスにはお誂《あつら》えむきであった。葡萄酒も逸楽《いつらく》も好きだし、役者や音楽家（彼らの守護神はディオニュソスである）をいつも身辺に侍《はべ》らせていたのだから。ディオニュソスは狂騒の神、布教をかねた軍事遠征をおこなってインドをも征服した神、凱旋行進を発明した神であり、アレクサンドロス大王がいく度となく崇敬の念を捧げた神でもある。しかし、ローマでは怪しげとみなされている神であり「ディオニュソスはローマではバッコスとよばれ、秘儀をともなうその信仰が流行した」、前一八六年には、信者たちが「別の民」を興《おこ》そうと陰謀をたくらんだために非常に厳しい弾圧を受けていた。しかし、アレクサンドロス大王がお手本にしていたヘラクレス神こそが自分の一族の始祖神である、と公言していたアントニウスは、なんの抵抗もなく簡単にヘレニズム君主の役割を引き受けた。こうした姿勢は、ローマ市民の心情を逆なでし、のちに数かぎりない非難をアントニウスに浴びせる口実に使われることになる。

パルティア遠征を準備しているアントニウスは、エジプトの艦隊と富を無視することはできなかった。ゆえに、カエサル暗殺者のカッシウスを支援したクレオパトラを非難しつつも、彼女の真意を知るためにタルソス港に召喚した。クレオパトラは豪華な宝石箱のような船に乗り、アフロディテ［ウェヌス］の扮装で登場した。外交上の会見であったはずのものが、二人の神の出会いに変わり、女神が男神を魅了した。アントニウスはクレオパトラを喜ばせるため、彼女の潜在的ライバルである妹アルシノエの首をかき切らせてから、彼女に合流するためにアレクサンドリアに向かった。前四一～四二の冬、二人は「比類なき暮らし」（二人が創立した社交クラブの名前）をこの都で送った。ただし、政治が不在だった訳ではない。二つの知らせが二人の幸福に暗い影を投げかけた。前四一年にイタリアで戦争が勃発《ぼっぱつ》し、パルティア軍がシリア、小アジア、ユダヤ地方へ猛烈な勢いで進軍しはじめたのだ。アントニウスは、イタリアの問題のほうが急を要すると判断した。

イタリアでの戦争は、アントニウスとクレオパトラが出会う以前にはじまっていた。オクタウィアヌスと、現職執政官で、マルクス・アントニウスの実弟でもあるルキウス・アントニウスとの争いであった。ルキウスを支援していたのが、マルクス・アントニウスの気の強い妻、フルウィアであった。フルウィアは、三頭政治を固めるための政略結婚として嫁にやった娘のクロディア［フルウィアが最初の夫とのあいだにもうけた娘であり、アントニウスにとっては義理の娘］をオクタウィアヌスが離縁したことが許せず、義弟ルキウスと挙兵したのだ。ひとことでいえば、アントニウス派とオクタウィアヌス派はすでに干戈《かんか》を交《まじ》えていたのだ。この戦乱の平定には時間がかかり、オクタウィアヌスとアグリッパがルキウスをペルシア［現ペルージャ］に追いこみ、容赦のない攻囲戦のすえに前四〇年二月にルキウスが降伏してやっと終わった。ルキウスは命を助けられて総督としてヒスパニアに送られ、フルウィアはギリシアで死ぬことになる。この件でオクタウィアヌスとアントニウスは決裂寸前まで行ったが、二人の将兵たちは、どちらもカエサル派なのだから、と和解を求めた。マエケナスが仲裁役をつとめることになった。二人は前四〇年一〇月、ブルンディシウム［現ブリンディジ］で対面した。その結果、三頭の勢力圏を再定義するブルンディシウム協定が成立した。レピドゥスはアフリカを、アントニウスはギリシア文化圏である東方を、オクタウィアヌスはセクストゥス・ポンペイウスが支配しているシチリアを除く西方を支配することになった。和平と同盟の絆を固めるため、アントニウスはローマで、オクタウィアヌスの姉で少し前から寡婦であったオクタウィアと結婚した。アントニウスがローマにいた前四〇～三九年の冬、アレクサンドリアでクレオパトラは双子——アレクサンドロス・ヘリオス《太陽》とクレオパトラ・セレネ《月》——を産む。父親はむろんアントニウスである。ヘリオスとセレネという名前は「(双子が) 神々の恋の結実であることを意味していた」

アントニウスとオクタウィアヌスとのあいだの力関係に変化をもたらす最後の事件は、新たなネプトゥヌス神として海を支配していたセクストゥス・ポンペイウスに対する戦いであった。彼がうちたてた海洋王国は、サルデーニャ島とコルシカ島の追加によって拡大していた。前三九年に三頭とのあいだに締結したミセヌム協定により敵対行為はやめると約束してはいたが、セクストゥス・ポンペイウスはローマに小麦をもたらす輸送船の航行を妨害することができた。ミセヌム協定は和平を意味するのだろうか？　いや、幕間《まくあい》にすぎなかった。翌年には海戦がふたたび起こり、オクタウィアヌスは二回も惨敗して本人もあわや命を失うところであった。オクタウィアヌスの懇願に応じて、アントニウスは支援を承諾した。前三七年の春、アントニウスとオクタウィアヌスは二人だけでタレントゥム［現ターラント］で話しあいをもった。アントニウスはこのときのとりきめにしたがってオクタウィアヌスに軍船一二〇隻を送った（その見返りとして、パルティア遠征の援軍としてオクタウィアヌスは二万人の兵士を提供することになったが、この約束が守られないことがのちに問題となる）。二人の会談としては最後となるこの機会に、三頭政治を前三二年まで続けることも決まった。イタリアに持続的な平和が訪れるという期待が高まった。前三六年にアグリッパがシチリアのナウロクス沖の戦いでセクストゥス・ポンペイウスを打ちやぶっただけになおさらだった。なお、三頭の一角であるレピドゥスは一歩遅れてシチリアに介入して謀反を起こしたが、彼が率いていた軍団がオクタウィアヌス側にねがえったために失敗に終わった。その結果、レピドゥスは三頭から排除された。前三六年の終わり、四五個軍団（約三〇万の兵士）と軍船六〇〇隻をかかえるオクタウィアヌスは西方を完全に掌握した。一一月一三日にローマに入市したオクタウィアヌスは市民から大歓迎を受けた。フォルムには凱旋門が、パラティヌスの丘にはオクタウィアヌスの私邸が（象徴的な意味をこめて、ローマ建国者のロムルスが住んでいたといわる小屋の近くに）建てられ、この住まいに隣接するように、彼の守護神であるアポロンを祀《まつ》る神殿の建設もはじまった。三頭政治は二頭政治となり、オクタウィアヌスとアントニウスが向かいあっていた。ローマの全勢力圏の支配をめぐる決闘の最後の幕が開こうとしていた。

二人の女にはさまれたマルクス・アントニウス

この間、アントニウスとオクタウィアはアテナイで暮らし、前三九年には長女のアントニアが生まれた。アントニウスはこうしてギリシアにとどまったまま、パルティアとの戦いを部下の指揮官に託した。そのうちの一人は前三九年と三八年に敵に大敗を嘗《な》めさせた。もう一人の指揮官は前三七年にエルサレムをパルティアから奪還して、元老院の同意を得てヘロデを王位につけた。[10] アントニウスが実行するつもりのパルティア大遠征の序幕であった。タレントゥムからアンティオキアに着いたアントニウスは、オクタウィアヌスと自分を結ぶいちばんの絆である妻のオクタウィアにローマに戻るよう命じた。貞淑な妻をこのように追い出すやり方は、ローマ市民の顰蹙《ひんしゅく》をかった。アントニウスが、前四〇年の夏から会っていないクレオパトラにアンティオキアで自分に合流するようにうながしただけに、ローマ市民はなおのこと眉をひそめた。しかし、アントニウスは前三六年の春にパルティアに向けて大軍を動かすためにクレオパトラの物資および資金の支援を必要としていたのだ。当面は、背後を固めつつ、ローマ属州と大小の王国や公国、自由都市、連邦国家、自治権をもつ神殿が混在するこの複雑なオリエントを再編することに力をつくした。アントニウスはローマ属州――マケドニア、アジア、シリア、ビテュニア――を、「友好的で同盟関係にある」君主たちを介して統治した。前三七年の終わり、クレオパトラとアントニウスは再会を果たした。またしても籠絡《ろうらく》されたアントニウスは、かつてはプトレマイオス王朝エジプトに属していた領土をクレオパトラにあたえた。主として、船の建造を視野に入れての森林資源の豊かな地方、都市、港であった（ティルスとサイダの町を除いたフェニキア、キリキア、コイレ・シリア、紅海に面したアカバ港）。それだけでなく、アントニウスは双子を認知した。これは、妻オクタウィアに対するさらなる侮辱であった。しかし、以上の決定がローマで不安をかき立てたり批判をまきおこしたりすることはなかったようだ。アントニウスはオリエントを自分の思うように治めていた。彼がローマの通常の政策から逸脱している兆候は何一つなかった。

前三六年のパルティア遠征は不幸な結果に終わった。[11] アントニウスの判断ミスは明らかで、ローマ軍は英雄的に戦いながらの撤退を余儀なくされ、多くの兵士を失ったが、最悪の事態は避けることができたし、兵士たちは自分たちと苦しみを分かちあうアントニウスにあいかわらず忠誠を誓っていた。同じ年、よりが戻ったアントニウスとクレオパトラのあいだに三人目の子ども、プトレマイオス・ピラデルポスが生まれた。前三五年一月、クレオパトラはレバノン沿岸でアントニウスと合流し、励ましと愛情だけでなく、物資および資金をもたらしてアントニウスを支えた。同じ頃、オクタウィアは自分が雇い入れた兵士と集めた物資を夫に届けるためにシリアに入いろうとしていた。アントニウスはアテナイでオクタウィアを足留《あしど》めさせ、こちらに来てはいけない、と妻に命じた。プルタルコスによると、アントニウスは二人の女のあいだで板挟みとなっていた。最終的に彼が選んだのはクレオパトラであり、二人は手をたずさえてアレクサンドリアに戻った。オクタウィアとの離婚は決定的となり、彼女はローマに戻った。アントニウスのこの選択はやがて少なからぬ影響をもたらす。

前三四年、アントニウスは二回目のパルティア遠征を試み、手はじめにアルメニアを征服した。前三六年の第一回パルティア遠征失敗の責任があるとアントニウスがみなすアルメニア王［アントニウスの部隊の一部がパルティア騎兵の奇襲を受けたとき、アルメニア王は救援しようとせずに自軍を撤退させた］は捕縛された。この対アルメニア戦の勝利を記念して、アントニウスはアレクサンドリアで祝賀行進を挙行した。本物のローマ式凱旋行進というよりも、バッコス神祭りの行進に近いものであり、アントニウス自身もディオニュソスに扮して登場した。その後、秋に入ってからアントニウスはクレオパトラとともに豪華絢爛な宴会を催し、二人は子どもたちに囲まれ、銀製の壇上に置かれた金の玉座に腰かけた。二人の結婚式はこの機会に挙行されたのだろうか？　歴史研究者たちは、ほんとうに二人が結婚したのか、本当だとしたら何年に結婚したのかについて、確信をもてないでいる（二人は前三七年に結婚した、と主張する者もいる）。以降、公式の場には女神イシスの姿で登場することになるクレオパトラは「王のなかの女王」と、カエサリオンは「王のなかの王」とよばれ、アレクサンドロス・ヘリオスはアルメニアとメディア［現イラン北西部］とパルティアを、クレオパトラ・セレネはリビアをあたえられ、幼いプトレマイオス・ピラデルポス（二歳）はシリア、フェニキア、キリキアの君主となった。ローマは直接統治しない地域は地元の諸侯に託して間接統治するのを習わしとしていたので、以上の措置はローマの外交政策として目新しいものではなかったが、アントニウスとクレオパトラがからむと意味が違ってくる。遠からずローマとプトレマイオスの二つの起源をもつ王朝を開き、カエサルの息子であるカエサリオンをオクタウィアヌスの対抗馬に押し立てる、という可能性が見え隠れしていた。アントニウスとクレオパトラはもはや一心同体であり、アントニウスはアレクサンドリアにおちついた。その結果、帝国の中心がイタリアから移ってしまうのではないか、という大きな懸念がローマ市民のあいだで再燃した。前回は、カエサル独裁官時代の終わりに生じた懸念であり、カエサルのエジプト滞在とクレオパトラとの愛人関係、カエサルが王権を欲しているのではという疑いが根拠となっていた。アントニウスのこのところのふるまいは、カエサルのころに輪をかけた強い疑念をよびさました。帝国が二つに分断され、西方が東方に押されて衰退するのではという強迫観念がローマの人々をさいなんだ。人々のこうした懸念は、意図が不鮮明なアントニウスの行動を非難するオクタウィアヌスのプロパガンダの燃料となり、ローマの世論を激高させた。

三頭政治の期限が切れる前三二年には、以上の懸念がある程度の具体性をおびるようになった。ローマでオクタウィアヌスが仕掛けてみごとに成功させたクーデターにより、この年の二人の執政官——どちらもアントニウス派——がアントニウスと合流するためにローマを去り、アントニウスが司令本部を置いているエフェソスに向かったのだ。しかも、元老議員一〇〇〇人のうち三〇〇人が同行した。夏になると、アントニウスは三行半《みくだりはん》を送ってオクタウィアを離縁し、ローマの邸宅から退去させた。オクタウィアヌスは、アントニウスを魔法にかけて誑《たら》しこみ、オリエントの君主に仕立ててしまった、とクレオパトラを非難する反「エジプト女」プロパガンダを猛烈な勢いで展開した。さらに、法律を無視して、女祭司たちが預かっていたアントニウスの遺言状を入手し、開封して元老院と公衆の前で読み上げた（中身をそのまま読み上げたのか、脚色したのかはわからない）。そして、遺言状の以下の三点に聴衆の注意を引いた。アントニウスがカエサリオンをクレオパトラとカエサルの子どもだと認定していること。クレオパトラ、および彼女が生んだ自分の子どもたちへの資産遺贈の意思表明。アレクサンドリアでクレオパトラのかたわらに葬ってほしいとの自分の埋葬地の指定。プロパガンダの毒がまわっていたローマ市民は以上を、アントニウスがローマと競合するヘレニズムタイプの帝国を打ち立てようとしている証拠ととらえた。ほぼ反逆だ！　いや、これは魔法をかけられた結果というべきだ、あの外国女からあたえられた媚薬のせいで理性を失ったのだ、と受けとめられた。[12]堕落したローマ人であるアントニウスはすべての権限を否定された。そして九月にはクレオパトラただ一人が、昔からの手順にしたがって「国家の敵」と認定された。誹謗《ひぼう》文書や檄文、侮辱、卑猥な告発が飛びかう灼熱した雰囲気のなか、イタリアと西方ローマの属州はオクタウィアヌスに忠誠を誓い、軍の最高司令官に選出した。[13]これによって、もはや三頭政治の権力をもっていなかったオクタウィアヌスはある種の倫理的正当性をおびて、ローマ市民の保護者および守護者となった。前三二年、彼は執政官に選ばれた。ローマは東地中海と雌雄を決するために団結した。東方も、アントニウスとクレオパトラを表看板として一丸となった。アントニウスは戦争準備に入った。オクタウィアヌスは自分の守護神であるアポロンに扮するという瀆聖《とくせい》行為におよんだ、戦闘ではさながら卑怯者であった、彼の先祖は解放奴隷だった、といった内容を書きつらねた中傷文書によって、アントニウスはオクタウィアヌス攻撃をくりかえした。

結末――アポロンの勝利、ディオニュソスの敗北

前三二〜三一年の冬、アントニウスとクレオパトラはギリシアのパトラに着き、アントニウスはここを本拠地とした。彼は独断で三頭政治の一頭としての肩書を保持し、執政官を称した。戦闘艦四八〇隻、補給艦五〇〇隻、軍団一九個と同盟軍（約七五〇〇〇人の歩兵と一二〇〇〇名の騎兵）からなる自分の戦力は盤石だと思っていた。戦いを待つあいだ、アントニウスは艦隊の一部をペロポネソス半島の西海岸沿いに分散させ、残りをより北に位置するアンブラキコス湾［別名アンブラキア湾］に配備した。バルカン半島を通って進軍するオクタウィアヌスをここでイタリアと切り離すのが狙いであった。沼沢に囲まれたこの湾はアカルナニア[14]の海岸線から陸地に円状に入りこんでいる。イオニア海に通じる湾の出入り口はごく狭く、南にはアクティウム岬がそびえている。

オクタウィアヌスは、前三一年の春に進軍を開始した。彼が擁する海上戦力は四〇〇隻で、アントニウスの船と比べて小型であったが、その分だけ小まわりがきいた。陸上戦力は軍団一六個と騎兵一二〇〇〇人で、アントニウスの陸上戦力と比べてさほど見おとりしない。戦略立案と艦隊の指揮はアグリッパに託された。

アントニウスの軍勢を、そのいくつもある天然の拠点と補給基地、すなわちエジプトから切り離すため、アグリッパはまずペロポネソス西海岸の制海権をにぎった。次に、オクタウィアヌスの軍勢がケルキラ島の北、エペイロス地方の海岸に上陸して、海岸沿いに南下し、アントニウスとクレオパトラの軍勢が集結しているアンブラキコス湾をめざした。アントニウスは、アクティウム岬のアポロン

神殿のそばに野営地を設営していた。陸上戦力同士の前哨戦によって、互いに敵の闘志を測ることができた。前哨戦によりアントニウスは第二の野営地を海峡の反対側に設営することができたが、オクタウィアヌスは夏のはじめに敵の艦隊を湾のなかに封じこめることに成功し、これで優位に立った。フィリッピの戦いを経験しているアントニウスは、艦隊を湾の外に出すとことと、完全に孤立するおそれがある陸上戦力を撤退させることはなにがなんでも必要だと理解した。封鎖を力づくで突破する最初の試みは、八月末に失敗に終わった。九月二日の朝、アントニウスは全艦隊を海戦に投入した。彼の指揮下にあるいずれの軍船にも、接舷《せつげん》して敵の船に乗りこむために最強の軍団兵が乗りこんでいた。敵味方の艦隊は、湾の入り口に対して扇状にふくらんだアーチを描いて対峙《たいじ》した。戦いがはじまってから二〜三時間たった午後のはじめ、クレオパトラが乗る艦船は、兵士たちが激しい接近戦をくりひろげるなかを通りぬけたのち、敵艦隊の中央を突破することができた。アントニウスが乗る艦船もこれに続いた。その場の状況と風向きに助けられ、二人は一〇〇隻ほどの軍船とともに逃げることができた。この戦いの日の夜、オクタウィアヌスは心配で自分の艦船にとどまった。戦果は決定的とはいえなかったが、大いに希望がもてる展望を開いた。敵の艦隊の一部は、総大将二人［アントニウスとクレオパトラ］を先頭に、戦いを続けるための資金もろとも脱出に成功したので、決着がついたわけではない。他方、損傷を受けていないが脱出できなかった敵艦船はアンブラキコス湾のなかに逃げこんだので、湾から出られないようにブロックすればよい。オクタウィアヌスは翌日、交渉によって、降伏する、もしくは軍船を破壊する、のどちらかを残存敵艦隊に選ばせることに成功した。とり残されてしまったアントニウスの陸上戦力は、補給不足のうえにオクタウィアヌスのプロパガンダがきいて士気が低下したところに、マラリアの蔓延《まんえん》で追い打ちをかけられ、七日後に降伏した。オクタウィアヌスとアグリッパの大勝利だった。アントニウスにとって、この敗北はギリシアとマケドニアの喪失を意味し、小アジアの喪失も時間の問題だった。

残っているのは、クレオパトラとアントニウスが別々のルートで帰り着いたエジプトだ。アントニウスの軍団兵は次々とオクタウィアヌスのもとに走って恭順の意を表し、アントニウス側についていた王侯たちもぼろぼろと離脱した。アレクサンドリア港の中央にある埠頭にアントニウスは家を建てて引きこもり、クレオパトラはヒスパニアやインドに移住するといった実現が怪しい計画を練った。二人は新たな社交結社を設立したが、その名はずばり「死の友の会」であった。そしてアレクサンドリアでは憂《う》さを忘れようとふたたび祝祭がくりひろげられた。

アテナイ、サモス島、シリアに寄ったのち、オクタウィアヌとその軍勢はアレクサンドリアに近づいた。前三〇年七月三一日、彼の騎兵隊はアレクサンドリア郊外を占拠した。前三〇年八月三日、オクタウィアヌスはアレクサンドリア市内に入った。アントニウスは、虚勢ではあったが堂々と押し出しよく、オクタウィアヌスに一騎打ちの勝負を申しこんだが断わられた。プルタルコスによると、アレクサンドリア陥落の前夜、美しいしらべ、群衆の叫び声、サテュロスの踊りの音が聞こえた。「ディオニュソス信徒団が、走りながら騒がしく遠ざかり、(オクタウィアヌスの野営地に向かって)いるのではないかと思われた」、「この超自然現象の解読を試みた者たちは、アントニウスがあれほど熱心にまねて、自分も同じように生きようとしていた神［ディオニュソス］が彼を見すてようとしている、と判断した」とプルタルコスは述べている。人間に見かぎられ、守護神に見放されたアントニウスは自害を試みた。瀕死の重傷を負った彼は、クレオパトラが築かせておいた霊廟のなかまでロープで引き揚げられ、クレオパトラの腕のなかで息を引きとった。それから何日かたった八月一二日（だと思われる）、クレオパトラは自害する。[15] 勝算はないままにオクタウィアヌスを誘惑しようと試みたのちの死であった。三九歳であった。オクタウィアヌスは二人をいっしょに埋葬した。エジプトはオクタウィアヌス直属領となり［以降、ローマ皇帝直属領となる］、エチオピアに逃走しようとしたカエサリオンは処刑された。

前二九年八月一三日、一四日、一五日、オクタウィアヌスは三つの勝利を祝って凱旋式をとり行なった。[16] 凱旋式とは、正当であると宣言された戦争において外敵を倒した将軍に対して元老院が開催を認める、もっとも豪華できらびやかな軍事的および宗教的なセレモニーである。パレードの経路、プログラムの中身、意味づけを定義する精密なプロトコールにしたがってくりひろげられるのが決まりだ。ローマ市民は経路に沿ってわれもわれもと集まり、この日のために設置される観客席は人であふれかえる。さて、オクタウィアヌスは不変とされていた行列の序列をひっくり返した。すなわち、いつものように元老議員に先導されるのではなく、自分が元老議員たちを従える形をとったのだ。四頭の白馬が牽く戦車上で不動の姿勢をとるオクタウィアヌスは、凱旋将軍だけに許される金糸で縁どりした赤紫のトガをまとい、笏《しゃく》と月桂樹の枝を手にしていた。式のあいだはユピテル［ジュピター］神に見立てられるので、神像を模して顔には鉛丹で化粧をほどこしていた。彼の背後には奴隷が一人立っていて、黄金の冠を捧げもちながらも「あなたは一人の人間にすぎない」とささやいていた［凱旋将軍の慢心をいさめ、命にかぎりのある人間であることを思い出させるため］。馬に乗った二人の少年がオクタウィアヌスの左右を行進していた。オクタウィアヌスの義理の息子であるティベリウス（妻リウィアの二人の連れ子のうちの長男）と甥のマルケッルス［姉オクタウィアの最初の結婚で生まれた男子］であり、二人とも彼の後継者とみなされていた。荷車に乗せられた敗軍の大将は凱旋パレードの目玉の一つであるが、今回にかぎっては大物が欠けていた。クレオパトラが自殺してしまったからだ。そこで、コブラを腕に巻いた女王の彫像が代用とされた。クレオパトラの彫像だろうか？　可能性は高い。ただし、女魔法使いとしての側面を強調した、蛇をもつイシス神の像かもしれない。もしくは、イシス神に擬されたクレオパトラの像かもしれない。いずれにせよ、人々の想像力をかき立てる表象であり、クレオパトラがコブラにみずからを咬《か》ませて自死した、という伝説が広まるきっかけとなった。マルクス・アントニウスについては、この凱旋式で彼に言及することはありえなかった［オクタウィアヌスが打ち破ったのはクレオパトラ、というのが建前である。いずれにせよ、同じローマ人であるマルクス・アントニウスを倒しても凱旋の対象とはならない］。しかし、観衆の目に、クレオパトラとアントニウスの影が色濃く焼きついた。二人の子どもたち、すなわち前四〇年生まれの双子、アレクサンドロス・ヘリオスとクレオパトラ・セレネが鎖につながれてパレードの見世物にされていた（おそらくは、前三六年生まれの末子、プトレマイオス・ピラデルポスも一緒だったと思われる）。彼らは処刑されることも獄につながれることもなく、オクタウィアヌスの姉でアントニウスの前妻であったオクタウィアに託され、異母姉妹の大アントニアと小アントニア［いずれも父親はアントニウス］とともに育てられる。

終章――新たな世界

前二七年一月にアウグゥトゥス［尊厳者］の称号を贈られ、紀元後一四年八月一九日に死去するオクタウィアヌスは生前に『Res Gestae（業績録）』を著わした。この特異な自伝は、[17]一介の市民がカエサルの相続人、カエサル派のリーダーとなり、ついには「国家の父[18]」の肩書きを得るまでの経緯を語っている。初代皇帝アウグストゥスとなったオクタウィアヌスの遺志により、葬儀をへてローマのカンプス・マルティウスに建てられた廟に遺灰がおさめられたのち、『業績録』をきざんだ青銅板が、霊廟入り口扉の左右にならぶ二本の柱に固定された。ラテン語とギリシア語の『業績録』写本がローマ属州に流布《るふ》された。

アントニウスとクレオパトラに対する自分の戦いについて、以前にもまして病弱となった七六歳の老皇帝はどう考えていたのだろうか？　権力とならんで彼が唯一愛したと思われる妻リウィアをのぞき、この争いのことを覚えている身内や側近は全員すでに泉下《せんか》の人となっていた。彼は、自分の死後に『業績録』が元老院で朗読され、公表されることを念頭にテキストに手をくわえ、「わたしは、反乱分子の専横によって抑圧された共和国に自由を取り返した」と記した。だれの名前もあげられていないが、反乱分子とはアントニウスのことをさしていて、自由に対する脅威とはクレオパトラを意味していることは明らかだ。「陸と海で、内なる敵および外敵にたいする」戦争を指揮し、内戦を終結させ、三つの凱旋式を祝ったことを誇らしげに語っているが、敵二人の名前を明示することは避けている。しかしながら、彼は二人を忘れていなかった。アントニウスの不信心と瀆聖《とくせい》を糾弾し、アクティウムの勝利に言及し、「全イタリアは彼［アウグストゥス］に忠誠を誓い、最高指揮官への就任を要請した」と強調し、「わたしは、ローマ市民の帝国にエジプトをくわえた」と述べている。

以上の文章のそっけなさは、オクタウィアヌス時代のプロパガンダの激烈な口調や、ウェルギリウス、ホラティウス、プロペルティウスをはじめとする、マエケナスにリクルートされてアウグストゥスのおかかえとなった詩人たちの熱烈な文体と好対照である。彼らはアクティウムの勝利のあと、共和政が瀕死となったローマにおける最後の内戦を、新たな時代の到来、西方と東方の壮大な対決の物語に書き換えた。たとえばホラティウスは、「醜悪で汚《きたな》らしく病んだ者どもの群れを率い、カンピドリオ［現カピトリーノの丘。ユピテル神殿などがあって、古代ローマの中心であった］に常軌を逸した破壊をもたらし、帝国を葬りさろうと準備していた女王（クレオパトラ）」を破ったアクティウムの勝利を祝い、さあ飲もうではないか、それも高級な葡萄酒を、とよびかけた。プロペルティウスも負けておらず、「あの女についてなんというべきだろうか？　自分の奴隷たちに身をまかせた女、ふしだらな夫を色仕掛けでたらしこみ、ローマの扉を自分のために開いて元老院を自分の帝国に従わせることを約束させたあの女について？」と書き、アントニウスについても、「瀆神者《とくしん》の軍隊」を率いたが、「醜悪な恋の虜《とりこ》となったために、来た道を引き返し、世界の果てに逃げ場を求めた」と手厳しい。ウェルギリウスは、前二六年に執筆をはじめて前一九年に亡くなる直前まで書きつづけ、アウグストゥスによって刊行された叙事詩『アエネイス』のなかで、次のように語っている。「かたや、父たち（元老議員）と市民たち、われわれの家の守護神、偉大な神々とともに、戦闘においてイタリアの人々を指揮するカエサル・アウグストゥス。これに対するのは、野蛮な富貴と雑多な武器に囲まれたアントニウスであり、太陽が昇る東方とエリトリア海沿岸の民のもとで勝ち誇り、エジプト、東方の軍隊、世界の果てのバクトラ［アフガニスタンにあった古代王国の首都］を手に入れている。なんという不名誉！　エジプト人の妻が彼につきしたがっている（中略）。犬のアヌビスといった手あいが混じるおぞましい神々が、ネプトゥヌス、ウェヌス、ミネルウァに対して戦いを仕掛けたのだ」。オクタウィアヌスのプロパガンダの最後の名残は、それから一〇〇年少しあとの、「高慢で破廉恥な王族娼婦」という大プリニウスの言葉に読みとることができる。

オリエントとディオニュソスに特有の無秩序に対する、秩序とローマとアポロンの勝利をたたえるのは詩人だけではなかった。ローマのカンプス・マルティウスに建立され、前九年一月三〇日に奉献されたアラ・パキス・アウグスタエ（アウグストゥスの平和の祭壇）のアカンサス模様飾りのからみあいのなかに、考古学者ジル・ソロンは、アントニウスの敗北とクレオパトラの自殺を象徴する意匠を読みとっている。これより以前にウェルギリウスが書いた『アエネイス』では、主人公のアエネアスがトロイアの祭典をアクティウムの岸辺で行なったことになっている［アエネアスはトロイアの王子という設定であり、トロイア滅亡ののちに父親と息子をつれて放浪の旅に出て、イタリアにたどりつく］。これは、オクタウィアヌス（アウグストゥス）が、自分にとっての最大の勝利をもたらしたアクティウム海戦を記念して建設した都市ニコポリスで、五年ごとに開催した祭典［アウグストゥスはアンブラキコス湾沿岸にニコポリスという都市を建造し、ここでスポーツ、文芸、音楽の祭典を開いた］の起源を一二世紀も昔に遡《さかのぼ》らせる試みであった。こうして、伝説や起源を語る神話が、歴史の真実よりも優位に立った。敗者の宿命として、アントニウスのイメージは否定的なものでありつづける。ライバルであったオクタウィアヌス（アウグストゥス）による激しい非難が理不尽《りふじん》であることは、史実を冷静に腑分《ふわ》けすればわかることなのだが。その一方、後世はクレオパトラに対してはより寛容であり、時代をへるにつれ、強国ローマの生け贄となったヒロインとのイメージが強まった。

もしアントニウスが勝ったとしたら歴史はどう変わったのだろうか？ 彼が勝っても、ローマの帝政への移行は避けられなかったろう。しかし、違った形の帝政となったことだろう。おそらくは、しめつけがもっとゆるく、ローマ色はもっと薄く、よりのびのびとして、よりヘレニズム的な帝国となったろう。しかし、これはもはや歴史改変SFの世界である…

ジャン＝ルイ・ヴォワザン

原注

1　現アルバニアのポヤニの近くにあった都市。

2　前二七年、彼は敬称アウグストゥス（Augustus）を元老院からあたえられる。宗教用語から借用されたこの新たな名前には、この名をもつ者は神々しくすぐれた資質によって「拡張（augmenté ＝ augmented）」されている、との意味がこめられている。この時点でローマは帝政に入ったといえよう。

3　アントニウスの周囲にいたカエサル派大物は以下の二人である。前四四年、終身独裁官となったカエサルによって騎兵長官に任命されたM・アエミリウス・レピドゥスは、ローマの近くに駐留する部隊を指揮していたが、カエサルの死後に最高神祇官に選ばれる。アントニウスやレピドゥスより若く、カエサルの指名により前四三年に次期執政官となることが決まっていたＰ・コルネリウス・ドラベッラは、補佐執政官となる。

4　まだなんの権力をもっていなかったオクタウィアヌスにとって、一〇人の護民官の一人となることは、ローマにおける不可侵特権（神聖不可侵性）、執政官や元老院の決定に対する拒否権、告発する権利、元老院を招集する権利、法律を制定できる平民会を招集する権利を得ることを意味した。なお、護民官には、軍事権もふくむ最高行政権（インペリウム）をもつ者によっておびやかされるあらゆる市民を助ける権利もあった。しかし、オクタウィアヌスは若すぎるうえ、パトリキ（貴族）階級に属しているために、平民の代表である護民官になることはできなかった。

5　伝説がたたえるほどに彼女は美しかったのだろうか？　プルタルコスは二度にわたり、彼女の容姿は平凡であったと述べている（アントニウス伝、二七と五七）。古銭に描かれているのは突起した額と鷲鼻を特徴とする彼女の横顔だけであり、王冠、ゼウスの鷲、豊穣の角という国家と権力の象徴を描くことが主眼となっている。彫像も残っているが、ほんとうにクレオパトラの像であるかははっきりしていないうえ、リアリズムを狙っていないので容姿を知る手がかりとはならない。

6　古代より、この子の生年月日と父親については諸説紛々である。前四七年六月二三日という日付は、メンフィスのセラピス神殿で発見され、現在ルーヴル美術館にあるデモティック文字［古代エジプトの民衆文字］の石碑を根拠としており、現在では専門家たちから支持されているようだ。著名な歴史研究者ジェローム・カルコピノ（Passion et politique chez les Césars の著者）は説得力のある根拠を示しつつ、この子が生まれたのは前四四年四月であり、マルクス・アントニウスが父親である可能性が高い、との説を唱えており、これに賛同する専門家も少なくない。

7　五つの内戦のうち、最初に起こったもの。この戦いに敗れたアントニウスはガリアにいったん雌伏する。この戦いで元老院の軍隊を指揮していた執政官二人は死に、オクタウィアヌスは自軍の兵士からインペラトル（勝利をおさめた将軍）とよばれた。

8　三頭の敵とされた約三〇〇人の名前のリスト。ただちに死刑と決められた者については、見つかった場所がどこであろうと、いつであろうと殺された。知られているかぎり、リストにのった者のうち一一人が自殺し、五〇名ほどが処刑され、七名が戦闘で死んだ。キケロの首はローマのフォルム［公共広場］の演台の上にさらされ、右手は同じく演台に釘づけされた。

9　二つの戦闘（一〇月三日と二三日）では約一〇万人の兵士、約三〇個の軍団がぶつかりあって、多くの血が流れた（死者は五万人前後）。

10　ヘロデ大王（前七三―四）は、アントニウスからユダヤ属州の統治を委任されていたが、パルティアの支援を受けたライバルによって追放されてローマにのがれた。元老院は彼に「ユダヤ人の王」の称号をあたえた。

11　おそらくカエサルにならったものと思われる、この遠征の意図とプランにかんしては、歴史研究者のあいだで意見が分かれている。アントニウスはユーフラテス川を越えず、北側のアルメニアから攻撃をしかけた。すなわち、大まわりをしてから南下し、メディア王国の首都プラースパを攻囲した。しかし二か月かけても陥落しなかったのでアントニウスはやむなく撤退を決意した。

12　古代ヨーロッパ史の大家であるロナルド・セイムは「みずからの肉欲の奴隷となったアントニウス、というイメージは教導を目的とした大衆文学が作り出したものだ。クレオパトラは若くも美しもなかった」と述べているが、正鵠を射た指摘である。

13　ボノニア［現ボローニャ］のように、アントニウスを庇護者とするクリエンテス都市はこの動きにくわわらなかった。

14　アカルナニアは、アイトリアの西、イオニア海に面したギリシア北西の地方。
15　古代より、クレオパトラの直接の死因は論議の的となっているが、毒もしくはコブラのどちらかだと思われる。
16　本章の導入部を参照のこと。
17　『神君アウグストゥスの業績録』の研究書を出版した古代ローマの専門家、ジョン・シェドの言葉。同研究書は、Res Gestae にかんするわれわれの知識をあらためさせる名著である。
18　紀元後二年二月五日に元老院、騎士団、ローマの平民からこの輝かしい尊称を贈られたとき、アウグストゥスは感涙にむせんだ。彼以前にこれを贈られたのは、カミッルス、キケロ、カエサルの三人だけであり、しかもこの三人の場合は非公式な尊称であった。

参考文献（原注1参照）

Auguste, *Res Gestae Divi Augusti*. アウグストゥス『神君アウグストゥス業績録』――スエトニウス『ローマ皇帝伝』上巻（國原吉之助訳、岩波文庫、一九八六年）に付録として収納

Dion Cassius, *Histoire romaine*, livres 45-51. Horace, *Odes*, 1, 37. ホラティウス『叙情詩（1、37）』――『ホラティウス全集』（鈴木一郎訳、玉川大学出版部、二〇〇一年）

Plutarque, *Vies paralleles*, *Vie d'Antoine*, *Vie de César*. プルタルコス『対比列伝』（『アントニウスの生涯』、『カエサルの生涯』）――『プルターク英雄伝』（河野与一訳、岩波文庫、二〇〇一年）

Properce, *Elegies*, 3, 11, 30-32 ; 2, 16, 37-40. Suetone, *Vie des douze Césars*, *César*, *Auguste*. スエトニウス「カエサル伝、アウグストゥス伝」――『ローマ皇帝伝』（國原吉之助訳、岩波文庫、一九八六年）

Virgile, *Énéïde*, 3, 278-280 ; 8, 678-700 (traduction de P. Veyne, ウェルギリウス『6（3巻278～280、8巻678～700）』　『アエネーイス』（杉本正俊訳、新評論、二〇一三年）Paris, Les Belles Lettres, coll. « Classiques en poche », 2013).

研究書

Bastien, Jean-Luc, *Le Triomphe romain et son utilisation politique à Rome aux trois derniers siècles de la République*, Rome, Collection de l'École française de Rome, n° 392, 2007.
Carcopino, Jerome, *Passion et politique chez les Césars*, Paris, Hachette, 1958.
Ceauşescu, Petre, « Altera Roma. Histoire d'une folie politique », *Historia*, n$_{o}$ 25, 1976, pp. 79-108.
Chamoux, François, *Marc Antoine, dernier prince de l'Orient grec*, Paris, Arthaud, 1986.
Chauveau, Michel, *Cléopatre au-delà du mythe*, Paris, Liana Levi, 1998.
Cosme, Pierre, *Auguste*, Paris, Perrin, 2005.
—, *Auguste, maître du monde. Actium, 2 septembre 31 av. J.-C.*, Paris, Tallandier, 2014.
David, Jean-Michel, *La Republique romaine de la deuxième guerre punique à la bataille d'Actium. 218-31*, Paris, Seuil, coll. « Points », 2000.
Hurlet, Frédéric, *Auguste. Les ambiguïtés du pouvoir*, Paris, Armand Colin, 2015.
Le Glay, Marcel, *Grandeur et déclin de la République*, Paris, Perrin, coll. « Tempus », 2005.
Legras, Bernard, *L'Égypte grecque et romaine*, Paris, Armand Colin, 2004.
Martin, Paul M., *Antoine et Cléopctre. La fin d'un rêve*, Paris, Albin Michel, 1990.

Renucci, Pierre, *Marc Antoine. Un destin inachevé entre César et Cléopatre,* Paris, Perrin, 2015.
Sauron, Gilles, *L'Histoire végétalisée. Ornement et politique à Rome*, Paris, Picard, 2000.
Schwentzel, Christian-Georges, *Cléopatre, la déesse-reine*, Payot, Paris, 2014.
Syme, Ronald, *La Révolution romaine*, Paris, Gallimard, 1967.
Voisin, Jean-Louis, « Le triomphe africain de 46 et l'idéologie césarienne », *Antiquités africaines*, n_o 19, 1983, pp. 7-33.

第4章　グレゴリウス七世とハインリヒ四世

教皇対皇帝

「ご心配は無用。われわれは、身も心も断じてカノッサに行くことはありません」。帝国宰相ビスマルクは一八七二年五月一四日、国会でこう宣言した。当時ドイツ帝国はこの「文化闘争」（Kulturkampf）に国をあげて没頭し、ローマ聖庁と対立していた。一〇七七年一月二五日から二八日までカノッサ城の前で起きたできごとは、何代にもわたってドイツ人に耐えがたい屈辱の記憶を植えつけていた。冒頭の演説より一年あまり前（一八七一年一月）に成立した帝国では、教皇庁に屈服するどんなささいな兆しも見逃されなかった。だが、プロイセン国王ヴィルヘルム一世よりはるか昔にさかのぼる皇帝ハインリヒ四世は、ほんとうに屈服したのか？　もしそうならば、それは、なしとげた改革にその名を残す教皇グレゴリウス七世に対抗する勢力の敗退を意味するのか？　カノッサはいわゆる「叙任権」闘争（一〇七五—一一二二）のもっとも有名なエピソードにすぎない。この二人の重要人物の対立によって、制度上の齟齬にはじまった抗争は、帝国全体におよぶ内戦にまで拡大した。ドイツは何年にもわたって荒廃し、ローマはその歴史上もっとも厳しい狼藉の犠牲となった。

皇帝が教皇を支配していた時代

一一世紀には、教皇は本来カトリック教会の五教区のうちローマ教区の司教であって、ほかの四つの教区、アレクサンドリア、アンティオキア、エルサレム、コンスタンティノープルの司教と同等の地位にあった。倫理面での教導権をにぎり、みずからを「使徒職」に任じて聖ペトロの継承者としての威厳を保っていたものの、後代におけるような権威はまだなかった。レオ九世[4]やグレゴリウス七世による改革の結果、教皇に権力があたえられ、さらに強大になるのは一三世紀のことである。教皇は建前では司教と同様に、聖職者と住民によって選ばれることになっていたが、実際にはローマ貴族の急進派の政争の具となり、一一世紀前半にはその権威は衰退していた。それでも、教皇は理論上、七五六年にピピン短駆王［ピピン三世］から寄進を受け、カール大帝からもさらなる寄進を受けた聖ペトロの財産［ローマ教皇領をさす］の君主であった。その領土はティレニア海からアドリア海まで斜めに横切る一帯、すなわちローマとラティウム、ラヴェンナの旧総督領、ロマーニャ、スポレト公国とベネヴェント公国、ペンタポリス[5]の諸地域に広がる。代々の教皇はこれらの地方で裁判権を行使し、徴税やその他賃料の徴収にあたった。

当時ローマ司教である教皇のカトリック教会に対する権威はかなり限定されていた。西方の諸王国の王や諸侯は、僧院を創設し、司教の任命権を完全に掌握、もしくは監督し、公会議を召集して規律や悔悛、または十分の一税の支払いについて決議した。カトリックの教義にかんしてさえ、教皇がみずからの見解を認めさせることはできず、司教会議で司教や修道院長らが討議した。

教皇と皇帝という、どちらも普遍的な使命をになう二人の関係は、ゲラシウス一世が四九六年に皇帝アナスタシウス一世に宛てた書簡のなかで定められた。いわゆる「両剣論」である。宗教の剣（権力）は教会に帰する。地上の剣は皇帝の手にゆだねられ、皇帝はそれをもって聖座に仕える。この概念は二つの権力のあいだの均衡をはかるものだが、かなりローマ教会に有利な均衡だった。皇帝の政治権力は教皇権の干渉をまぬがれたが、宗教にかんして皇帝は司教に従う必要があった。教皇と皇帝は協力して人類の救済にあたるべきとされた。カロリング朝、ついでドイツのオットー朝（九六二―一〇二四）の時代には、教皇ゲラシウスの教義が教皇と皇帝の関係を規定していたが、いくつかのほころびを機に教皇の権力が弱まり、反対に皇帝の存在感はましていく。

オットー大帝が九六二年に帝国を再建すると、両者の関係は九六二年二月一三日の「オットー大帝特権状」によって定められた。すなわち、ローマ教会にはピピンの寄進した所領が認められ、教皇の選出は教会法に即して行なうこととし、画策するローマ貴族の口出しは封じられたが、教皇の座につく前に皇帝の同意を得た上、忠誠の宣誓をする必要があった。

皇帝はついには教皇選挙にまで口を出すようになる。九六三年には、オットー大帝が姦淫を理由に教皇ヨハネス一二世を廃位したが、実際は政治的な対立による解任劇だった。そして、新たに教皇としてレオ八世を即位させた。教皇の補佐役であるはずの皇帝が、教皇の支配者となったのだ。

一〇一四年に戴冠したハインリヒ二世は教皇座の僕《しもべ》ではなく「庇護者」になると誓った。またハインリヒ三世はかつてのカール大帝の称号「ローマ人のパトリキウス」をふたたび名のり、四人もの教皇を推挽したが、彼らはすべて帝国の司教だった。そのうちの一人がトゥール司教だったブルノーで、即位して教皇レオ九世となり、はじめて教会の改革に着手した。皇帝によって教皇に選ばれた人たちは高潔な聖職者ではあったが、教会法に反して出身地の司教もひき続きつとめたから、依然として皇帝の封臣でもあった…。

ハインリヒ三世の治世下、皇帝と教皇庁の考えは一致していたが、彼が一〇五六年に亡くなるとこの関係は絶たれる。教皇庁は、王を継いだハインリヒ四世が幼いために母親のアグネスが摂政をつとめた機に乗じて、帝国の統治から脱した。[6] 一〇五九年教皇ニコラウス二世はラテラノで教皇令を発し、教皇選挙を枢機卿の専権事項とし、ローマ貴族たちを遠ざけ皇帝の承認をしりぞけたのである。教皇令がわずかに世俗権に譲歩したことは、皇帝の栄誉は保たれるべしとの一点のみだった。

こうして、教会改革によって教皇庁はその権力を強め、帝国の支配から解放されて対決姿勢をより鮮明にした。だからハインリヒ四世の治世下に起こった危機の責任は彼にはなかったという見方もできる。一〇六五年に親政をはじめたときには、彼に不利な状況がすでに進展していたのだ。ハインリヒはまずはドイツの王として、皇帝への即位について教皇の同意を得なければならなかった。

ハインリヒ四世の評判は、歴史家のあいだをふくめてよろしくない。彼の治世はずっと紛争の連続であったし、その専制的なふるまいもおそらく評価を落としている。当時の文献には怒りっぽくずる賢い、凶暴な性格の描写がある。しかしながら、彼に政治的な知性がまったく欠けていたわけではないだろう。彼の肖像画は残っていないが、非常にめずらしいことに一九〇〇年に彼の遺骸が掘り出された。身長一八〇センチ、痩せ型で筋肉質、あきらかに病身ではなかった。没後九〇〇年を記念して、彼の復元された顔がシュパイヤー歴史博物館に展示された。

グレゴリウス七世の野心

教皇グレゴリウス六世とレオ九世の側近に、イルデブランドというまだ三〇代の若い僧がいた。有能で熱意もあって、しだいに頭角を現すことになる。彼が神秘思想や禁欲に魅力を感じていることはよく知られていた。教皇使節としてノランスに派遣されトゥール司教会議を主宰し（一〇五四）、その後ローマ聖庁での地位を固め、教皇ニコラウス二世（在位一〇五八―一〇六一）とアレクサンデル二世（在位一〇六一―一〇七三）のいちばんの側近となった。一〇五九年のラテラノの教皇令もおそらく彼が起草したものだろう。枢機卿アンベール・ド・モワイヤンムティエら改革の偉大な思想家に比べて、彼の受けた知的教育のレベルはおとっていたが、そのかわり実行力にすぐれ、もち前の性格から大胆な行動に出ていっさいの妥協を許さなかった。頭脳明晰で身体も頑健であり、一徹な気性は、敵を前にして粘り強く一歩もゆずらなかった。

一〇七三年四月二二日イルデブランドの教皇選出は混乱のなかで行なわれ、その後も疑惑が払拭されることはなかった。なぜなら彼は民衆の運動によって選ばれ、皇帝の承認を得ずに即位したからである…。彼は教皇名に大聖グレゴリウス［グレゴリウス一世（在位五九〇―六〇四）は、典礼を整備し教会の改革を遂行した」にちなんでグレゴリウスを選び、一〇四六年に皇帝ハインリヒ三世から罷免された教皇グレゴリウス六世の継承者として七世を名のった。帝国に対する鉄拳の意思を表明する命名であった。

グレゴリウス七世は前任の教皇たちの業績を踏襲しつつも、教皇庁の権威をさらに強める方向に舵を切った。それは教会組織の根本的な変革、世俗社会との関係の見なおし、そして帝権の束縛からの解放を意味していた。聖職者が妻帯禁止令を遵守しているかを監視し、金で教会の職務や秘跡を授ける権利を買う聖職売買（シモニア）を排除したのはこれまでどおりだった。同じく重視したのは、司教選挙を教会の手にとりもどし、世俗権力を排除することだった。世俗権力が司教選挙をきわめて重視していたのは、司教は教会での権限のほかに、その都市での公職（衛生、備蓄、治安）のかなめの立場につき、君主の顧問団にくわわり、さらには軍の遠征にまで参加していたからである。

改革がもし成功したならば、まったく違った教会ができるはずだ。そこでは位階制が整い、ローマにすべての権力が集中し、諸国の教会と司教団の自律性は大幅に制限されるはずだ。教皇は聖なる世界を支配し、キリストが教会にあたえた権威をその身と職務に集中させることになる。教皇と司教たちは直接に位階で結びつき、世俗の君主たちは遠ざけられる。これらすべてが成就してはじめて、世界の浄化、神聖化が実現される。めざしたのは教会にとどまらず、社会全体の壮大な変革であった。

この精神を完璧に要約し、その本質をまとめた文書が存在する。中世の文書でもっとも有名なものの一つ、「教皇訓令書」（Dictatus Papae）である。一〇七五年三月はじめにグレゴリウス七世がみずから起草した。だれに宛てて書かれたものか、歴史家の見解は定まっていない。たんなる教皇の内部向けの計画概要だったかもしれない。グレゴリウス七世は西方キリスト教世界の全司教たちが結束して守るべき行動の規範を提示した。この文書はあまり流布されなかったようだが、その方針はローマ教皇庁尚書院のほとんどの書簡や教皇の決定事項に反映された。味気ない二七の章からなる勅書のなかで、われわれにとってもっとも興味深いのは教皇と皇帝の関係と教皇権の範囲にかんする規定である。ハインリヒ四世との確執より前に書かれたこの文書は、一触即発の論争の種をはらんでいた。曰く、「唯一ローマ教皇のみが法的に普遍とよばれうる」、「すべての君主は教皇ただ一人の足に接吻しなければならない」、「教皇は皇帝を解任することができる」、「教皇自身はだれからも裁かれてはならない」、「ローマ教会と協調できない者はカトリック教徒にあらず」。世上権から独立した教皇は、皇帝の解任も敵対者の破門も意のままとなり、じつに多彩な攻撃手段を有することになる。この文書が帝国政府に届くことはなかったが、その趣旨に改革派や皇帝の政敵らがおおいに鼓舞されたことは、彼らが執筆した文書に明らかである。こうなると、グレゴリウス七世がハインリヒ四世の廃位を主張するのも当然のなりゆきだった。

一〇七六年と一〇八一年にメス司教ヘルマンに宛てた書簡のなかでグレゴリウスは、あまねく全世界の罪を赦すか赦さぬかの権限を自分はキリストからあたえられ、神の掟にいっさいの例外はないのだから王族も彼の裁量にゆだねられる、と主張している。宗教が現世の権力に勝《まさ》る以上、臣下の君主への忠誠の宣誓を無効とする、したがって君主たちを罷免することも許される。教皇はキリスト教界至高の審判の位につき、皇帝はその臣下でしかない。教皇ゲラシウスの唱えた教義はかすんでいった。

改革政策が、教皇使節や諸地域で開催される公会議を通じて諸国に浸透していくにつれ、世俗の諸侯たちは自分たちの権力が侵害されると気づいた。司教の任命権という大事な切り札を奪われる危険があるからだ。統治にとって重要なネットワークの鍵をにぎる司教たちが、自分たち王侯の権限からすりぬけるのを放置することは絶対に受け入れられなかった。多くの高位聖職者にもためらいがみられた。というのも教皇の権威に服従するよりも、王国や帝国の政治に参加するほうが魅力的だったからだ。それに、教皇は遠くにおられるが、国王はすぐ近くにおられる…

危機に瀕した帝国

ドイツ王国はこの上なく脅威を感じていた。この地域では、レオ九世の打ち出した改革は皇帝の支持を得たのに対して、グレゴリウス七世への反発はどこよりも強かった。

帝国教会は、オットー朝にはじまり一〇世紀末から一一世紀なかばにかけて確立した特殊な体制である。この「帝国教会制度」(Reichskirchensystem) は教皇がめざした主導権の奪回と完全に逆行するものだった。

帝国教会はゲルマニア［古代ローマ時代の地名。おもにゲルマン人が居住した地域］と北イタリアの諸王国の領地全体におよぶ皇帝権を土台にして組織された。ゲルマニアの代々の君主はカロリング朝、さらには後期ローマ帝国の時代から存在していた組織を利用、強化してきた。すなわち、学識があり法律にも明るかった司教たちを顧問とし、ときには政治理論の構築をまかせた。司教は政治課題への助言、領地内のあらゆる調整、外交交渉にあたり、軍隊の指揮すらとった。その結果、司教区は領地となり、司教は社会的にも家系的にも封建制の網の目に組みこまれていった。それ以来、ゲルマニアの王はザクセン公、シュヴァーベン公、バイエルン公ら有力な公国君主との勢力の均衡をはかるために司教をうまく利用した。司教の選挙に口を出し、領地の統治機構に高位聖職者を組み入れたのである。高位聖職者たちに領地の統治をまかせ、「インムニテート」[7]とよぶ方便にことよせてあらゆる世俗権力の介入から彼らを守った。臣下の筆頭であり、要塞の城主であり、大公とならぶ権力を得ようとしていた帝国教会の司教たちが、ローマ教会の介入を嫌ったことは理解できる。ハインリヒ四世は、根づいていたこの制度をうまく利用していた。しかし、このシステムにはほころびが見えはじめていた。有力な世俗権力者たちが、聖堂参事会の幹部に支持者や家族を送りこんで、司教座を奪うようになったのだ。しだいに高位聖職者は王と袂を分かつようになり、王と教皇が対立すると、自分たちにとって有利な陣営を選びとるようになった。

この現状にグレゴリウス七世はいらだった。すべては改革の精神に逆行している。高位聖職者たちも教皇の怒りを承知して、ブレーメン大司教は一〇七四年の年末に衝撃的な表現で彼らの心情を吐露する。「この危険な男（教皇のことである）は、司教に向かってまるで雇い人のように命令したがる」。

叙任権をめぐる抗争は、二人の人物の対立にとどまらず、世界を二分する闘いであった。帝国教会制度を倒すことは、皇帝権の支柱の一つを土台からくずすことを意味した。ドイツ王国政治の安定とグレゴリウス七世の改革への意志のあいだには、いかなる妥協案も見いだせなかった。

「教皇の職を辞せ！〔…〕その座から降りろ、降りるのだ！」

ハインリヒ三世のもとで権勢を誇っていた帝国だが、一〇五六年に皇帝が急逝すると、王国の有力者たちは一気に戦闘態勢に突入した。王権の弱体化を見てとるや、王の特権を簒奪《さんだつ》し、競って駒を進めようとしたのだ。たとえばケルン大司教アンノ対ロートリンゲン公ゴットフリートのように、強力な聖職者は世俗の大公と覇権を争った。仲間同士でもだれもが頂点をめざして牽制しあっていた。ハインリヒ四世は一〇六五年に成年に達すると、すぐさま親政をはじめた。ただちにザクセンで大胆な政治を展開し、居城のあるゴスラーの権威を強め、要塞を築き、ミニステリアーレス（家士）とよばれかならずしも自由民ではない小貴族の階級を頼りにした。こうして、ハインリヒ四世は反乱を起こす貴族と全面対決の姿勢を打ち出した。年代記作家フルトルフ・フォン・ミヒェルスベルクが彼らを代弁している。「一〇六八年から国王は諸侯を軽蔑し、貴族に屈辱をあたえ、凡人を登用し、〔…〕そして、有力者たちに猜疑心をつのらせ自分だけの城を築いた」。一〇七三年戦争が勃発した。世俗と教会の領主たちが結託して国王を手こずらせた。国王の築いたハルツブルク要塞は炎に包まれ、国王がようやく敵を討伐したのは一〇七五年六月九日のことだった（ウンシュトルト川河畔ホムブルクの戦い）。

ようやく内紛がおちついたかに見えた一二月八日、彼の許《もと》にグレゴリウス七世から服従を迫る書簡が届く。前任の王たちと同様に、ハインリヒ四世はイタリアのミラノ、フェルモ、スポレトの司教選挙に介入して、自分に忠実な聖職者を配置していた。それが教皇には許しがたく、ハインリヒ四世を服従させることを決断した。すでにこの年の二月には数名の高位聖職者を聖職売買や同棲のかどで停職処分にしたが、そのなかにはバンベルク司教ヘルマンやブレーメン大司教リーマルらがふくまれていた。こうして皇帝の側近中の側近の何人かに大打撃をあたえた。一二月八日の書簡はおそらく教皇訓令書の内容がはじめて具体的に適用された例であろう。

ハインリヒ四世は屈従をこばんだ。一〇七六年一月末のヴォルムス会議で、ゲルマン圏の司教の三分の二にあたる二六人が、不正選挙を引きあいに教皇グレゴリウス七世を非難した。「廃位」という表現を使えば選任そのものの有効性を認めることになるので、慎重に言葉を選んで教皇の「称号剥奪」を宣言した。この決定は、イタリアの高位聖職者たちをピアチェンツァに集めて開催された二回目の会議でも承認された。教皇が受けとった書簡は「朕《ちん》、すなわち僭称でなく、いと高き神のご決定により王となったハインリヒから、教皇にあらずにせの僧イルデブランドへ」にはじまり、最後にグレゴリウス七世に辞職を迫るものであった。

「聖パウロはこのように仰せになった。『もし天使が空から舞い降りて、われわれとは違う福音を説いたら、その天使は破門される！』おまえはわれわれとわが全司教から破門に処せられたのだから、教皇の職を辞し、その座を降りるのだ。別の者を聖ペトロの玉座につかせたまえ、宗教の名を借りて暴力をふるうのではなく聖ペトロの正しい教義を教示する者こそを！　神の恩寵により王である朕《ちん》、ハインリヒ四世はわが全司教とともに告げる、教皇座から降りろ！　降りるのだ！」

前任の皇帝たちが過去に教皇を解任してきたことをハインリヒは覚えていた。九六二年のオットー大帝特権状に規定された権限を行使し、法の名において、神の託宣を受けたローマのパトリキウスとして、教皇解任にふみきったのだ。

紛争が勃発した。グレゴリウス七世は二月には早くもヴォルムス会議を糾弾し、キリスト教信徒を、彼らが王に対して行なった忠誠の誓いから解放し、王の破門と廃位を宣言した！　三月にはマインツ大司教とヴォルムス会議に出席した司教たちを破門し、王への制裁を強め追放を宣言した。容赦ない仕打ちだった。一〇七六年復活祭のユトレヒト会議で、ハインリヒ四世は「にせの僧イルデブランド」の免職をあらためて宣告して反撃に出た。会議は劇的な展開となった。年代記作家によれば、宣告が行なわれたそのとき、教会に雷が落ち炎に包まれた。そこに神の怒りのしるしを見た者もいた。

こうして司教勢力に亀裂が入りはじめた一方で、ハインリヒ四世に対抗する世俗権力側は息を吹き返していた。ザクセン公オットー・フォン・ノルトハイムに率いられた北方の諸侯たちに、バイエルン公、シュヴァーベン公、ケルンテン公ら南方の諸侯が合流した。一〇七六年一〇月、マインツから一五㎞ほど離れたトレーブールに集結した諸侯たちは、王に対して一〇七七年二月二日までに破門を解かれなければ、教皇が主宰するアウクスブルク公会議において王位を解任されるであろうと予告した。みるみるうちに味方が減るにおよび、ハインリヒ四世はイタリアにいる教皇のもとにおもむくよりほかないところまで追いつめられたが、諸侯たちはアルプス越えをなんとしてでも妨害し、両者の合意を阻止して、自分たちの思いどおりにしようと画策した…。にもかかわらず王は、夜陰に乗じてシュパイヤーを出発し、妃といく人かの忠臣をつれ、ブルゴーニュを越えてモン・スニ峠へと歩を進めた。

カノッサ

アルプス越えは過酷をきわめた。教皇の支持者の一人、修道院長ランベルト・フォン・ヘルスフェルトの記述によれば、男たちはときには四つん這いになって、妃とお付きの者は案内人の肩にかつがれて険しい道をやっとの思いで進んだ。断崖をすべり落ちる馬も多数あった。ついにイタリアにたどりついたとき、ハインリヒ四世は皇帝派の都市で大歓迎を受けた。ドイツの諸侯たちと合流する途中で王の到着を知った教皇は、同盟を結ぶトスカーナの女伯爵マティルデの領地にあるカノッサの要塞に身を隠した。マティルデは王から血縁のよしみ——じつはかなり遠縁だったが——で懇願され、両者の仲介を引き受けた。

一〇七七年一月の末に、雪におおわれたカノッサ城で実際に何が起こったのか？　この事件は、ランベルト・フォン・ヘルスフェルトをはじめとする、教皇側が残した文章からしか知ることができない。ハインリヒ四世は従者とともに城壁の前まで来て、教皇の要求に屈するほかなかった。「彼は三日間城門の前にたたずんだ。みすぼらしい格好で王の身分を示すものはすべてはずし、涙を流し、裸足でウールの粗衣をまとっていた」とグレゴリウス七世は事件の直後、ドイツの高位聖職者たちへの書簡に記した。教皇側の年代記作家ベルトルト・フォン・ライヒェナウもその光景をこう記した。「ウールの衣で寒さに凍え、裸足になり［…］彼は涙ながらに悔悛者の作法を守って、神の恩寵と教皇座からの赦しを乞い願った」

こうしてドイツ王は、公衆の面前で、六世紀から守られてきた作法にしたがって贖罪の苦行を行なった。その数日前に教皇は、破門され、赦しを求めに来た司教や世俗の者たちに同じ苦行を課していた。しかも聖職者については「穏便な免償によって、彼らの過ちがごくささいであるかのように、ひいてはなにも過ちがなかったかのように思われることがないように」一人ずつ独房に収容したと、ランベルト・フォン・ヘルスフェルトは記す。くりかえし文献学にとりあげられる王の「屈辱」は、じつは破門を解いてもらうために避けては通れぬ関門にすぎなかったし、むしろその後のなりゆきを見れば、逆に「雪辱」の意図さえ感じられよう。一〇八〇年にふたたび戦争が起こったときに、最初に屈辱のエピソードを広めたのは、王の敵の側だった。

　四日目、ついに教皇は女伯爵マティルデと王の代父[8]「キリスト教の洗礼に立ち会い、神との契約の証人となる者」をつとめたクリュニー修道院長ユーグの願いを聞き入れ、君主を赦しその破門を解く。ハインリヒ四世は、アウクスブルク公会議におもむいて、王位にとどまることの是非について教皇の裁可に従うことを約束した。もし王位が認められれば、将来にわたり教皇庁に服従し、王国内に教会の改革の成果をいきわたらせることも誓った。随行の高位聖職者たち、すなわちブレーメン大司教、ヴェルチェッリ司教、オスナブリュック司教と貴族たちにも、王の約束遵守の監視を誓わせるという徹底ぶりだった。

　このエピソードは今日までくりかえしいくつかの疑問を生んできた。歴史家の調査があいつぎ、詳細な事実の検証、またその意義や重要性についてつねに新たな分析が提示されている。

　まずは事実について。ハインリヒ四世が三日間裸足で雪のなかにとどまったことは、まずありえない。そんなことをしたら、生きてはいられなかっただろうから。おそらく要塞の閉じられた門の前まで三度おもむいたのだろう。歴史家ゲルト・アルトホフは、この贖罪の行為が、両陣営があらかじめ内容をつめた講和の第一段階だという見方をとる。教皇は君主を服従させて、その恩赦を正当化し体面を保った。もっともそうするしかなかった。司教の役目のなかに悔悛した罪人に恩寵をあたえるつとめがあり、ハインリヒ四世もそれをあてにして悔悛の行動をとったと思われるからだ。これを裏づけるかのように、グレゴリウス七世はその書簡のなかで自分が勝ったとはいっさい述べていない。

とはいえ、ハインリヒ四世は君主のイメージをそこなう危険をおかしたのではないか？　カノッサの城壁の前に立ち、悔悛者の粗末な身なりで、食べ物を断ち寒さに震えてすごした三日間は屈辱ではなかったのか？　その後も誓いに束縛され、王位を教皇に差し出して屈服した敗北者ではなかったのか？　そうではなく、じつに賢く立ちまわり、恩赦を受けるとすぐ、諸侯たちに責任をとるよう仕向けた、と言えないだろうか？　なぜなら、破門が解かれると同時に教皇の宣言した廃位も解かれたのだから。ハインリヒ四世はふたたび法的に王となった。雪のなかの懺悔が報われたのだ。これにだまされなかった人もいる。ストリ司教で年代記作家のボニゾは『友への書』のなかで、「考えの浅い人々をだました」ハインリヒ四世の偽善的な態度を非難した。そこでたびたび以下の疑問が呈されてきた。彼の悔悛ははたして本心からだったのか？　当然疑う人が出てくる。へりくだった悔悛の行為が成功につながったが、そこには政治的な打算が働いたと見るのが妥当だろう。[9]

危機から戦争へ

講和が本心からであろうと見せかけであろうと、それで王への不満がおさまったわけではなく、彼の政治的な立場は不安定なままだった。しかも、ハインリヒ四世はみずからの特権を何一つ取り消さなかった。依然として司教を任命して忠誠を誓わせた。教皇は彼の肩書を「ドイツ人の王」に限定することを望んだが、ハインリヒは前任者たちと同様に「ローマ人の王」を名のることにこだわった。カノッサの事件後、なにも変わらなかったのである。

ハインリヒ四世にもっとも敵愾心を燃やすドイツの諸侯たち、とりわけ有力者たち（ザクセン公、マインツ、ザルツブルク、マクデブルクの大司教）もまた、国王と教皇の会見の結果を受け入れることをこばんだ。一〇七七年三月一五日、彼らは誓いを破って、互選によりシュヴァーベン公ルドルフ・フォン・ラインフェルデンを国王に選出した。教皇使節団はすぐさまこの対立王を承認したので、グレゴリウス七世の立場は不安定になり、ふたたび内戦がはじまった。教皇庁はドイツ国内の状況を把握しきれず、諸侯たちが改革を支持すると信じていた。だが、諸侯たちはあくまでみずからの目的を追求するために、国王に敵対していただけだった。

一〇七七年から一〇八〇年にかけて、グレゴリウス七世はアウクスブルク公会議開催のために精魂を傾けた。会議では、カノッサでの決定事項をよき前例として、教皇訓令書を実際に適用し、万人の前に教皇がキリスト教世界の最高審判者であることを示そうとした。ところが帝国の諸侯たちはこのシナリオを反故にしてしまった。一方ハインリヒ四世は、諸侯会議の開催阻止に躍起になっていた。

会議が開かれれば対立王ルドルフ・フォン・ラインフェルデンの正当性が承認されてしまうからである。ハインリヒは教皇に対しても、対立王をあくまで支持するなら免職だと脅迫した。

しかし、王はこの行為でカノッサの誓いを破ったことになり、一〇八〇年の四旬節にローマで開かれた教区会議で、ふたたび破門を宣告される。グレゴリウス七世は大義をふりかざし、正義の名において「王と名のるハインリヒ、皇帝ハインリヒの息子」を罰するのだ、と破門を正当化した。アウクスブルク公会議開催に反対している、というのが理由であった。「余は王とよばれるハインリヒと彼に加担する者全員を破門に処し、拘束を課す。［…］王の権力と王国の権威のいっさいを剥奪する」と述べ、返す刀で、王権そのものを糾弾した。「諸国の王たちが、この世の王、すなわち悪魔の力を借りて、思い上がり、横領、殺人を駆使して、耐えがたい傲慢のうちに同胞を支配せんと欲した者たちの後継者であることを知らない者があるか？」と問いかけた。戦いの火蓋が切られ、全面戦争の様相を呈した。

四旬節の教区会議でグレゴリウス七世はルドルフを王に指名し、「聖ペトロの戦士」(miles sancti Petri) の肩書を名のらせ封臣とした。教皇訓令書では、教皇に君主の罷免権はあたえられたが叙任権まではなかったものを、ここではそれを超える権限を行使したのである！　諸侯たちは、自分たちの選挙権にローマが介入してくるのを苦々しく思った。ついにグレゴリウス七世は公然とハインリヒ四世の敗北を願い、「このハインリヒとその加担者らが戦闘でのあらゆる戦力を失い、生涯にわたり二度と勝利をおさめないことを」と唱えた。　戦場が出した答えは違っていた。一〇八〇年一〇月一四日、ルドルフ・フォン・ラインフェルデンはエルスター川河畔の戦い[10]で右腕を切り落とされ、翌日に亡くなった。彼が宣誓するときに使う右腕を失ったことに、ハインリヒ四世を信奉する者は神の審判を見たのである…

ハインリヒは反撃に出た。ブリクセン［イタリア語読みはブレッサノーネ］で一〇八〇年六月二五日に開かれた会議で、「僧と身分をいつわった」人物を、異端、占い行為、四代前までの歴代教皇に毒を盛ったかどで罷免した！[11]　グレゴリウス七世に教皇座から降りるよう厳命し、さもなくば永遠に地獄に落ちると脅迫した。同席した三〇人ほどの聖職者は対立教皇としてラヴェンナ大司教グイベルト（クレメンス三世）を指名した。教会はたんなる対立、たんなる戦争以上の、深刻な分裂に追いこまれ、混乱は拡がる一方だった。ブリクセンではオスナブリュック司教が、投票のときだけ身を隠してからふたたび出てきて、たしかに投票したように見せかける小細工を弄したりした…。

戦争は北イタリアとドイツを荒廃させた。バイエルン公ヴェルフ家、オーストリアのバーベンベルク家、ザクセン、シュヴァーベン、ボヘミアの公爵家など、有力な諸侯たちは皆参戦した。武器を手にとって戦うだけでなく、攻撃文書合戦もくりひろげられ、敵方を誹謗中傷し、性的乱行をほのめかすなど、痛烈にやりあった。政治家たちは、聖職者が捏造した中傷文書を平然と流布した。ドイツ出身のベノン枢機卿は、グレゴリウス七世を悪魔と手を結んだ降霊術師だと断じた。ザクセンのブルーノ・フォン・メルゼブルクと僧マネゴルト・フォン・ラウテンバッハは皇帝を中傷する文章を表し、実の妹を陵辱し、いく度も性犯罪にかかわったと糾弾した。敵方を徹底的におとしめるこれらの噂は、両陣営に過激な対抗措置をとらせ、対立は深まるばかりだった。

討たれた対立王ルドルフ・フォン・ラインフェルデンの後釜に、諸侯たちはおとなしくて御しやすいルクセンブルク家のヘルマン・フォン・ザルムを擁立し、執拗なオットー・フォン・ノルトハイムの先導で戦役は続いた。血なまぐさい戦闘に明けくれドイツは分断された。司教同士が敵味方に分かれ、臣下たちと同盟軍の援護を受けて平地戦や包囲戦を戦った。対立は全国津々浦々に多数の衝突を生んだ。修道院のなかでさえ、王の敵と味方に分かれ白兵戦がくりひろげられた。

ある政治的思考の誕生

これは概念の争いでもあった。混乱によって、政治的考察の土台となる新たな概念が世紀をまたいで形成された。帝国の擁護者はローマ教会の主張に論戦を挑んだ。彼らは、皇帝は神聖なるゲルマニアの王として特別な権能を授けられており、教皇からのいっさいの制裁をまぬがれると主張する。ハインリヒ四世はみずからの神聖性を強く表明した。「わたしは神から王権を授けられた」と一〇八四年の法令に記し、モザイク画に描かれる、キリストから王位を授かるビザンツの諸皇帝と自分は同じ立場にあるとみなした。彼の支持者も同調した。その一人、法学者のピエトロ・クラッソは『王ハインリヒ擁護論』のなかでこう述べる。「神からあたえられた王座についての決定権は、僧イルデブランドにもあなた方ザクセン人にもないのは明らかだ」。教皇グレゴリウスの改革と政治的野心は、みずからを東ローマ皇帝になぞらえてローマ帝国の正当な継承者であることを誇示するゲルマニアの君主たちの姿勢と真っ向から対立した。

こうして国王の罷免は法の名のもとに却下された。どうして、選挙に関っていない教皇が、選ばれた人［神聖ローマ皇帝はドイツ諸侯によって選出される］をしりぞけることができよう？　ハインリヒ四世側のこうした反応も、前代未聞の政治的な色彩をおびていた。さらにグレゴリウス七世が教皇には忠誠の宣誓を無効とする権利があると主張したことで、社会の基盤はあやうくなった。オスナブリュック司教ヴィードは「偽証を正当化する」教皇の態度を非難した。まさにその後は、すべての宣誓にダモクレスの剣のように教皇の脅威がちらついて、主従関係をはじめ、どんな人間関係も信用できなくなった。歴史家ジャック・ヴァン・ウィネンダーレによれば社会はまさに崩壊、解体の危機に瀕していた。今一度ゲラシウスに、さらには二振りの剣でよい（ルカによる福音書二二章三八節）、といわれたキリストにまで立ち戻る必要があった。国王側はついに、聖別式［聖油を塗布され、主の霊を受けた者とされる儀式］を根拠にして、国王を人類を超越した存在として仰ぎ見、地上の王国を神の国の反映とみなし、アルバのベンゾが提唱したように、皇帝は「キリストの代理者」であると主張するまでになった。元来教皇をさしていた「キリストの代理者」の称号を教皇がふたたび用いるのは、一三世紀初頭になってからのことである。

ハインリヒ四世側はまた、教皇がかの有名な「コンスタンティヌス大帝の寄進状」を錦の御旗としていることに憤慨していた。おそらく八世紀に書かれた偽造文書と思われるこの寄進状によると、初代のキリスト教徒皇帝コンスタンティヌスは三一五年に教皇シルウェステル一世に西ヨーロッパのすべての世上権を託し、東方（ビザンティン）に遷都した。教皇庁がこの文書にはじめて明白に言及したのは九七九年であるが、グレゴリウス改革の推進者たちは、枢機卿アンベール・ド・モワイヤンムティエを先頭に、これを根拠に改革の正当性を主張した。一〇〇一年以降、帝室は「何世紀も前にでっち上げた真っ赤な嘘」だとこのペテンを糾弾したがむだに終わった[12]。

破滅に向かう社会

社会は分断された。ザクセンのクヴェードリンブルクでは一〇八五年の復活祭に、教皇側の司教たちが皇帝側の同僚司教たちを罷免し破門した。破門された司教たちは数日後にマインツで同じことをやり返した。信徒たちは、破門された司教から授かった秘跡（洗礼、終油の秘跡）が有効かどうか、不安にかられた。紛争は紛争をよんでほとんどの村にまでおよび、そこに個人的な懸念、嫉妬、根強い憎しみがからみあって、混迷はさらに深まった。

争点はもはや司教の任命にとどまらずもっと深刻で根本的な問題へ移った。つまりこの二大権力の均衡をめぐる争いである。教皇が国王を罷免する権利を有するかどうかの問題に決着をつけることができるのは、戦争だった。グレゴリウス七世は、やがてはじまる十字軍に欠かせない贖宥《しょくゆう》［免罪］の発明すらやってのけた。ルドルフ・フォン・ラインフェルデンにしたがって戦う者たちの罪を赦し、祝福したのだ。しばしば誤解されているが、天国行きを保証したのではない。天国へ行けるかどうかは最後の審判にゆだねられている。

ドイツには二人の国王、二人の教皇、そして帝国内のほぼどの司教座にも二人の司教がいて、一人は君主の忠臣、もう一人はローマ教会の忠臣…。「教皇、国王、司教、公爵、われわれはなにもかも二つもっている（Omnessumus geminate)」、一〇七九年こう嘆いたのはアウクスブルク年代記の作者である。一〇八四年、ハインリヒ四世はうわべだけの勝利をおさめた。ほぼ三年の攻囲戦ののち、ローマに入った彼は、四旬節にクレメンス三世を教皇の座につけ、みずからに皇帝の位を授けさせたのだ。一年あまりサンタンジェロ城に籠城したグレゴリウス七世は、同盟するロベルト・グイスカルド率いるノルマン人に救出された。ノルマン人は皇帝軍を追いはらったが、ローマは焼かれ、多くの血が流された。サレルノに難をのがれたグレゴリウス七世は、ほぼだれからも忘れられたまま一〇八五年五月二五日そこで生涯を終える。ハインリヒ四世はさらに二〇年にわたり戦いを続けた。相手は教皇ウルバヌス二世[13]で、バイエルン公ヴェルフ四世やいまだに精力的な女伯爵マティルデと同盟していた。ハインリヒ四世の統治はミシェル・パリス曰く「癒えることのない傷口」でしかなかった。彼にとって最悪の事態は、一〇九〇年にコンラート、次いでハインリヒと、あいついで自分の息子たちから裏切られたことだった。彼は「われわれの腹から出た息子」ハインリヒを後継者と認定していたのだが。教皇パスカリス二世に支持された若いハインリヒ五世は一一〇五年のクリスマスに父親をライン川中流の塔に監禁した。ハインリヒ四世はグレゴリウス七世と同様に追放の身のまま、一一〇六年八月七日にリエージュで没した。破門を解かれぬまま没した君主の遺骸は長いあいだ、シュパイヤー大聖堂の代々の皇帝の墓所への埋葬を拒絶され、納められたのはようやく一一一一年になってからのことである。

分裂していたラテン世界は、一一二二年ヴォルムスで、ハインリヒ五世とカリストゥス二世が講和条約に調印してようやく平定した。ただ根底に横たわる諸問題は解決されていなかった。地上と宗教の二大権威者は相対峙し、それぞれの体制内でおのれの特権を擁護し、みずからの法体制に沿って行動した。君主と教皇の争いはバルバロッサ［フリードリヒ一世の愛称、赤髭王］の時代からフリードリヒ二世をへてフィリップ端麗王［フィリップ四世］の時代、そして一五世紀末にマクシミリアン一世が二つの権能をみずからに集約しようとするくわだてが頓挫するまで続いた。[14] 二本の剣の均衡をはかることは不可能で、ゲラシウスの教義は窮地に追いこまれた。

双子の戦い

この過ちの原因は長年に亘って醸成された精神構造にあるのではないか？　これは近年、ドイツ人の歴史家クラウディウス・ジーバー＝レーマンが主張する学説で、慎重に考察すべきではあるが、なかなか魅力的な解釈である。彼は、一〇二三年にカンブレー司教ジェラールが王と教皇を双子に見立てた（geminae personae）ことから説き起こし、その五〇年後にはもはやこのイメージがそぐわなくなったと、指摘する。彼の説によれば、適正な認識の枠組みがあったとしたら、とりわけ、競合と階層の論理である二元論とは異なるアプローチで聖俗の共存を考えることができたら、西方社会の分裂は解消できたかもしれない。双子の見立ては有効な概念を生み出しえたのではないか、仲のよい双子のイメージは教皇と皇帝のあいだによい均衡を育めたのではないか、と考える向きもあろう。古代、双子にはディオスクロイ（カストールとポルックス）にみられるようによいイメージがあったのだから。だが、神学の世界では数字の二は相反や衝突といったネガティブなイメージと結びついていたし、教皇と皇帝のあいだに兄弟のような結びつきを想定することは非現実的であった。なぜなら、ユダヤ=キリスト教社会は、聖書のヤコブとエサウ〔旧約聖書創世記に描かれる双子で、ヤコブがエサウを出しぬいたため怒りをかって家を出るが、やがて和解にいたる〕の例をもとに、双子に対する否定的イメージをふくらませた。このことは、聖職者による注釈や、双子の誕生に対する社会や家族の態度に明白に見てとれる。双子によいイメージがない以上、二つの権威の存在は決闘という構図でとらえられ、教皇と皇帝の真の協同や、聖俗界を総括する概念を考えつくことをさまたげた。結局、ヨーロッパ固有の認識の枠組みが、叙任権闘争によって提示された問題への楽観的なアプローチを不可能とし、有効な知的手段によるこの問題の解決をさまたげたといえよう。

教皇と皇帝の対決は、主役二人の破滅をまねき、ドイツとイタリアを引き裂き、ヨーロッパの他地域にも動揺をあたえ、たえまなく再燃をくりかえす、聖俗二大勢力間の長い戦《いくさ》の扉を開いた。何世紀にもわたりドイツは、すくなくともエリートの一部は、教皇を侵入者であり、執拗な敵とみなすことになる。一五一七年、マルティン・ルターが宗教改革に成功した遠因をそこに求めることもできよう。この二人の人物の非情な抗争は、ヨーロッパ全体をまきこんだ最初の思想抗争でもあった。聖と俗、教会権力と国家権力の関係が焦点となり、その残響は今日まで尾を引いている。

グレゴリウス七世はその墓石にこう記させた。「余は正義を愛し、罪を憎んだ。そのため余は追放されてこの世を去る」。一方、匿名の年代記作家はハインリヒ四世の墓碑銘にこう記した。「陛下は争乱の王国から平和の王国へ旅立たれた」。　この世の不幸に苦しめられたグレゴリウス七世とハインリヒ四世は、こうして死後の世界で和解に導かれた。

シルヴァン・グゲナイム

原注

1　ローマ聖庁は、すべての枢機卿と教皇庁の官吏の総体をさす。

2　ハインリヒ四世は、一〇五六年父ハインリヒ三世の逝去に伴い王となったが、皇帝の称号を得たのは一〇八四年である。

3　叙任権という言葉は、世俗の人物が、司教を互選にまかせずみずから任命し、その権力のしるし（司教杖と司教の指輪）を授けることを意味する。教皇側はこれを受け入れず、世俗の人物が授与できるのは司教区の世俗的財産に限定されると主張していた。

4　教皇レオ九世（在位一〇四九―一〇五四）は教会改革にはじめて取り組んだ人物。聖職者の風紀是正、聖職売買（シモニア）との闘い、世俗勢力に侵害された教会財産の保護、司教選挙を世俗の支配から解放することに力をつくした。

5　アンコーナ、ファーノ、ペーザロ、リミニ、セニガッリアの五都市をさす。

6　ハインリヒ四世はまだ五歳で王となったので、ハインリヒ三世の若き未亡人（三〇歳前だった）アグネス・フォン・ポワトゥーが摂政をつとめた。一〇六一年、アグネスは正当な教皇アレクサンデル二世に抗して立った対立教皇ホノリウス二世を支持するという過ちを犯した。翌年ケルン大司教アンノがハインリヒ四世を誘拐するにおよんで、助言者のアウクスブルク司教との関係を非難されたアグネスは修道女となった。一〇六二年から一〇六五年まで、王国はケルンとブレーメンの大司教によって治められた。

7　インムニテートとは、王から司祭や司教にあたえられた特権で、王自身が認可した場合を除き、聖職者の財政、法律、警察にかんする権限を王国の裁判権の管轄外に置き、王国官憲の介入をいっさい許さなかった。

8　一〇四九年から一一〇九年までクリュニー大修道院の院長だった大ユーグは、その威光と修道院の権力をもって、時の有力者の一人に数えられた。とくに、彼が指揮をとった三度目の聖堂建立（クリュニーⅢ）の結果、クリュニーは一二世紀初頭における最大のキリスト教会となった。

9　一〇八〇年に対立が再燃したとき、グレゴリウス派は一〇七七年の時点で国王の罷免は解かれていないと主張した。しかしカノッサで立てた誓約のなかでハインリヒ四世はみずからを「王たる朕《ちん》は」と名のり、教皇もいっさい異議を唱えなかった。

10　ホーエンメルゼンの近く、エルスター川の戦いでは、ボヘミア公と連合した王の軍隊がオットー・フォン・ノルトハイムとルドルフ・フォン・ラインフェルデンの軍隊と対決した。後者が優勢になり、ハインリヒ四世はボヘミアにのがれたが、ルドルフ・フォン・ラインフェルデンは腹に傷を受け翌日死んだため、この合戦の軍配は王の側に上がった。

11　「皆が異口同音に、某イルデブランドというにせの僧でグレゴリウス七世とのあだ名をもつ者のおそるべき愚行を非難した」とブリクセン会議の判決は記す。

12　オットー三世の在位中にはじめてこの文書がローマ聖庁の創作だったとの指摘があった。時代が下り一四四二年に人文主義者のロレンツォ・ヴァッラが偽書であることを証明した。

13 教皇ウルバヌス二世（在位一〇八八－一〇九九）は一〇九五年にクレルモンで第一回十字軍の派遣をよびかけた。グレゴリウス七世の業績を敢然と、しかしもっと柔軟なやり方で引き継いだ。彼はフランスとドイツの国王たちを味方につけ、ハインリヒ四世をしりぞけ対立教皇クレメンス三世を廃位に追いこんだ。

14 フリードリヒ・バルバロッサ（在位一一五五－一一九〇）は、イタリアのいくつかの地方の教皇領への割譲を要求し、皇帝のローマ支配を拒絶した教皇アレクサンデル三世と、一七年間も抗争をくりひろげた。バルバロッサはその間三人の対立教皇を任命した。皇帝フリードリヒ二世（在位一二二〇－一二五〇）は、彼がシチリア王国の教会を管理する権利を認めようとせず、彼に対して反乱を起こしたロンバルディアの諸都市を支持したグレゴリウス九世とインノケンティウス四世と力ずくで戦わなければならなかった。フィリップ端麗王とボニファティウス八世も、裁判権をめぐって激しく対立（一二九七－一三〇四）した。

参考文献

Les textes polemiques de la periode ont pour la plupart été edites par les *Monumenta Germaniae Historica (MGH)*, dans les trois volumes de la section *Libelli de Lite (LdL*, Hanovre, Hahn, 1891-1897). C'est le cas de plusieurs textes cités ci-dessus (le cardinal Benon, Bonizon de Sutri, le *De unitate ecclesiae conservanda*, Pierre Crassus, Manegold de Lautenbach, Widon d'Osnabruck).

Les lettres de Gregoire VII sont éditées dans le *Registrum Gregorii VII, MGH, Epistolae selectae*, II/1 et II/2, Hanovre, Hahn, 1920-1923.

Parmi les chroniques : *Annales d'Hildesheim, MGH, Scriptores rerum Germanicarum*, 8, Hanovre, Hahn, 1878.

Benzo d'Albe, *Sieben Bucher an Kaiser Heinrich IV, MGH, Scriptores rerum Germanicarum*, 65, Hanovre, Hahn, 1996.

Berthold de Reichenau, *Chronicon, MGH, Scriptores rerum Germanicarum*, Nova Series, 14, Hanovre, Hahn, 2003.

Lambert de Hersfeld, *Annalen*, Darmstadt, Wissenschaftliche Buchgesellschaft, 2000 (texte latin et traduction allemande).

研究書

Althoff, Gerd, *Heinrich* IV, Darmstadt, Wissenschaftliche Buchgesellschaft, 2006.

Cowdrey, H. E. J., *Pope Gregory VII*, Oxford, Clarendon Press, 1998.

Gouguenheim, Sylvain, *La Réforme gregorienne. De la lutte pour le sacre a la sécularisation du monde,* Paris, Temps Présent, 2010 ; 2e ed., 2014.

Hasberg, Wolfgang et Scheidgen, Hermann-Josef (éd.), *Canossa. Aspekte einer Wende* (Canossa. Aspects d'un tournant), Ratisbonne, Pustet, 2012.

Schieffer, Rudolf, *Papst Gregor VII. Kirchenreform und Investiturstreit* (Réforme de l'Église et querelle des Investitures), Munich, Beck, 2010.

Sieber-Lehmann, Claudius, *Papst und Kaiser als Zwillinge? Ein anderer Blick auf die Universalgewalten im Investiturstreit* (Le Pape et l'Empereur comme jumeaux ? Un autre regard sur les pouvoirs universels lors de la querelle des Investitures), Cologne, Weimar, Vienne, Bohlau Verlag, 2015.

Weinfurter, Stefan, *Canossa. Entzauberung der Welt* (Canossa. Desenchantement du monde), Munich, Beck, 2006.

Wijnendaele, Jacques van, *Propagande et polémique au Moyen Âge. La querelle des Investitures (1073-1122)*, Paris, Breal, 2008.

第5章　ボードゥアン四世とサラディン　十字軍国家、エルサレム王国の終末

ゴドフロワ・ド・ブイヨン、聖王ルイ、獅子心王リチャード、赤髭王フリードリヒ一世などなど、十字軍の歴史は個性的な大物《おおもの》に事欠かない。エルサレム王国は、エルサレムを攻略してエルサレム国王に選出されたが、これを断わって聖墓守護者の肩書きで満足したゴドフロワ・ド・ブイヨンの死にともなって誕生した［一一〇〇］。一一七四年七月にアモリ一世が亡くなると、息子のボードゥアン四世が跡を継いでエルサレム国王となった。まだ一三歳であったが、当時は不治の病であった癩《らい》［ハンセン病］に感染していることがすでにわかっていた。彼が治める小さな王国は、われわれが慣習的にサラディンとよんでいる勇猛な征服者、サラーフッディーンが支配する君主国や公国（エジプト、シリア）に囲まれていた。サラーフッディーンは、エルサレム王国を征服し、聖地であるその首都エルサレムを奪取する、という野心的な目標の実現に情熱を傾けていた。ボードゥアン四世が死去して

からわずか二年後の一一八七年七月四日の運命の日、サラーフッディーンは、ハッティーンの戦いでフランク人［東ローマ帝国やイスラム諸国は西欧人全般をフランク人とよんでいた］をたたきつぶし、歴史が浅い十字軍国家群が存続する可能性を閉ざし、その後の何世紀にもわたって勝利を重ねるイスラムの象徴となる。力の差が大きすぎたこの戦いをふりかえるとき、寛容であるかと思えば無慈悲な征服者サラーフッディーンと、悲劇的な運命に非凡な勇気で立ち向かったボードゥアン四世のどちらをたたえるべきか迷わざるをえない。

十字軍王国の君主と征服者

一一八三年一一月の末、エジプトとシリアのスルタンであるサラーフッディーン[1]――当時、四五歳であった――は、十字軍によって建国されたエルサレム王国の南に軍を進め、カイロとダマスカスと結ぶ街道をおさえていたモアブの巨大なカラク城の足元に迫った。マムルーク［奴隷兵］たちはなんの抵抗も受けずに城下町に侵入し、城塞に逃げこもうとして拒絶された住民を虐殺し、トランスヨルダン領主ルノー・ド・シャティヨンが死守する城の攻囲にとりかかった。切り立った崖の上にあり、黒っぽい色の重い石を積み上げた要塞に立てこもっているかぎり、フランク人たちは安全であった。しかし、食料や武器が不足した状態で城攻めされていたので、救援が来ないかぎり自分たちの命運はつきる、とわかっていた。一一月二二日の夜、この要塞のてっぺんで火がたかれたのがエルサレムでも目撃され、救援部隊が全速力で駆けつけた。背面からの攻撃をおそれたサラーフッディーンは攻囲を解き、攻城の失敗を認めた。モアブのカラク城は助かった。

救援部隊の先頭には聖十字架が掲げられていた。部隊を率いていたのは、駕籠《かご》に横たわった病人であった。発熱に苦しみ、手にも足にも潰瘍《かいよう》をわずらい、顔はむくみ、鼻孔は血まみれで、目の虹彩は炎症を起こしていた。顔はもはや原形をとどめておらず、筋肉は拘縮《こうしゅく》し、視力は失われていた。エルサレム王、ボードゥアン四世その人である。二二歳の王は、またしてもサラーフッディーンを撤退させたのだ。勝者は、癩《らい》をわずらった指揮官であった…。聖地のフランク人年代記作者は例外なく、彼の勇気に敬意を表している。そのうちの一人、エルヌールは感動を隠そうとせずに、余命《よめい》いくばくもないボードゥアン四世の外見を以下のように描写している。「死期が近く、病の進行により手の指も、目も鼻も（…）すでに失っておられる癩者の王」

十字軍の長い歴史のなかで、南北たった三〇〇キロ、東西はもっとも幅があるところをとっても一〇〇キロという極小王国を統治していたこの病める君主以上に、わたしたちの心を打つ者はおそらくいないだろう。アモリー世とアニェス・ド・クルトネー[2]の息子であり、子ども時代に癩に罹患したボードゥアンは一一七四年七月に一三歳で即位し、二年後に親政を開始した。非力で孤立した君主であり、彼の領土を奪ってやろうと固く決意した内外の敵を相手に気の休まる間もなかった。十字軍が一〇九九年七月にイスラム勢力からキリストの墓［聖墓］を奪って以来、十字軍が地中海西海岸に興《おこ》した小国家群（現在のシリア北部、レバノン、イスラエルに相当）は、つねに臨戦態勢にあった。いってみれば点滴で生きのびている病人のようだった。エルサレムはキリスト教徒にとってキリスト復活の町であるが、イスラム教徒にとっては、メッカにいたムハンマドが大天使ガブリエルにともなわれ、天馬ブラークによって運ばれてここから神の御前にいたった（夜の旅）とされるゆえに、第三の聖地である［第一の聖地はメッカ、二番目はマディーナ］。

一一〇〇年のキリスト聖誕祭以来、エルサレムはキリスト教王国の首都となり、北はトリポリ伯領、エデッサ伯領、アンキオキア公国によって、東はトランスヨルダン領主所領によって守られていた。それからというもの、この地では休戦期と戦争が交互に訪れていた。一一四四年にエデッサがイスラム勢力の攻撃で陥落したとの知らせを受けて結成された第二回十字軍はなんの成果も出せなかった（一一四七―一一四九）。十字軍遠征によって生まれたキリスト教諸国家が生きのびることができた理由はほかでもない、バグダードのカリフ[3]をリーダーとしていた当時のイスラム世界が聖地エルサレムに無関心なうえに、聖地近隣のイスラム君主国同士が抗争をくりひろげていたからである。とくに、ファーティマ王朝[4]が統治するエジプトや、スンニ派の君侯たちが連帯を組むことなど少しも考えていないシリアや北部メソポタミアの状況は、フランク人のエルサレム王国にとって都合がよかった。しかし、エジプトとシリアを同じ君主が支配する事態が起これば、エルサレム王国ははさみ撃ちとなってしまう。やがて、この懸念は現実となった。まずはファーティマ王朝の宰相としてエジプトを掌握したサラーフッディーン［サラディン］が一一七四年一一月、ダマスカスを攻略したのだ…

ユースフ・ブン・アイユーブが本名であるサラーフッディーン（「信仰の正しさ」を意味するよび名）は、強い勢力を誇っていたアレッポとモースルの太守［アタベグ］、ザンギーに仕えていたクルド人一族の出身である。なお、一一四四年にエデッサをフランク人から奪い返し、第二回十字軍遠征のきっかけをつくったのがこのザンギーである。ザンギーの死後、フランク人はエデッサを筆頭に彼に奪われた領土を奪い返すが、ザンギーの後継者ヌールッディーンも勇猛な征服者であり、一一五〇年にエデッサを攻略し、一一五四年にはダマスカスとシリア全体を掌握した。サラーフッディーンはこのヌールッディーンに軍人として仕えた。ヌールッディーンによってエジプトに派遣されたサラーフッディーンは、一一六四〜一一六九年にエルサレム王国のアモリ一世の侵攻に対抗することで軍事の才能を磨くことができた。シリアとエルサレム王国のどちらも、ファーティマ朝の衰退を利用してエジプトを掌握もしくは攻略しようと試みた。一一六九年、サラーフッディーンはエジプトの宰相を暗殺し、カイロのカリフに圧力をかけて自身が宰相になった。その二年後、彼はカリフを排除してファーティマ朝の幕を引き、シーア派を服従させた。ティール［ティルス］の大司教、年代記作者、かつエルサレム王国の大法官であったギヨーム・ド・ティールは、冷徹に事態を分析している。「トルコ人によるエジプトの征服はわれわれに多くの害をもたらした（…）われわれの粗暴な敵ヌールッディーンは、大規模の艦隊とともにエジプトを発ち、二つの軍隊を同時に使ってわれわれの王国を攻撃することも、どのような港を攻囲することもできた」

名目上、サラーフッディーンはヌールッディーンの臣下であったが、自主的に政策を展開し、しだいに野心を隠さなくなった。ヌールッディーンの死（一一七四年五月）後、彼はダマスカスにおもむき、主君の未亡人と結婚し、その息子たちの利益を守ると称してかえって丸裸にすることで、シリアの大部分を掌握した。アレッポとモースルだけが彼の支配をのがれた。この二つの町が彼の手に落ちるのは、順に一一八三年と一一八五年である。こうして支配地域が一つ、また一つとふえるごとに彼の兵力は増強され、オリエントの交易の大動脈が彼の掌中におさまった。スルタンとなったサラーフッディーンの征服につぐ征服は、バグダードのカリフに猜疑心を芽生えさせた。サラーフッディーンが自分につけた称号が、カリフと同じアル・ナースィル（神から勝利を授かる人）というのではカリフが警戒するのもむりもない…

二人の偉大な君主

この豪腕の武将の前にたちはだかったのが、彼よりも二三歳年下の、若いが不治の病のために苦行に等しい毎日を送っている王であった。二人を比べると、その違いは鮮やかである。一方は、馬を乗りこなし、身体能力が充実している男盛りの征服者。もう一方は、担架に横たわっている癩者。正反対だと感じられよう。しかし、それは表層的な見方である。二人には多くの共通点があった。勇気、粘り強さ、権力のメカニズムを理解する能力、聖地問題にかんする戦略的ヴィジョン、正義や公正の尊重、深くゆるぎない信仰心。ボードゥアンは、政権運営においてはサラーフッディーンと肩をならべる能力を発揮したし、軍事の才能ではおそらくはライバルを上まわっていた。二人が属する世界があれほど異なり、対立していなかったとしたら、二人は意気投合したことだろう。直《じか》に接したことはなくとも、二人は互いに評価しあっていたのではないだろうか。すくなくとも互いに敬意をはらっていたのではないだろうか…

勇気、強い意志、戦勝によって多くの人に称賛されていた二人だが、敵も多かった。ボードゥアンの場合は、実の母親が中心となった宮廷の派閥。サラーフッディーンの場合、敵はシリアの太守たちとシーア派の過激分子であり、彼自身、すくなくとも二回は暗殺の危機を経験している。ボードゥアンは、癩者が――たとえ王侯であろうとも――背負わせられていた否定的なイメージの犠牲者であった。側近たちは彼に従っていたものの、どこかおよび腰であったたし、つまらぬ小細工を弄《ろう》することもあった。野心家たちは彼の死を、もしくはすくなくとも彼が肉体的に完全な廃人となることをひたすら待っていた。彼に代わって王座につくことを夢見る者もいれば、衰弱のあまり戦闘にくわわることができない、もしくは病気のせいで子孫を残せないという理由で彼を軽蔑する者もいた。エルサレム国王がいかにも脆弱《ぜいじゃく》と思われたのに対して、エジプトとシリアのスルタンであるサラーフッディーンは強すぎると思われていた。それがために、軍事における失敗は許されなかった。彼は、自分の身内でまわりをかため――それ以外の人間は完全には信用できなかった――、領袖《りょうしゅう》として統治していた。ボードゥアンは、信頼できる人間を重要なポストにつけた。ギヨーム・ド・ティールを大法官に任命したように。彼は、トリポリ伯レイモン三世といった聖地の高級貴族の何人かとよい関係を築くこともできたが、不服従を隠そうともしない者たちを従わせる手段も、野心家たちの勝手な行動を止める力ももっていなかった。サラーフッディーンもボードゥアンも、政治家として非常に明敏であった。どちらも、戦争と紛争がたえない日々を送り、安らぐまもない君主であった。ボードゥアンは、敵であるサラーフッディーンの勝利を見る前に死んだ。辛苦に満ちた人生だったが、自国の滅亡を体験するという苦しみだけは免除されたことになる。サラーフッディーンは、自分の失敗をカモフラージュし、「ジハード（聖戦）を体現した人物」とのイメージを後世に残すためのプロパガンダを巧みに展開することになる。

二人の外見がどのようなものであったかは不明であり、信頼できる図像はいっさい伝わっていない。ボードゥアン四世を描いた細密画は紋切り型で写実的ではない。ギヨーム・ド・ティールは彼の人となりの特徴をいくつか伝え、その知性、エレガンス、馬を操《あやつ》る見事な手綱さばき、自身の病《やまい》に立ち向かう驚くべき勇気をたたえている。サラーフッディーンの存命中に鋳造されたコインには彼の肖像がきざまれているが、おおざっぱなスケッチという以上のものではないので、どのような風貌であったかを知る手がかりにはならない。クリストファノ・デッラルティッシモの印象的な作品(一五九〇年作、フィレンツェのウフィツィ美術館所蔵)に代表される、ずっと後になってから描かれた肖像画は想像の産物以外の何物でもない。イスラム教徒の何人かの年代記作家の言葉を信じるのであれば、小柄で痩《や》せた人物だったようだ。いずれにせよ、統治者としての彼はたえまなく戦い、自軍を率いて遠征し、敗北や砂漠での体力を使いはたす退却に耐えた。戦闘の場で姿をさらすことを怖がることはなかった。自分の色と決めたサフラン色の絹のチュニックを着ていたので、味方も敵も彼の姿を容易に認めることができた。

ボードゥアンも自国内を馬で縦横無尽にかけめぐり、接近戦にも参加することで、たえず自分の姿をさらしていた。足先の感覚を失っていたので「鐙《あぶみ》がどこにあるかもわからず」(ピエール・オベ)、馬を膝の力で制御し、盾で身を守ることもできずに片手だけで闘った。耐えがたい暑さのなかでもかぶらざるをえない兜《かぶと》は、癩《らい》のために腫れ上がった顔に苦痛をあたえた。子どものことから非凡な馬の乗り手であったが、年月がたつにつれて戦闘におけるハンディキャップはました。マルジュ・アユーンの戦いで落馬したときは、一人の剛毅《ごうき》な騎士が肩にかついで安全なところに運んでくれたからよかったようなものの、あやうく死ぬところであった。以上のように、二人のなみはずれた君主にとっての主要な活動は戦争であった。

御しがたい高級貴族たち

エルサレム王国は絶対君主制国家とはほど遠く、国王は諮問会議のメンバーである高級貴族とともに統治していた。もっとも有力なトリポリ伯とアンティオキア公は封臣というより忠実な協力者であった。国内に目を転じると、国土の三分の二が約二〇の領主所領に分かれていた。そのうちでもっとも大きなものの一つがイブラン家の所領であった。ヤッファとアシュケロンのあいだにあるこの所領は、海岸からヨルダン川の谷間まで広がっていた。同家はこうした領地を所有しているのにくわえ、婚姻によってビザンツ帝室やエルサレム王室の親戚ともなっていた。長男のユーグは一一六三年にアニェス・ド・クルトネー［アモリ一世に離縁された、ボードゥアンの生母］と結婚し、三男のバリアン二世は一一七六年にアモリ一世の寡婦であるマリア・コムネナ［ビザンツ帝室に連なるキプロス公の娘］と結婚している。そして次男のラムラ領主ボードゥアンは、もっとも影響力が大きな貴族の一人であった。

国王はこうした有力貴族の大多数の忠誠を恃《たの》むことができたが、自主独立志向が強い封臣には手を焼いた。そのうちでもっとも有名なのは、一一七六年にトランスヨルダン領主となったルノー・ド・シャティヨンであり、やりたい放題であった。ガティネ地方［フランスのパリ南方］出身の貧乏な騎士であったルノーは、一一四七年にフランス王ルイ七世の軍隊とともに聖地エルサレムを訪れ、この地に残ることにした。ありえないような幸運により、一一五三年にアンティオキア公（レイモン・ド・ポワティエ）の若い未亡人と結婚することができた。こうして威光ある公国の支配者となると、彼の貪欲には歯止めがかからなくなった。一一六〇年、エデッサ伯領の境界付近で大量の家畜の群れを奪取しようとしてイスラム教徒に捕縛された。一六年間をアレッポの牢獄ですごしたあと身代金の支払いによって解放されたルノーは、過酷な捕虜生活によってイスラムに対する恨み骨髄に徹していたこともあり、キリスト教徒とイスラム教徒のあいだに結ばれた休戦協定や誓約を無視して強奪活動を再開した。ベドウィン族と仲がよかったため、彼は砂漠を知悉《ちしつ》していた。エイラート［アカバ湾にのぞむ港湾都市］からメッカへと通じる街道は彼の領地を通っていたので、高価な物品を積んでこうした街道を行く隊商は彼にとって魅力的な獲物であった。しかし彼の隊商への奇襲攻撃は貪欲のみにつき動かされたものではなかった。エジプトとアラビアとシリアのあいだの交流を切断し、地政学的にきわめて重要なこの国境地帯の支配者としての地位を確立したいと願っていたのだ。彼の略奪行為は一一八二年と一一八七年にサラーフッディーンの報復をまねいた。ボードゥアン四世はどうすることもできなかった。ボードゥアンから略奪した物品を持ち主に返すよう命じられると、陛下がご自身の領地の支配者であるように、わたしも自分の領地の支配者なのです、と口答えした。

一一八二年の末、ルノー・ド・シャティヨンは、これまでにもまして皆をあっと言わせる所業《しょぎょう》に及んだ。自分が所有するカラク要塞のなかで、艦隊建造に必要なすべての部品を造らせ、アカバ湾まで運んで組み立てさせたのだ。ルノーの艦隊は紅海へと向かい、ヒジャーズからジッダ、ラービグ、ハウリにかけての沿岸を荒らしまわった。やがて緊急出動したエジプト艦隊に追われると、一行は上陸してマディーナ［メッカに次ぐ、イスラム第二の聖地］に向かった。目的は、ムハンマドの墓を破壊し、イスラムの聖地を攻略することであった。アラブ世界はパニックに陥《おちい》り、最後の審判の日が近づいたのではとおそれた。しかし遠征隊はマディーナまで徒歩で一日という地点で行軍を阻止され、虐殺された。生き残った者たちは目を潰《つぶ》され、メッカで喉をかき切られるか、カイロまで運ばれて処刑された。ルノーが計画したメッカ遠征はイスラム教徒に大きな不安をあたえたものの大失敗に終わった。十字軍国家群のフランク人たちにとっても寝耳に水の出来事であった。年代記作者のエルヌールは「彼らが出帆したのちは、彼らについてなんの話題もわれわれの耳にとどかなかったし、われわれは彼らに何が起こったのか知らないと」述べている。ルノーが送りこんだ戦士たちは迷子さながら行き場もなく砂漠で死んだ。ルノー自身はカラク城の要塞に残っていたのであろう。

不可避な戦争

ルノー・ド・シャティヨンの艦隊による襲撃は、無数の戦闘、こぜりあい、襲撃の一つにすぎない。サラーフッディーンの勢力拡大、一一七四年に出来《しゅったい》したシリアとエジプトによる十字軍国家群はさみ撃ちの状況により、フランク人たちは存亡の危機に瀕した。戦争は不可避であり、しかも防衛戦になるほかない。フランク人たちは新たな領土獲得など欲しておらず、いまの領土の保全のみが望みだったので、ボードゥアン国王は可能だったら戦争は避けたことだろう。アンティオキアの総大司教、ミカエル・シルスは「統治をはじめたときにボードゥアンは、父親がヌールッディーンと結んだ和平を継承する意思を表明した」と書いている。だが、サラーフッディーンは征服のための戦いをくりひろげていた。自分の象徴として鷲と獅子を選んだサラーフッディーンは「全生涯を通じて、君主というよりは戦士であった」、と述べるのは、二〇〇一年に彼の伝記を上梓したジャン＝ミシェル・ムトンである。二回のクーデターでカイロとダマスカスで権力を掌握したサラーフッディーンはたえず戦っていた。その第一の相手は自分と同じイスラム教徒であった。

イスラム世界に向けた彼のプロパガンダは、側近らによって驚くほど巧みに練り上げられていた。こうしたプロパガンダは、バグダードのカリフやほかのイスラム教徒君主に宛てた数多くの書簡をとおして流布され、エルサレムのシンボルである六芒星が描かれた通貨の発行もこれを後押しした。彼が築く要塞でもプロパガンダは展開された。たとえば、シナイのはずれにあるサドルの要塞の入り口には、一〇九七年にファーティマ王朝がカイロに建造した「勝利の門」の装飾が再現された。さまざまな儀式ばった演出が、彼の威光を高めるのに使われた。だれかを引見するときのサラーフッディーンは、カリフではないのにカリフさながらにいくつものクッションの上にあぐらをかいて座り、拝謁する者は、座ってもよいとのお許しが出ないかぎり、起立のままだった。いたるところで、「エルサレムを奪還してフランク人を排除するという目的のみを追求しているイスラムの守護者」というイメージを売り物にした。そのためにはまず、イスラム教徒の世界の統一をはからねばならない、という理屈である。カイロからファーティマ朝を一掃し、シリアの太守たちを服従させるのも、大義を達成するために不可欠な地ならしなのだ…。自分の添え名にムジャーヒド（ジハードに参加する戦士）

をすでにくわえていたサラーフッディーンにとって、以上は最初から練っていた戦略の一部であった。彼はこうして自分の行動を正当化し、自分だけがジハードの戦士であると主張した。これが、さまざまなイスラム王侯領に分かれていた一帯を統一するために有効な唯一の論拠であった。そのためには、彼の伝記作者たちが口をそろえて強調するように、信仰を熱心に実践し、あらゆる行動においてコーランの教えに文字どおり従うことにこだわった。モスクでの祈りの恩恵を得るために金曜の大礼拝の時間に戦うことを優先していたし、戦場での彼の雄叫《おたけ》びは「イスラムの人々よ、わたしに続け！」であった。エジプトにおいては、ファーティマ朝が衰退するままに放置していたズィンミー（ユダヤ教徒、キリスト教徒）のコミュニティーに対する差別を厳格に適用した。非イスラム教徒であることを示す特別な色の印しを服につける義務、移動手段の制限（歩行もしくは驢馬）、武器携帯の禁止、教会の鐘や礼拝行列の禁止、特別税の加算である。とはいえ、サラーフッディーンの一五名の侍医はユダヤ教徒もしくはキリスト教徒であった。まるで自分と同じイスラム教徒に不信感をいだいているかのように…

以上からは、信念にもとづいてジハードを推進する人物、というイメージが伝わってくる。しかし、彼のジハードは野心達成の手段ではないだろうか、と考える歴史研究者は少なくない。たとえば、彼にとってエルサレムが重要性をおびるのは一一八二年以降である。一一八三年、彼は通貨とサドル要塞の入り口に、エルサレムの象徴であるソロモンの印章、すなわち六芒星を描かせ、きざませた。ジハードが唱えられるのは一一八五年ごろであって、それより前ではない。彼がエルサレム攻略を欲したのは宗教的な理由によるのだろうか、それとも、政治的なプラグマティズムにもとづいて地中海への出口をふさいでいる十字軍国家群を排除しようと思ったのだろうか？　もしくは、「自分の栄光と一族の利益——彼は征服した土地の統治を家族に託した[5]——のためにほかのイスラム教徒に戦いを仕掛けている」との非難がイスラム世界からわきあがっていたので、これをかわすためにジハードをもちだしたのだろうか？　以上のいずれが正しいにせよ、サラーフッディーンはフランク人のエルサレム王国を倒そうと、攻撃に次ぐ攻撃をかけた。

スルタンの挫折

ボードゥアンは数の上ではサラーフッディーンの戦力と対抗できなかった。テンプル騎士団と聖ヨハネ騎士団[6]の五〇〇人ほどの騎士を除き、エルサレム王国に常備軍はなかった。ヨーロッパの君主と同じく、ボードゥアン四世の手もちの駒は、自分個人の部隊、封臣の部隊、都市や小領主が提供する戦士で構成される陪臣部隊、そして傭兵であった。国境付近の脅威が常態的となっていたので、封臣の戦力提供義務は一時的なものではなくなっていた。なお封臣は武器や馬も国王に提供しなければならないが、国王は日割りで報酬を払わねばならなかった。エルサレム王国の兵員数は全体として最大でも一万五〇〇〇～二万人であり、そのうちの約二〇〇〇名が騎兵であった。これに対してサラーフッディーンには、ヌールッディーンが整備した軍隊にくわえ、クルド人やエジプト人の徴集兵もいた。彼の身辺を警護する近衛兵はトルコの奴隷兵、マムルークであった。シリアとエジプトに集められた部隊をくわえると、サラーフッディーンの戦力は約五万人であった。双方が放ったスパイは感歎に価する仕事ぶりを示した。聖地生まれが大部分を占めるフランク人たちはベドウィン族と気脈を通じ、敵と同じくらいにこの一帯の土地を知りつくしていた。

一三世紀のイタリア人年代記作家、シカルド・ダ・クレモナは「彼（ボードゥアン四世）は死ぬまで、鮮やかな勝利をあげていた」と書いている。実際のところ、ボードゥアン四世がサラーフッディーンを相手に指揮した戦いの歴史をふりかえると、驚くことに、後者は前者に遠征を仕掛けるごとに敗退し、来た道をすごすごと引き返している。彼が勝つこともまれにはあったが、さして意味のある勝利ではなかった。その一方でボードゥアンの勝利とて決定的に雌雄を決するものではなかった。

一一七五年一月、トリポリ伯レイモン三世は大勝利をおさめた。ホムス［シリア西部］に進軍したレイモンは、アレッポを攻囲していたサラーフッディーンを追いはらい、全シリアを統一して自分の支配下に置くという彼のたくらみを阻止した。七月、ボードゥアン四世ははじめて襲撃をしかけ、ベイト・ジン要塞を陥落させ、ダマスク地方に損害をあたえた。一一七六年の夏、王はベッカー高原に新たな遠征を行なったのち、アイン・アンジャールでサラーフッディーンの弟、トゥーラーン・シャーの軍勢を打ち負かした。次に待っていたのはモンジザールの戦いである。

一一七七年の秋、サラーフッディーンは膨大な戦力を結集した。騎兵三万人という規模であったと考えてまちがいないだろう。彼らが掲げる軍旗は数えきれないほどであった。サラーフッディーンの側近で、彼の数々の武勲を誇張した文体で記録したイマードゥッディーンは「［はためく軍旗は］天上の美女たちのヴェールで作られたかのようだった」と感歎することしきりだ。サラーフッディーンは、トリポリ伯レイモンがキリスト教徒戦士の一部を動員してホムスとハマーを攻めているすきを狙い、ガザに向かってこの大軍を進めた。七五年後、歴史家アブー・シャーマは『二つの庭園の本』のなかで、サラーフッディーンの向かうところ敵なしの進軍を、称賛をこめて描写している。「その地で彼〔サラーフッディーン〕は略奪し、捕虜と戦利品を積み上げ、敵を撃破して切りきざみ、それから捕虜を全員集めて首を刎《は》ねた。その後、軍は国のすみずみにちらばり、略奪して荒らしまわった」。数多くの兵士が略奪に出かけたため自分のもとに残っている戦力が減ったというのに、サラーフッディーンはエルサレムに向かうという失敗をおかした。アシュケロンに立てこもっていたボードゥアンはこのとき、数百名の騎士と陪臣部隊と高級貴族（ルノー・ド・シャティヨン、およびイブラン家のバリアン二世とその兄のラムラ領主ボードゥアン）の手勢を率い、サラーフッディーンを追いかけた。一一月二五日、若い国王はヤッファの東南、モンジザールで勝者となった。ミカエル・シルスは驚嘆を隠せず、「海のような大軍を形成していたトルコ人たち」が、フランク人の攻撃によってなぎ倒され、パニックにおちいり、ちりぢりに砂漠に逃げ、つねに勝者の味方をするベドウィンに襲撃されて殺された、と記している。ギヨーム・ド・ティールは「われらが主《しゅ》は、このことが少数の人間によってなしとげられることをお望みとなった」と喜びをこめて綴《つづ》っている。

サラーフッディーンは、水も案内人ももたぬままにアラビアの砂漠地帯を横断してカイロに戻った。ピエール・オベは、生き残りの兵士たちを「襤褸《ぼろ》をまとい、疲弊しきった戦士の雑然とした群れ」と形容している。サラーフッディーンは数日間、喪に服した。十字軍の歴史の大家、ジョシュア・プラウヴェルは「イスラム教徒がこのように完膚なきまでにたたきのめされたことは希有であった」と述べつつも、「サラディン〔サラーフッディーン〕がもっていた人的および経済的資源を考えると、これが最大規模の敗退であったにせよ、決定的な打撃となったとはいえない」と冷徹な事実を伝えている。

翌年、ボードゥアンは防衛態勢を強化した。エルサレムの城壁を修復し、シャステル＝ヌフと、ヨルダン川のヤコブ浅瀬に砦を築いた。ゴラン高原北部、ヘルモン山の麓《ふもと》にある町バーニヤースに近いシャステル＝ヌフ砦は、ダマスカスからティールに抜ける道を遮断していた。ヤコブ浅瀬の砦（シャステレ砦）はサフェド［現ツファッド］城の出城の役目を果たし、ガリラヤ湖の北でヨルダン川を越えての侵攻を阻止し、アークル［サン・ジャン・ダルクともよばれる。現アッコ］に通じる道を防衛する役目を担った。ボードゥアン国王はこうして、フランク人が実践してきた防衛戦略――国境沿いに砦を築いて、王国の戸締まりとする――を継承、強化した。キリスト教徒が少数派である国においては、これが唯一有効な措置であった。しかし、こうした砦が一つでも敵の手に落ちると、海岸や主要都市に通じる街道が開けてしまうことは明らかだった。

一一七九年四月、イスラム教徒の軍勢はバーニヤースの森でのこぜりあいで勝利をおさめた。この戦闘で、エルサレム王国軍を三〇年前から指揮し、その軍師としての才能でおそれられていた大元帥、オンフロワ二世・ド・トロンが重傷を負って死亡した。イスラム世界を代表する歴史家、イブン・アル＝アスィール[7]は、この「イスラム教徒を打つために神が放たれた苦しみ」が消えさったことを喜んでいる。次は、六月一〇日のマルジュ・アユーンの戦いでサラーフッディーンはついに勝利を手に入れる。イブン・アル＝アスィールはこの勝利をたたえて次のように記している。「フランク人らは何度か攻撃を仕掛け、彼ら（イスラム教徒）は自分たちが占拠した地点から撤退を余儀なくされるところだった。しかし、アッラーはイスラム教徒に救済をもたらされた。多神教徒どもは敗走し、虐殺された」。八月二九日、勝ち誇るサラーフッディーンはシャステレ砦を奪取してこれを破壊した。捕虜の一部は処刑され、残りはダマスカスに送られて奴隷市場で売りに出された。その後は二年間の休戦となるが、一一七九年一〇月にはカイロから出航した複数の船がアークル港を封鎖してパニックをひき起こす事件が起きている。

一一八二年六月、サラーフッディーンがダマスカスの統治を託した甥、ファルーク・シャーがガリラヤ地方を荒らしまわり、ハビス・ジャルダックの要塞を占拠した。同じ頃、サラーフッディーンは南からエルサレム王国を攻撃した。フランク人たちは二方面で戦う余裕がないので、ボードゥアン国王はサラーフッディーンとの対決を選んだ。七月、敵よりも一五倍の戦力をひきつれていたサラーフッディーンはベルヴォワール城の足元で七〇〇人のキリスト教徒騎士の攻勢に敗れた。翌月、サラーフッディーンはベイルートを攻囲したが、ボードゥアンが緊急にティールで建造させた三三隻のガレー船によって攻囲は解かれた。一〇月、ボードゥアンはエッドゥルーズ山地北東に遠征、ハビス・ジャルダック要塞をとりもどした。一一月の終わり、彼はダマスカス近辺に襲撃を仕掛け、ダライヤの町を破壊した。

ほぼ毎回、年若でしかも病いに苦しむエルサレム国王はサラーフッディーンの軍と戦って勝ったことになる。フランク人側は戦力ではつねに水をあけられていたが、きわめつきの規律正しさと、力強い重騎兵による攻撃で敵の戦列をつきくずす能力でこの弱点を補った。縦列をつくって敵地を移動するときでさえ、馬に乗った射手にうるさく攻めたてられようとも怯《ひる》むことなく、コンパクトな一団となったまま隊列をくずすことがなかった。彼らはずっと以前より、張られた罠に飛びこまぬことを習得しており、サラーフッディーンの軽騎兵を追跡することはなかった。そんなことをしたら、ばらばらになってしまい、遠くで待ち伏せしている大軍と戦う羽目におちいるのは必定《ひつじょう》だった。

しかしボードゥアン四世はもはや軍事作戦のイニシアティブをとることができなかった。同時に複数の前線で戦わねばならず、自軍をたえず一つの前線から別の前線に移動させねばならなかった。しかも、敵は北からと南から、陸と海の軍事作戦を組みあわせる能力をもっていた。このような状況下では、領土の征服や防衛圏の拡大など問題外だった。そんなことをしようと思ったら、新たな駐屯地にあてるための十分な数の要員が必要であるし、征服した土地を活用するためにはかなりの数のフランク人を入植させねばならない。それどころではなかった。エルサレム王国の臣民の四分の三はイスラム教徒もしくはシリア人であった。

曲がり角となった年

一一八三年、これまでもちこたえてきた態勢がぐらつきだした。六月一二日と二四日、サラーフッディーンは戦うことなくアレッポとホムスを手に入れた。どちらも、敵をはさみこむためにフランク人が伝統的に同盟関係を結んできた都市であったが、君主がサラーフッディーンに明け渡してしまったのだ。サラーフッディーンはいまや、エルサレム王国の陸地部分の国境すべてを掌握し、あるイスラム君主に宛てた書簡のなかで以下のよう表明している計画を準備していた。「イスラム教国がすべてわれわれの管轄下に入った以上、われわれは呪われたフランク人に対して力を行使せねばならない。われわれは勝負に出て、神の大義のために攻撃し、戦い、打ち負かさねばならない。われわれは、聖地をおおいつくした彼らの汚れを、彼らが流す血によって洗い落とさねばならない」

危機感をおぼえたボードゥアン四世は、封臣と陪臣の軍隊を招集した。年代記作者のエルヌールによると、そのころ彼の体は「完全に腐って」いて、もはや歩くこともできず、失明していた…。一〇月一日、摂政に就任したギー・ド・リュジニャンが軍を指揮して出陣した。しかし、彼は当地に不案内なうえ、軍師としての資質を欠いていた。約一五〇〇人の騎士と一五〇〇〇人の歩兵からなる軍はイスラム教徒のテリトリーに深く入りこんでしまった。ファランクス［密集陣形］を組んでの進軍は、サラーフッディーンが送りこむ、馬に乗った射手によってくりかえし妨害された。そして八日間ものあいだ、ジルイーン［古名エズレエル］の近く、トゥバニアの泉のほとりで攻囲されて動けなくなってしまった。塹壕《ざんごう》にひそみ、戦闘を回避していたフランク人兵たちは、自分たちも食糧不足となったためにサラーフッディーンが攻囲を解いたのを見て胸をなでおろした。

一一八三年一一月と一一八四年八月の二回、トリポリ伯レイモン三世は、サラーフッディーンが攻囲したモアブのカラク城を解放した。サラーフッディーンは悔しまぎれに、ナーブルスとジェニンを略奪して放火し、住民を奴隷としてつれさった。力つき、困窮し、息もたえだえなエルサレム王国を救えるのは欧州からの救援のみであった。ギヨーム・ド・ティールは、次のような言葉でこの状況を的確に表現している。「わたしはこの王国を男爵領とよぶ。それほど小さくなっていたからだ」

弱体化した王

実際のところ、金欠であった。国王の通常の資金源では、サラーフッディーンの戦略によって恒常的となった戦争に対応できなかった。国王には、エルサレム、アークル、ナーブルス、ティールの四都市を筆頭とする国王領からの収入にくわえ、地代、通行税、通貨流通権、人頭税、罰金、さまざまな独占権（食肉、ガラス製造、革のなめし）がもたらす収入があった。しかし、以上のすべてには免除や見返りの支払いがついてまわり、その分だけ収入は減額されていたうえ、兵士の俸給支払い、馬や武器や攻城兵器の購入で使いはたされてしまった。一一八三年二月、ボードゥアンは高等法院を開催し、国民全員が負担する税を創設した。キリスト教徒、ユダヤ教徒、イスラム教徒の区別なく、属している社会階層がなんであれ、すべての住民は資産の一％、および収入の二％を支払わねばならない。資産価値が一〇〇ベザント以下の者については上限額が設定された（ちなみに、騎士の年収は四〇〇～五〇〇ベザントであった）。この新税のおかげで、七〇〇人の騎士と一五〇〇〇人の歩兵の装備を調えることができた。これに対して、広大な領土を背景に豊富な資金源をにぎるサラーフッディーンは、エジプト軍だけについても、ボードゥアンがかき集めることができた金額をはるかに上まわる三六〇万ディナールの軍資金を投入することができた。ゆえに、サラーフッディーンは常備軍に近い戦力を維持することができた。すくなくとも、数か月間の軍事作戦に部隊を投入することが可能だった。

むろんのこと、ボードゥアン四世は同盟を結ぶことができた。父親のアモリ一世は、先代のボードゥアン三世と同様に、ビザンツ帝国〔東ローマ帝国〕のマヌエル一世コムネノスと同盟関係を築き、一一七一年には同皇帝の封臣にさえなった。ビザンツ皇帝の支援により、シリアとの国境が安泰であるとわかっていたので、アモリ一世はエジプトに攻勢をかけることもできた。ボードゥアン四世は、この貴重な同盟関係を維持しようと努めた。しかし、一一七六年、マヌエル一世はミュリオケファロンの戦いでトルコ軍（ルーム・セルジューク朝）に大敗を喫した。それ以降、ビザンツ帝国は領土防衛一筋となり、シリアに介入することはいっさいなくなった。とはいえ、ビザンツ帝国のおそるべき艦隊はまだ健在であった。一一七七年、サラーフッディーンと敵対していたアレッポとモースルの太守らと共同戦線を張って、エジプトを攻撃する計画がもちあがり、決定的な勝利が得られるとの希望が生まれた。しかし、ビザンツ帝国の海上作戦とフランク人による地上遠征の連携は実現しなかった。病いのために遠征軍を率いることができなかったボードゥアン四世は、このとき聖地を訪れていたフランドル伯フィリップ・ダルザスに自分に代わって指揮をとってほしいと要請したが、フィリップ・ダルザスは要求がましいうえ、優柔不断だった。これが計画挫折の原因となったようだ。フィリップの態度にビザンツ帝国は激怒し、艦隊をひきもどしてしまった。こうして最後の好機は失われた。なお、フィリップ・ダルザスは、ボードゥアンから摂政になってほしいと頼まれたが応じようとせず、ボードゥアンの姉妹（実姉シビーユ、腹違いの妹イザベル）を自分の騎士と結婚させようと策動した。あきれはてたギヨーム・ド・ティールは「われわれは、この男の悪意と、その歪《ゆが》んだ精神に唖然とした」と書いている。

一一八〇年九月二四日にマヌエル一世コムネノスが死去すると、ビザンツ帝国とエルサレム王国とのあいだの関係は壊滅的となった。マヌエル一世の后であったマリア［アンティオキア公の娘］が息子の摂政として権勢をふるうが、やがてマヌエル一世の従弟であるアンドロニコス・コムネノスの指令によって殺される。このアンドロニコスは、実権をにぎるとコンスタンティノープルのイタリア人やカトリック教徒を虐殺し、新たな同盟関係を結ぶ。その相手とは…サラーフッディーンであった。ボードゥアン四世はこうして唯一の味方を失った。

欧州からの救援を期待したがむだであった。ラテン国家の君主たちは聖地からの要請に耳をかそうとしなかった。ローマ教皇アレクサンデル三世は死の数か月前、一一八一年一月一六日に十字軍遠征をよびかけたが反応はなかった。その三年後、ボードゥアンは教皇とイングランドのヘンリー二世に特使を派遣したが、成果は得られなかった。シャンパーニュ伯アンリ・ル・リベラル[8]のように、個人として助っ人を買って出た者は別として、「キリストの母国」の救済に駆けつけようとする動きは欧州で皆無だった。もっと悪いことに、エルサレム王国の宮廷は陰謀に蝕《むしば》まれていた。

宮廷内の陰謀にからめとられた国王

一一八三年、イスラム教徒の旅行家イブン・ジュバイルは中東を縦断してメッカ巡礼に向かっていた。シリア内では、アークル［サン・ジャン・ダルクともよばれる。現アッコ］とティールを通った（彼はアークルをコンスタンティノープルと同じくらい大規模だとの感想をいだいた）。彼はこのときに目にしたフランク人の要塞を旅行記のなかで描写するとともに、この地の政治状況についてかなり正確な判断をくだしている。「臣民が王とよんでいるアークルの領主（彼が使った言葉を文字どおりに訳せば「この豚」）は姿を見せず、すべての人の視線を避けて隠れていた。なぜなら、神が彼を癩病で罰したからだ」。ジュバイルは、王国の実権をにぎっているのはトリポリ伯レイモンであると断じ、「トリポリとティベリアの領主である、あの呪われし伯爵」について「王座につくために生まれたと思われる、王権にふさわしい」人物、と評している。

その当時、癩は人々からおそれられ、患者は隔離されていた。人々はこの病気を神罰だと受けとめ、肉体の変形は患者が犯した罪のあかし、と考えていた。ボードゥアン四世の周囲にいる者の数は時間がたつにつれて減り、結婚できる可能性はないので後継者ももてなかった。そうなると、宮廷派と高級貴族派とのあいだで熾烈な戦いが展開された。前者の中心人物は、ボードゥアン四世の生母で影響力を保持しているアニェス・ド・クルトネー、およびその弟で一一七六年にセネシャル［重臣の位］に任命されたジョスランであった。オンフロワ・ド・トロンの死によって空位となった大元帥の地位を、アニェスの後押しによってアモリ・ド・リュジニャンが獲得する（一一八〇）と、宮廷派は力を強めた。アモリ・ド・リュジニャンは立身出世の野望をいだいて一一七四年に聖地にやってきたポワトゥー［フランス］出身の騎士であり、一一七五年には早くもエルサレム王国侍従となり、国王の生母アニェスのお気に入りとなっていた。

重要な役職の多くは、歴史研究家ジャン・リシャールがカマリリャ［派閥や黒幕グループを意味するスペイン語］的と形容するこの宮廷派の手ににぎられた。ジャン・リシャールによると、このカマリリャは「乱脈と破廉恥の雰囲気」をボードゥアン四世の宮廷にただよわせていた。彼らは、制御不能のルノー・ド・シャティヨンを味方につけることで力を強め、適任者であったギヨーム・ド・ティールを押しのけてカイサリア司教ヘラクリウスをエルサレム総大司教の地位にごり押しすることで立場をいっそう固めた。

自分の病《やまい》の進行を認識していたボードゥアンは、王国をなんとか救わねばと模索した。理想は、国を守る力をもっているが、あくまで王権を尊重してくれる高級貴族を見つけることであった。そこで、姉と妹を、国の運命を託すことができる人物と結婚させようとした。一一七六年一一月、姉のシビーユは、モンフェッラート［イタリア］侯の息子で、フランス王ルイ七世と神聖ローマ皇帝フリードリヒ一世（赤髭王）の従弟であるグリエルモ・ルンガスパダと結婚する。しかし、シビーユは六か月後には寡婦となった…。父親の死後に生まれた息子はボードゥワネと名づけられる。将来のボードゥアン五世である。

シビーユが寡婦となったことで王家の将来が不確かとなり、ボードゥアン四世は姉をラムラ領主のボードゥアン（イブラン家）と再婚させようと考えた。ところが、ボードゥアンはマルジュ・アユーンの戦いで捕虜となってしまった。母親のアニェス・ド・クルトネーはボードゥアンの解放（一一八〇）を待つことなく、娘のシビーユを、お気に入りのアモリ・ド・リュジニャンの弟ギーと結婚させた。こうして国王の姉と結婚したギーは、自分こそがエルサレム王国の王座につけるのでは、と野心をいだくようになった。ボードゥアン四世はこの結婚に賛成ではなかったが、むりに押しきられたようだ。このことでボードゥアン四世は高級貴族たちの不満をかってしまい、気づいたら、王国の真の利益には無関心なまま宮廷を牛耳っている野心的な宮廷派の罠にはまっていた。一一八三年三月、ボードゥアン四世はまたしても、腹違いの妹イザベルと、オンフロワ四世・ド・トロン（バーニヤースの森で戦死した大元帥の孫）との結婚を承諾することを余儀なくされた。[9]

トゥバニアの泉における戦いでの不手際から判断して、ギー・ド・リュジニャンが無能であると確信したボードゥアン四世は、摂政権を彼からとりあげて、トリポリ伯レイモン三世を摂政に任命したうえ、用心深くも、たった六歳の甥をボードゥアン五世として一一八三年一一月二〇日に即位させ、共同統治をはじめた。ギー・ド・リュジニャンは王に服従することを拒絶し、アシュケロンに逃げこんだ。体は麻痺し、盲目となっていたボードゥアン四世は担架でアシュケロンまでやってきてたが、町の城壁の扉は閉ざされたままだった。アークルに戻った国王は貴族会議を招集し、ギーを逆臣と認定して領地をとりあげようとしたが、アニェス・ド・クルトネーの一派が反対した。総大司教ヘラクリウス、テンプル騎士団および聖ヨハネ騎士団の団長たちも結託して、王の決定を法的に有効とする手続きを阻止した。一一八四年の初頭、ギー・ド・リュジニャンがボードゥアン国王の庇護を受けているベドウィン族を攻撃すると、高等法院は彼を有罪とした。ボードゥアン四世は、甥が後継者をもたないまま死亡した場合の王位継承手続きという、前代未聞のルールを承認させた。すなわち、そのような場合は、教皇、神聖ローマ皇帝、フランス国王とイングランド国王をメンバーとする委員会が新たな国王を指名する、という決まりである。シビーユの子どもとイザベルの子どものうちのだれに継承権があるのかを、この委員会が裁定することになった。これは、栄光あるエルサレム王国の弱体化の告白であり、この国がもはやみずからの運命を自分では決められず、滅亡に向かっていることを物語っていた。

その二年前にあたる一一八二年、ギヨーム・ド・ティールは次のように語って嘆いている。「われわれは、ひどい現状に苦しみ、われわれの目前で起こっていること、われわれの耳にとどく知らせ（…）に嫌悪感を覚えている。わが国の君侯の行ないのうちには、良識のある人間が記憶の宝物として大切にすべきことは何一つない」。このギヨーム・ド・ティールですら、最悪の事態はこれから先に訪れるとは知らなかった。

ハッティーンの角

野心家たちが結集した。アニェス・ド・クルトネーを頭目とするグループに、ジェラール・ド・リドフォールという疫病神《やくびょうがみ》がくわわった。一一八五年初頭に、泡沫候補だったのにテンプル騎士団の大団長に選ばれて皆を驚かせたこの男は、トリポリ伯レイモン三世に対して怨念の炎を燃やしていた。アラン・ドゥミュルジェの表現を借りると、何年も前、ただの「空威張《からいば》りで騒々しい山師《やまし》」であったころに、レイモン三世に自分の結婚話を壊されたことをいまだに根にもっていたのだ。

ボードゥアン四世は一一八五年三月一六日にほぼだれにも見守れずに亡くなった。高級貴族たちは、アニェス・ド・クルトネー一派に対する反感から宮廷に背を向けていた。ギヨーム・ド・ティールも、すでにこの世の人ではなかった。ヘラクリウスのエルサレム総大司教選出に異議を唱えたところ、ヘラクリウスから破門されたので、破門の無効を訴えるためにローマに旅立ち、欧州で一一八四年に死亡していた。ヘラクリウスの手先に毒殺されたと思われる。王国は、王の体を模倣するかのように崩壊しつつあった…

予定どおり、九歳のボードゥアン五世が叔父の跡を継いだが、翌年になくなった。王国はトリポリ伯レイモン三世の摂政下に置かれた。しかし、宮廷派は彼を追い出し、一一八六年七月二〇日にギー・ド・リュジニャンを即位させた。ボードゥアン四世が遺《のこ》した規定を無視したこの横車《よこぐるま》はほぼクーデターであり、裏で糸を引いていたのはジェラール・ド・リドフォールであった。テンプル騎士団のこの「悪霊」（アラン・ドゥミュルジェの言葉）の策動は個人的な恨みにつき動かされたものであり、王国の安全など少しも考慮していなかった。少し良識を働かせればだれでも無茶《むちゃ》だとわかる暴挙に出る男だった。一一八七年五月一日、テンプル騎士団の貧弱な人数の一隊を率い、ジェラール・ド・リドフォールはセフォリス［現ツィポリ］の近くで、アークルに向かっていたサラーフッディーンの数千人の戦士を攻撃した。狂気の沙汰だった。テンプル騎士団員は、逃げ出したリドフォールをふくむ三人をのぞき、全員が死亡した。

新王はカマリリャの助言を聞き入れ、二か月後に準備不足の遠征隊を率いて出陣した。約一五〇〇〇人のフランク人兵士――王国がもつ戦力のほぼすべて――は、灼熱の太陽で体力を消耗した。テンプル騎士団長のリドフォールは、常識を無視して、行軍を続けるよう国王ギー・ド・リュジニャンを鼓舞した。翌日（一一八七年七月四日）、疲労困憊し、喉の渇きに苦しみながら「ハッティーンの角《つの》」とよばれる丘に避難したフランク人たちは、英雄的な突撃で対抗したものの、サラーフッディーンの軍勢によって殲滅《せんめつ》された。サラーフッディーンに仕えたカーティブ・イマードゥッディーンは「大地は血の海となった」と書いている。ギー・ド・リュジニャンはサラーフッディーンから命を助けられたが、テンプル騎士団と聖ヨハネ騎士団の団員は全員処刑され、何千人もの捕虜は奴隷市場で売られた。

サラーフッディーンはその後も着々と勝利を重ねた。ティベリアとアークルは七月に、アシュケロンは九月に陥落した。次に、ついにエルサレムが攻め落とされた。ムハンマドがここエルサレムから神の御前に運ばれた〈夜の旅〉日と同じ一〇月二日であった。この日が意図的に選ばれたのはいうまでもない。聖都エルサレムを守っていたイブラン家のバリアン二世は、その勇気と強い意思によってサラーフッディーンを感服させた。ゆえに、勝者による虐殺は起きなかった。身代金を払える者、もしくはバリアンが身代金を払った者、約七〇〇〇人は町を離れることができた。その他の一五〇〇〇人は奴隷となった。ギリシア人およびシリア人のキリスト教徒は、エルサレムに残ることを選んだ。サラーフッディーンは寛大なところを見せ、何百人もの貧民が町から出ていくのを許し、フランク人の貴婦人が安全に町を離れられるように配慮した。教会は薔薇水で清められ、そのうちのいくつかはモスクに改造され、鐘や十字架は破壊され、フレスコ画はぬりつぶされた。岩のドームのてっぺんに飾られていた大きな金の十字架は倒された。「十字架が倒れると、これに立ち会った人々は、イスラム教徒もフランク人も叫び声を上げた。イスラム教徒たちは「神は偉大なり！」と言って喜びを表明した。フランク人にとっては、苦しみと悲しみの叫びだった。一同の耳に響いた音はあまりにも大きかったので、大地がぐらつくかと思われた」とイブン・アル＝アスィールは伝えている。ゴドフロワ・ド・ブイヨンの勝利から八八年後、サラーフッディーンは聖都をイスラムに戻した。イブン・アル＝アスィールは、六三七年にエルサレムをはじめて攻略したイスラム教徒である第二代正統カリフ、ウマル・イブン・アル＝ハッターブに匹敵する、とサラーフッディーンをたたえている。サラーフッディーンはこの日、色褪《いろあ》せることのない栄光を手にした。

勢いに乗ったサラーフッディーンはやがてモアブのカラク城、ソーヌ城〔現サラーフッディーン城〕、タルスス港、ジュベイル港、ラタキア港を攻め落とした。神聖ローマ皇帝フリードリヒ一世（赤髭王）とフランスとイングランドの国王が十字軍を準備していることを知ったサラーフッディーンは、時間との勝負とばかりに一帯の征服を急ぎ、その速度が彼の威光をいっそう高めた。いまや、彼の手に落ちていないのはアンティオキア、ティール、トリポリだけだった。その後に彼の伝記を書いたカーティブ・イマードゥッディーンとバハー・アッディーンは、サラーフッディーンを、模範的な信仰心をもつ禁欲的な戦士、聖戦の英雄として描き、必要に応じて、彼の初期の失敗をめざましい勝利に書き換えている。こうしたプロパガンダのイメージは時代を超えていまでも大衆的知名度を誇っている。二〇世紀後半のアラブ指導者たちはこれを大いに利用した。エジプトのナセルとサダト、シリアのハーフィズ・アル＝アサド、イラクのサダム・フセインはサラーフッディーンを、あらゆる形態の占拠に対する戦いの英雄としてたたえた。こうしてサラーフッディーンは「アラブ抵抗運動のクルド人シンボル」となった、というのが中世中近東の研究者ジャン＝ミシェル・ムトンの結論である。欧州においては一八世紀より、彼を理想的な騎士道精神の持ち主として紹介するようになり、礼儀正しく、賢明で、英雄的で寛大という、円卓の騎士伝説に近いイメージが付与された。知識不足を神話化で補い、西洋の理想像にもとづいて作り出されたもう一つのサラーフッディーン伝説である。近年刊行された伝記によって、ようやく彼の実像が明らかになったが。

一九九二年、屈服したギー・ド・リュジニャンとルノー・ド・シャティヨンを尻目に、戦士とイスラム修行者を左右に従えて進むサラーフッディーンの騎馬像がダマスカスに建てられた。ボードゥアン四世の像がきざまれたことはない。カトリック教会は、彼を聖人もしくは殉教者と認めることは適切でないと考えた。しかし、ヨーロッパ人が単純にも「騎士スルタン」とみなしているサラーフッディーンがじつは政治的手腕にすぐれた切れ者であったのに対して、驚くべき勇気をもって自身の病《やまい》と自国の麻痺という二つの過酷な試練と日夜戦っていたボードゥアン四世こそが騎士道の美徳をだれよりも体現していたのである。

シルヴァン・グゲナイム

原注

1　イスラム圏においてスルタンは一時的な権力を託された者の称号である。バグダードのカリフから授けられる称号であるが、サラーフッディーンはこれを自称した。

2　エデッサ伯ジョスラン二世の娘であるアニェス・ド・クルトネーは最初にマラシュ伯ルノーと結婚し、次に一一五七年もしくは一一五八年にアモリと結婚してボードゥアンをもうけた。しかしエルサレム総大司教に支持された高級貴族たちは、近親結婚だとの口実で二人を別れさせた。離縁を承諾しないかぎり、アモリはエルサレム国王となることができなかった。こうしてアモリと別れたアニェスはイブラン家のユーグと結婚する。一一七〇年に寡婦となると、シドン［現サイダ、レバノン］領主ルノーと四度目の結婚をする（一一七四）。王妃になりそこなったアニェスは、権力の行使を決してあきらめず、エルサレム王国の政治に介入するためにたえまなく宮廷内で策動をくりかえしたようだ。

3　そのころイスラム世界全体に君臨していたバグダードのイスラム王朝は、アッバース朝であった。七五〇年にウマイヤ朝を倒してはじまったアッバース朝は、一二五八年にモンゴル帝国によってバグダードが攻略されるまで続く。サラーフッディーンと同時代のカリフは、アル・ムスタディー（一一七〇―一一八〇）、およびアル・ナースィル（一一八〇―一二二五）である。サラーフッディーンは前者とは良好な関係を結んだが、後者とは野心がぶつかりあって険悪な仲であった。

4　その名がムハンマドの娘ファーティマに由来するファーティマ朝はシーア派であり、ムハンマドの従弟でファーティマの夫であるアリーの子孫が代々ムハンマドの後継者を名のるべきだと考えていた（アリーは六五六年にカリフとなり、六六一年に暗殺された）。アリーの子孫を称するファーティマ朝の始祖（初代カリフ）が九〇九年に武力で北アフリカを掌握し、九六九年に第四代カリフがエジプトを支配下に置いた。

5　彼は弟のアル＝アーディルにアレッポの統治をまかせた。甥のファルーク・シャーはダマスカスを治め、エジプトはもう一人の甥であるタキ・アッディーンに託された。サラーフッディーンは重病を体験したのち、自分の息子たちをダマスカスとカイロの統治者とした。

6　それぞれ一一世紀の終わりと一二世紀のはじめに創設されたエルサレムのテンプル騎士団と聖ヨハネ騎士団は教皇に直属する修道会であり、エルサレムへの巡礼者の救護を義務としており、そのうちには戦闘もふくまれていた。この二つの騎士団はまぎれもない常備軍として機能していた。戦力は小規模

——数百人の騎士——だが、有能で規律正しいことで有名であった。メンバーは「戦う修道士」とよばれていたが、彼らの生活様式は聖堂参事会員のそれと近いものであった［清貧などの厳しい戒律は適用されず、なかば世俗人であった］。

7　モースル出身のイブン・アル＝アスィールは、サラーフッディーンにとくに好意的というわけではなく、彼のことを侵略者とみなしていた。すくなくとも、年代記などのより冷静な口調で書かれた著作から透けて見えるイブン・アル＝アスィールのサラーフッディーン評はそのようなものである。

8　寛大さゆえに「自由伯アンリ」とよばれたシャンパーニュ伯アンリ一世は、フランスでも有数の勢力を誇る諸侯の一人であった。文化や芸術の庇護者であり、シャンパーニュ大市の目をみはる発展の立役者であった。聖地には二回渡って戦っている。

9　アニェス・ド・クルトネーと離婚したのち、アモリ一世はマリア・コムネナと再婚し、イザベルを授かった。

参考文献

Recueil des historiens des croisades (RHC), Paris, 1844-1895 (Historiens occidentaux, 5 tomes ; Historiens orientaux, 5 tomes).

Abu Sh.ma, *Livre des deux jardins*, *RHC*, *Historiens orientaux*, t. IV.

Chronique d'Ernoul et de Bernard le Trésorier, édition L. de Mas Latrie, Paris, Chez Mme veuve Jules Renouard, 1871.

Guillaume de Tyr, *Chronique*, XX, 12, édition R. B. C. Huygens, Turnhout, Brepols, 2 vol., 1986.

Histoire d'Éraclès, RHC, Historiens occidentaux, t. III.
Ibn al-Ath.r, *Kamel Altevarykh, RHC, Historiens orientaux*, t. I.
Ibn Djoba.r, *Extrait du voyage d'Ibn Djobaïr, RHC, Historiens orientaux*, t. III.
Im.d al-D.n al-Isfah.ni, *Conquête de la Syrie et de la Palestine par Saladin*, traduction H. Mass., Paris, De Boccard, coll. «Documents relatifs . l'histoire des croisades», t. X, 1972.
Michel le Syrien, *Chronique, Corpus Scriptorum christianorum orientalium*, t. III, Paris, Ernest Leroux, 1910.

研究書

Aub., Pierre, *Baudouin IV de Jérusalem. Le roi lépreux*, Paris, Perrin, 1999; r..d. coll. «Tempus», 2010.
Demurger, Alain, *Vie et mort de l'ordre du Temple*, Paris, Seuil, 1989.
Grousset, Ren., *Histoire des croisades et du royaume franc de Jérusalem*, Paris, Plon, 3 vol., 1934-1936.
Mouton, Jean-Michel, *Saladin, le sultan chevalier*, Paris, Gallimard, 2001.
Prawer, Joshua, *Histoire du royaume latin de Jérusalem*, Paris, CNRS, 2 vol., 1969.
Richard, Jean, *Le Royaume latin de Jérusalem*, Paris, PUF, 1953.

第6章　フィリップ二世とジョン欠地王　フランス領イングランド？　もしくはイングランド領フランス？

尊厳王とよばれたフランスのフィリップ二世と、イングランドのジョン欠地王の争いは歴史の流れを変えた。こう聞かされた人が最初にいだく感想は、誇張もはなはだしい、であろう。二人の争いは、一一世紀から一九世紀にかけて、めまぐるしい展開に事欠かなかった英仏対決の数多いエピソードの一つにすぎないからだ。しかし、もう少し分け入って考えてみると、この争いにはきわめて大きな意味があったことがわかる。二人の対立の結果として、一一九九年から一二一六年にかけて、フランスとイングランドそれぞれの性格とアイデンティティーが明確となり、ヨーロッパ史に影響をあたえることになる英仏の宿命的なライバル関係の根幹が固まったからだ。この争いは、フランスとイングランドがそれぞれ主権をもつ二国となるのか、一九世紀のオーストリア＝ハンガリー帝国のような二重君主国となるのかを決める、きわめて重要な分かれ道であった。

ぶつかりあう力、争いの種

一一九九年、兄の獅子心王リチャード一世がリムーザン（フランス）のシャリュ城攻囲戦の最中に亡くなったためにイングランド王になったジョンは、ノルマンディ公、アンジューとメーヌとトゥレーヌの伯爵、アキテーヌ公でもあった。さらに、ブルターニュ公であった兄ジェフリーの遺児アーサーの後見人としてブルターニュも領有していた。ようするに、このイングランド王はフランス王国の西半分をまるまる掌握《しょうあく》していたのだ。彼はそもそも、フランスのアンジュー家を出身母体とするプランタジネット朝の王だからイングランド人ではなかった［プランタジネット朝のうち、初代のヘンリー二世から三代の欠地王ジョンまではアンジュー朝ともよばれる］。彼は、アンジュー伯およびノルマンディ公でもあったイングランド王ヘンリー二世と、アキテーヌ女公アリエノール・ダキテーヌのあいだに生まれた八番目の子どもであった。以上でわかるように、父母のどちらをとってもイングランド人とはよべない。ヘンリー二世がイングランド王になったのも、一〇六六年にドーヴァー海峡を渡ってイングランドに攻め入ったノルマンディ公ギヨーム［英語名は征服王ウィリアム。イングランドでノルマン朝を開いた］の子孫であるマティルダが母親だったからだ。このヘンリー二世は、一一五二年にアリエノール・ダキテーヌと結婚することで、西ヨーロッパでもっとも勢力がある君主として「プランタジネット帝国」の頂点に立った。さらには、三番目の息子のジェフリーがブルターニュ女公コンスタンスと結婚し、ジェフリー事故死のあとにコンスタンスがアーサー［仏名アルテュール］を産むと、ヘンリー二世はこの子の後見役となることで、プランタジネット朝の領土にブルターニュをくわえた。

　この驚くべき領土コレクションのなかで、イングランドはその一つにすぎなかった。しかも、いちばん大きな領土ではない。一〇六六年以来、イングランドは外国人に統治されていた。まずはノルマンディ出身のノルマン朝[1]。次は、アンジュー朝[2]である。この二つの王朝の君主は全員フランス人であり、彼らにとってイングランドは栄光を高める要素――国王の肩書きを享受できる――であると同時に、ヨーロッパ大陸で自分たちが意図するとおりに政治活動を展開するうえで必要な人員と資金を引き出す、力の源泉でもあった。彼らは英語を話すことすらなく、イングランドに滞在することもまれだった。獅子心王リチャード［ヘンリー二世の息子、ジョンの兄］など、イングランドに滞在したのは王座にあった一〇年間のうちたった六か月であった！

　というのも、彼らの関心は、自分たちが絶大であると同時に脆《もろ》い立場に置かれていたフランス王国に向けられていたのだ。フランスにおいて彼らは公爵や伯爵であった。すなわち臣従儀礼によってフランス王に忠誠を誓う封臣であり、その他のどのような君主の側につくことなく服従する義務があった。フランス王は彼らの封主であり、ノルマンディ、メーヌ、アンジュー、トゥレーヌ、ポワトゥー、アキテーヌといった広大な領地の統治を条件つきで彼らに託している至高の主君であった。条件とは、軍務を主とするいくつかのつとめを果たすこと、主君である王に忠実であること、領地内で王国の司法を守らせることである。封臣がこうした義務を果たさない場合、王は弾劾裁判を開き、領土をとりあげることができる。封建法がよぶところの封土没収である。したがって、公爵や伯爵による監督からのがれようとする反抗的な地方領主たち、とくに仏南西部の地方領主たちは、目の上のたんこぶである［プランタジネット朝の］公爵や伯爵が管轄する地方裁判所の決定を無効だと認めてもらうために国王に上訴することで勝負に出た。こうした封建制度のなかでは、異議申し立てや地方レベルでの戦争は数多く起こっていたと思われる。

フランス国王は、自分の存在をあやうくするほど強大なプランタジネット朝帝国を弱体化させ、可能であれば解体することを狙っていた。具体的には、封建法を上手に利用して、プランタジネットが支配していたのでは王家にとってもっとも危険な領土を没収しようと努めることになる。ただし、ことは簡単ではない。まず、口実を見つけねばならず、次に決定を適用するだけの実力が必要だ。結局のところ、最後にものを言うのは力なのだ。中世の人間は現実主義者なのでこの点を理解していた。領地没収を言いわたすことと、軍事力でその領地を征服することは別物であった。

当時の地図をながめるだけで力関係は明らかだ。フランス国王は、北はコンピエーニュから南はブールジュまで、パリ、エタンプ、オルレアンをふくむちっぽけで凸凹《でこぼこ》した王領のリソースだけが頼りだった。そんな王が、強大な勢力を誇る封臣プランタジネットに自分の意向を強制することなど不可能だ。しかしながら、フランスの王制はイギリスの王制とくらべてはるかに安定した歴史をもっていた。九八七年以降、二世紀にわたり、カペー朝は父から子へととぎれることなく王権を引き渡しながら君臨し、王領が貧弱であるにもかかわらず、継続性と聖別［聖油を塗布され、教会によって国王だと認められること］によって威光を獲得していた。さらに、フランス王フィリップ二世にとって都合のよいことに、プランタジネット家は親子兄弟が反目しあっていたので、たびたび起こる家庭内不和を大いに利用した。フィリップ二世は、ヘンリー二世の息子たちが父親に刃むかうのを助け、ヘンリー二世の死後は獅子心王リチャードが十字軍遠征にでかけているあいだに弟のジョンが王位簒奪《さんだつ》をたくらむのを支援した。そしていまや、そのジョンがフィリップ二世の前に立ちはだかっていた。一一九九年四月に即位したイングランド王として。

目的のためには手段を選ばないライバル二人

対決するこの二人のイメージは、プロパガンダに荷担した、不公正もしくは先入観をもった当時の年代記作者たちによって歪《ゆが》められている。この決闘において悪役を押しつけられているはジョンであり、そうなったのも、彼の治世が否定的に語られてきたせいである。輝かしい騎士であった兄の獅子心王リチャードの武勲が、ロジャー・オヴ・ホーデンやウィリアム・オヴ・ニューバーグといった、リチャード本人に会ったこともあり、彼に肩入れしていた年代記作者たちによって伝えられたのに対して、ジョン王の治世についての記録は本人の死から何年もあとに、ジョン王の破綻《はたん》した治世末期にかんする噂話に影響された者たちによって書かれた。すなわち、一二二五〜一二三〇年頃に年代記を書きはじめたセイントオールバンのベネディクト会修道士ロジャー・オヴ・ウェンドヴァーと、一二三五年頃に執筆した同じ修道院のマシュー・パリス修道士である。ジョン王に会ったこともないこの二人が、後世に伝わっているジョン王の暗黒伝説の種を蒔《ま》いたのだ。

ヘンリー二世とアリエノールのあいだに生まれた四人の男児の末子として一一六七年に誕生したジョンが王となったのは三二歳のときであった。彼が王座につくのは予定外であった。父親のヘンリー二世は、上の三人の男の子に所領を分けあたえることにしたが、ジョンに遺してやれる領地はなかった。これが、あだ名「欠地」の由来である。身長一六三センチと小柄なジョンは、プランタジネット家特有の激しやすい気質を受け継いでいた。ありあまるエネルギーをもてあまし、同じ場所に三日以上とどまることはまれだった。非常に教養があってラテン語の使い手であり、つねに愛読書を手元に置き、戦争の最中《さなか》であっても、蔵書を積んだ荷車が彼の行く先々についてまわった。家庭教師をつとめた法律家のラヌフル・ド・グランヴィルの影響で、哲学、法学、歴史、神学を愛好していた。聖アウグスティヌス［四世紀の神学者］とサン・ヴィクトルのユーグ［一二世紀の神学者］の愛読者であった。自身の王としての義務を強く認識しており、国務諮問会議に欠かさず出席し、行政と司法を他人まかせにしなかった。「われわれの安寧《あんねい》は、たとえ犬一匹に適応される場合でも、固く守られねばならぬ」と述べた、と伝えられる。軍事の才能もあり、巧みな戦略を練り、鮮やかな戦術で快挙をあげる能力があった。たとえば一二〇三年には、二日間で約一五〇キロを走破してフランス軍に不意打ちをくらわせている。一二〇〇年にカンタベリーの修道士ジャーヴェイズが彼に進呈したあだ名「なまくら刀」は、まったくあてはまらない。敬虔なキリスト教徒であったが、神の名を唱えるののしり言葉は平気で口にした。お気に入りは「おお、神様の歯よ！」や「おお、神様の足よ！」だった。なお、兄のリチャードが神の体をもちだしてののしるときは、「脚」限定であった。ジョンはまた、貧者へのほどこしや、修道院や教会への寄進においての気前のよいところを見せた。たいへんに几帳面でもあり、自分のスケジュールを細かなところまで決め、裁判にかける者たちを召喚する時間と場所をきっちりと指定した。当時としては強迫的なくらいに清潔好きで、訪れるすべての町に風呂を用意させた。栄耀栄華、豪華な服、女、美食も好きだった。シャルル・プティ＝デュタイイ［一八六八―一九四七］は著作『フランスとイングランドにおける封建君主制』のなかでジョン王を「半ば狂人《なか》」とよんでいるが、こういったおぞましい悪名を裏づける根拠は一つもない。前述の年代記作者たちの主張を受け売りした歴史研究者たちによってジョン王はおとしめられた。こうしたイメージが修正されはじめたのは二〇世紀もなかばに入ってからである。

ただし、ジョン王が聖人ではなかったことは確かだ。激高する質《たち》であったから、――癇癪《かんしゃく》の発作を起こすと床に転げまわってマットレスの藁を食べることもあった父親のヘンリー二世と同様に――怒り出すと手がつけられなくなったし、非常に猜疑心が強く、狡猾で、本心を隠し、捕虜たちを放置して飢え死にさせるといった残酷な行為もやってのける人物であった。約束や前言を無視したり、臣下から金銭をむしりとったりするのは朝飯前という暴君ぶりは、直臣である高級貴族の離反をまねき、それがゆえに失墜することになる。

これに対して、ジョンの敵であるフィリップ二世は、少々誇張された好意的な評判を享受してきた。これは、国王御用達《ごようたし》でおべっか使いの二人の年代記作家の手柄である。『Gesta Philippi Augusti（尊厳王フィリップの偉業）』を著《あら》わしたサン＝ドゥニ修道院の修道士、ピエール・リゴール（一一五〇頃―一二〇七頃）と、リゴールの仕事を引き継ぎ、韻文による伝記――フィリップ二世の栄光をたたえる大作の叙事詩『ラ・フィリピド』――を執筆した国王礼拝堂つき司祭、ギヨーム・ル・ブルトン

（一一六五頃―一二二六）である。

一一九九年にジョンが王座についたとき、フィリップ二世は三四歳であった。彼はすでに一九年もフランスを統治しており、その間にプランタジネット一族の力を殺《そ》ぐことに力をつくしていた。まずは、父親のヘンリー二世に謀反を起こしたリチャードと同盟を組んだ。次に、十字軍遠征からの帰途で神聖ローマ皇帝の捕虜となったリチャードの不在をいいことに、王位簒奪《さんだつ》に動くようジョンを焚《た》きつけた。フィリップ二世の人格の基本的な特徴は、良心の呵責《かしゃく》の完全な欠如であった。マキャヴェリズムを先どりした現実主義者であった。政治においては、誓約を破ることになんのためらいもなく、たとえば十字軍参加者に危害をくわえることは禁止されていたのに、金を出すから捕虜のリチャードを解放しないでほしい、と神聖ローマ皇帝にもちかけた。結婚においても良心の呵責とは無縁であり、二番目の妻であるデンマーク王女インゲボルグを一方的に離縁した。教会との関係でも同様であり、自分自身が破門された身であるのに、ジョン王からイングランドを奪うために教皇に働きかけて陰謀を練った。フィリップ二世は人間的な情愛をまったくもちあわせておらず、息子の家庭教師であったジル・ド・パリがラテン語でつづった詩『カロリヌス』のなかでくだした評価はまことに正鵠《せいこく》を射《い》ている。「彼［フィリップ二世］が神の寛容から学んでもう少し温和であったとしたら、父親としてのやさしさを身につけていたとしたら、あれほど不寛容で怒りっぽいかわりに人あたりがよく御しやすい人物であったとしたら、あれほど活動的であるかわりに沈着であったとしたら、あれほど自分の所有欲を見たすことに熱心なかわりに慎重で思慮深かったとしたら、王国の状況はよりよいものとなったであろう」

フィリップ二世は無慈悲であったが、彼なりの宗教心はもっていて、頑迷といえるほどに信心にこり固まっており、ユダヤ人や異端者を迫害した。「彼は信仰への神聖な熱意に燃え、ブリ＝コント＝ロベール城を急襲し、中にいた八〇名以上のユダヤ人を焼き殺した」とリゴールは賛嘆している。その汎神論的な教義は異端だと断罪された」［パリ大学で教鞭をとった神学者。その汎神論的な教義は異端だと断罪された］の教えに共鳴する異端者たちも火刑に処した。一二〇九年、南フランスのアルビを中心にさかんであった異端カタリ派を征伐するためのアルビジョワ十字軍遠征が実行されたのもフィリップ二世がこれを許可したからである。信じがたいことだが、こうした迫害は功績とされ、フィリップ二世の聖人認定を求める動きすらあった。リゴールやギヨーム・ル・ブルトンは、聖人認定運動の根拠となった奇跡や幻視について伝えており、彼らの著作はさながらフィリップ二世聖人伝である。リゴールは「王が臣民によせる愛と、臣民が王によせる愛のどちらが大きかったのかはわからないほどだ」とほめちぎっている。ブーヴィーヌの戦い［一二一四年、フランスと、神聖ローマ帝国とイングランドを中心とする連合軍との戦い］におけるフィリップ二世は、破門されていた神聖ローマ皇帝オットー四世に立ち向かう十字軍の指揮官さながらにふるまい、自軍の兵士たちに祝福をあたえた。このこともまた、フィリップ二世は聖人、という実態とはかけ離れた評判を高めた。

ジョン欠地王とは反対に、フィリップ二世は教養人ではなかった。ラテン語は理解できなかったし、読書に興味はなかった。ごちそう、葡萄酒、女、聖書で事足《ことた》りた。教皇の禁止令を破ることも、自分に刃むかう司教を迫害することもためらわなかった。狡猾であったので、封臣らの力を弱めるため、自分に都合がよい封建法の決まりをすべて利用した。軍の指揮官としての才能はさほどなかった。

ブーヴィーヌでの勝利で、優秀な指揮官としての評判を得ているが、これは四三年間の統治における唯一の勝利であった。十字軍遠征で彼の存在を霞《かす》ませてしまい、一一九四年のフレトヴァルの戦いで屈辱的な敗北を彼になめさせた獅子心王リチャードと比べると、いかにも影が薄い。彼とジョン欠地王の争いは、双方とも巧妙で良心の呵責とは無縁、しかも禁じ手はゼロという意味で、スケールが大きな決闘であった。

第一幕――引き分け試合（ル・グレ条約、一二〇〇年）

決闘は、ジョンが一一九九年四月二五日にルーアンでノルマンディ公として戴冠し、同年五月二七日にウェストミンスターでイングランド国王として戴冠したときからはじまった。フィリップ二世はただちに反応し、最初のもち札を切った。ジョン王の実の甥で、ブルターニュ公領を受け継いだアーサー・オヴ・ブリタニー［フランス名はアルテュール・ド・ブルターニュ］である。フィリップ二世はこれまでの手法を踏襲し、プランタジネット家の人間同士を反目させることに努めたのである。アーサーの父親は、ジョン欠地王の兄で一一九八年に亡くなったジェフリー［フランス名はジョフロワ］であり、母親はブルターニュ女公コンスタンスであった。当時は継承ルールがあいまいであったことが紛糾の種となった。フィリップ二世に言わせれば、これほど早死にしなかったらジェフリーは兄の獅子心王リチャードの後を継いでプランタジネット朝の頂点に立ったはずだ、だからアーサーはプランタジネット朝の正当な後継者である。これに対してジョン欠地王は、遺児よりも存命している弟を後継者として優先するアングロサクソン法をよりどころとして自分の権利を主張した。

　ジョンが戴冠のためにイングランドに滞在しているあいだに、フィリップ二世はル・マンに足を運び、アーサーからアンジュー、メーヌ、トゥレーヌ伯爵としての臣従礼を受けると、このアーサーと母親のコンスタンスをつれてパリに戻った。ジョン欠地王のおそるべき監督下に入るよりは非力なアーサーをかついだ方がよいと判断したセネシャル［地方行政官］のギヨーム・デ・ロッシュに先導されたアンジューやメーヌの貴族たちがフィリップ二世とアーサーを支持した。ジョン王はただちに反撃に出た。彼もル・マンにおもむき、彼とフィリップ二世との話しあいが不調に終わったあと、ノルマンディとメーヌで戦争がはじまった。しかし、フィリップ二世は二つの理由でさほど抵抗を見せなかった。第一に、ギヨーム・デ・ロッシュがフィリップ二世の勢力拡大に懸念をいだくようになり、ふたたびジョン王の側についたからだ。第二に――この理由がもっとも大きかった――フィリップ二世の婚姻問題で教皇が日に日に姿勢を硬化させていたからだ。一一九三年、彼はデンマーク王の妹、インゲボルグと結婚した。イングランドに対抗するためにデンマークの艦隊に支援してほしかったからだ。だが理由は不明なまま、翌日に離縁した。国王にへつらう何人かの司教が離婚を有効だと認めたので、フィリップ二世はほどなくしてバイエルンの貴族の娘、アニェス・ド・メランと再婚した。教皇ケレスティヌス三世はインゲボルグとの離婚は「非合法、存在しない、無効」と宣言したが、フィリップ二世は意《い》に介《かい》さなかった。ところが、一一九八年に、中世の教皇のうちでもっとも傑出して、もっとも権威的な一人であるインノケンティウス三世が教皇の座についた。法律にも神学にも詳しい三七歳の新教皇は、キリスト教世界において世俗的権威は宗教的権威に従うべき、との方針を打ち出した。この教権政治の原則に従えば、信仰や道徳にかんしては皇帝も国王も教皇庁の決定に従わねばならない。教皇は、この原則を適用させるための武器を三つもっていた。第一は破門。破門された君主は、理屈の上では、秘跡を授かったりミサに列席したりすることを禁じられ、魂の救済があやうくなる。第二は、聖務停止令。これが出されると、当該君主の臣民は全員、秘跡に授かることができなくなる（君主が教皇に屈服するまで、王国内では洗礼も、婚姻も、聖別された墓地への埋葬も行なわれなくなり、国民全員の魂の救済があやうくなる）。第三は廃位。すなわち、君主が屈服しない場合、教皇は廃位を宣言、臣民に反乱を起こすようながし、別の君主に王位を授けることができる。当然のことだが、こうした措置が有効に働くのは、国内の聖職者たち、とくに司教たちが教皇庁に協力する場合にかぎられる。だが、教皇とて司教の協力を得るのは簡単ではない。聖職禄《ろく》は主として国王頼みだったからだ。こうして、フランス国王と教皇庁との力比べがはじまった。ゆえに、フィリップ二世とジョン欠地王の決闘において、インノケンティウス三世が重要な役割を果たすことになる。この教皇は、一方を破門したかと思うと次には他方を破門するといった具合で二人の君主の争いに介入した。

一一九八年、修道院に幽閉されているインゲボルグをふたたび妻として遇するようフィリップ二世に強制するため、教皇はフランス王国に聖務停止令を出した。複数の司教はこの命令を公告することを拒否したが、パリ司教とサンス司教をふくめた大多数の聖職者は聖務を停止した。フィリップ二世は反撃に出て、自分にさからう聖職者たちを虐待して彼らの資産を没収したが、事態は悪化するばかりで、フィリップ二世はジョン欠地王と戦うどころではなくなった。一二〇〇年五月二二日、レ・ザンドリ［ノルマンディ］近くのル・グレで条約が締結された。フィリップ二世はブルターニュの封主権を放棄し、息子のルイ王子［のちのフランス王ルイ八世］とジョン欠地王の姪ブランシュ・ド・カスティーユとの結婚に合意した。その見返りとして、ジョン王は、プランタジネット朝とカペー朝とが封主権を争っていたベリーとオーヴェルニュを放棄するとともに、大陸にある領地は封臣としてフランス国王から領有を許されたものであることを認め、傍系親族相続税としてフィリップ二世に二万マールを支払った。

これで万事解決したかと思われた。緊張は解けた。フィリップ二世はアニェスと縁を切り、ふたたびインゲボルグを妻として迎えると約束し、司教たちと和解し、聖務停止令は解かれ（一二〇〇年九月八日）、ジョン王はイングランドに戻り、一二〇一年五月にパリを訪れてフィリップ二世と会った。リゴールによると「イングランド国王は、最高の儀礼をもって迎えられた。鷹揚《おうよう》なフランス国王は、金銀やぜいたくな布地やスペイン産の馬をはじめとする、ありとあらゆる種類の高価な贈り物を数多く彼にあたえた。こうした好意とよき協調の証《あか》しに魅了されたイングランド王はフィリップに暇《いとま》を請《こ》い、自領に戻った」

第二幕――ジョンに有利（ミルボーからアーサーの排除まで、一二〇〇―一二〇三年）

「好意」と「よき協調」は長続きしない。当事者が、虎視眈々《こしたんたん》と相手の隙《すき》をうかがっている二人となればなおさらだ。今回、紛争再燃の引き金を引いたのはジョン欠地王であり、愚かな行為により、フランス国王に「協調」破棄の口実をあたえてしまった。彼のいちばんのまちがい——これが気まぐれによるものなのか、政治的計算にもとづくものなのかはわからない——は、ラ・マルシュ地方［フランス中西部］の有力な伯爵ユーグ九世の息子ユーグ・ル・ブランの婚約者であったイザベル・ダングレーム［英語名はイザベラ・オヴ・アングレーム］を拉致させ、一二〇〇年八月三〇日に彼女と結婚したことであった。イザベルは、リュジニャン地方の名家、アングレーム伯爵の一人娘であった。ジョン王は伯領の相続人である彼女と結婚することで、領主たちが何十年も前からプランタジネット家に反抗的な態度をとっているリュジニャン地方を抑えようとしたのだ。しかし、他人の婚約者を奪うという専横的な手法に、リュジニャンやラ・マルシュの有力貴族が反発し、ジョン欠地王にいくつもの城を没収されたポワトゥー地方の数多くの領主もこれに同調した。その結果、資産を奪われた貴族たちが正義を求めて国王に訴え出た。フィリップ二世はジョン欠地王に裁判への出頭を命じたが、ジョン王はさまざまな口実をもうけて応じなかった。一二〇二年四月二八日、フィリップ二世は直臣会議の名で、フランス王国内にあるジョン欠地王の全領地の没収を宣言した。奇妙なことに、この重要な決定の存在を証明する公式の資料は一つもない。これを伝えているのは、イングランドの年代記作者、ラルフ・オヴ・コギシャルのみである。「フランスの宮廷は会合を開き、イングランド国王から、彼の先祖がこれまでフランス国王から分かちあたえられた領地すべてをとりあげられるべき、との決定をくだした。彼の先祖が長年にわたり、そうした封土の見返りとして課せられた義務のすべてを果たすことを怠り、主君の命令にほぼつねに従わなかったからである」。歴史研究者たちは、この封土没収は一同のたんなる喝采によって宣告された、とみなしている。

だが、この封土没収を実行に移すことは容易でなかった。自領が奪われるのをジョン欠地王が指をくわえて眺めるわけがないからだ。フィリップ二世は一二〇二年六月に二方面から攻撃を開始した。自身はノルマンディに進軍してグルネイを奪取してアルク城を攻囲する一方で、自分の娘のマリーと婚約させせたばかりの若いアーサーをポワトゥー侵略に送りこんだ。ジョン欠地王はル・マンにいた。ノルマンディかポワトゥーのどちらかを選ばねばならない。ジョンは、ミルボー城でアーサーの軍勢に攻囲されている年老いた母、アリエノール・ダキテーヌを助けに行くことが焦眉の急だと判断した。電光石火、彼はたった二日でル・マンとミルボーをへだてる距離を走破し、アーサーの軍に不意打ちをくらわせて破り、アーサーとポワトゥーの多数の領主を捕虜とした。これを知って、フィリップ二世はトゥールまで南下したものの、それ以上の進軍は躊躇《ちゅうちょ》してパリに戻った。

ジョン欠地王が勝者となったかと思われた。しかし、彼の場合にありがちなことだが、彼はせっかくの勝利を不適切な決定でだいなしにしてしまう。彼は直近の遠征において、捕虜は殺さない、甥のアーサーを丁重に扱う、との約束と交換に、ポワトゥーの大領主複数の協力をとりつけていた。しかし自信過剰となったジョンは、ギヨーム・デ・ロッシュをアンジューとトゥレーヌのセネシャルの地位から解任し、いくつもの城を没収し、捕虜を餓死させ、アーサーをまずはファレーズ城に、次にルーアンに監禁した。一二〇三年三月、ギヨーム・デ・ロッシュとアンジューの主要な貴族、そしてアランソン伯までもが、フィリップ二世に直接の臣従礼を捧げ、彼に仕えることを誓約した。このことにより、フィリップ二世は一二〇三年のうちにアンジューとポワトゥーに侵攻し、ソミュールとルーダンにまでいたり、ルーアンを孤立させるために必要なノルマンディの要塞を抑えた。これと並行して、ギヨーム・デ・ロッシュはアンジェを攻略した。この間、ジョンはアーサーの公領であるブルターニュを攻撃し、フージェールとドルを荒らしてカテドラルに火をつけた。そして一二月にイングランドに戻る前に、アーサーという潜在的脅威をとりのぞくため、ルーアンの牢獄内で彼を殺させた。

ほんとうのことをいえば、アーサーの死にかんする詳細な情報は何一つない。アーサーの名前は記録文書からいつのまにか消えてしまい、当時にはありがちなことだが、伝わっているのは噂話のみだ。グラモーガン伯領（ウェールズ）のマーガム修道院の年代記が伝えている、そうした噂話の一つによると、一二〇三年四月三日、ジョン王は「ルーアン城において、酩酊して悪魔にとりつかれていたときに自身の手で彼［アーサー］を殺し、遺体に重い石を結びつけ、セーヌ川に投げこんだ。遺体はある漁師の網にかかって発見され、土手に引き上げられてから身元が判明し、暴君［ジョン王］が怖いので秘密裏にノートル＝ダム＝デ＝プレとよばれるル・ベックの小修道院に葬られた」。この話がウェールズの修道院の年代記に記載されているのは、この修道院が、ブレコン（ウェールズ）領主、ウィリアム・ド・ブリウーズ［フランスのノルマンディを起源とするイングランドの貴族］の庇護を受けていたからだ。ウィリアム・ド・ブリウーズはジョン王からアーサーの監視を命じられていたので、真実を知る立場にあった。一二〇七年、ジョン王の信頼を失ったウィリアム・ド・ブリウーズは敵方にねがえった。彼が上記の話を打ち明けたのは、まさにその頃であり、それ以前ではないようだ。フィリップ二世おかかえの年代記作者、ギヨーム・ル・ブルトンは嬉々《きき》としてこの話に尾鰭《おひれ》をつけ、まるで自分がその場にいたかのような口ぶりでジョン王のイメージ毀損《きそん》に励み、ジョン王はアーサーと二人だけで舟に乗っていたという設定であるのに、二人の会話まで書き記している。ギヨーム・ル・ブルトンによると、だれも汚れ仕事を引き受けようとしなかったので、ジョン王みずからが真夜中にアーサーをつれだして舟に乗せ、セーヌ川のただなかに漕ぎ出した。「かわいそうな子ども（とはいっても、アーサーは一五歳以上であった）は、自分が殺されるとわかって、王の膝元に身を投げ出し、「叔父さま、あなたの若い甥を哀れんでください、叔父さま、やさしい叔父さま、わたしの命を助けてください、あなたの甥の命をお助けください、あなたと同じ血が流れているわたしをお助けください、あなたの兄の息子をお助けください！」と叫んだ。むだな命乞いであった！　暴君は彼の髪をつかみ、剣を柄《つか》まで彼の腹に深くつき刺し、高貴な血が一面についたこの剣を引きぬくと、今度は両のこめかみをつらぬくように頭を刺した。殺人が終わると、彼は現場から遠ざかり、目の前に渦巻く川の流れに遺体を放りこんだ」

まことにメロドラマ的な場面であるが、これは完全な作り話である。とはいえ、殺人が行なわれたことはほぼまちがいがないと思わる。当時の状況を考えると、この殺人には、アンギャン公処刑にかんしてタレーランが述べた有名な言葉、「これは失策であり、犯罪よりもたちが悪い」がぴったりとあてはまる。フィリップ二世との争いにおいてすでに司法の告発を受けていたジョン王に、甥殺しの非難がくわわるのはいかにも具合が悪かった［アンギャン公はフランス革命期の亡命貴族。陰謀に荷担しているとの疑いをかけられ、亡命先から拉致され、なんの証拠もないのに有罪判決を受けてパリ近郊のヴァンセンヌで銃殺された。名門コンデ家の最後の生き残りを冤罪で殺したこの事件により、ナポレオンは欧州の王室とフランスの王党派から厳しく非難された］。

第三幕――フィリップの勝ち（シャトー＝ガイヤールからトゥアールまで、一二〇四―一二〇七年）

軍事の観点からいえば、一二〇四年はジョン王にとって破滅的だった。まずは三月、フィリップ二世自身が指揮しての八か月におよぶ攻囲と壮大な攻防戦の結果、シャトー＝ガイヤール要塞が陥落した。セーヌ川下流のほとりで、ルーアンにいたる道を守っていたこの巨大な要塞は五年前に建造されたばかりであり、陣地としても象徴としてもきわめて重要だった。獅子心王リチャードによって建てられたこの要塞を、ジョン欠地王が敵の手に渡してしまったとなると、兄と弟に対する評価は対照的なものとなり、後者のイメージは悪くなる一方だった。ロジェ・ド・ラシが指揮官として守っていたこの要塞攻略に攻囲軍は大いに手こずり、すさまじい攻撃でやっと落とすことができた。勢いづいたフィリップ二世は、ギー・ド・トゥアールを送りこんでコタンタンを攻略させ、自身はファレーズとカーンを奪取した。六月二四日、短期間の攻囲戦の結果、ついにルーアンは降伏した。イングランド王はノルマンディを失った。

ジョン王に悪意をいだく年代記作者たちの記述にもとづき、「ジョンはこの広大な領地が失われようとしているのになんの手も打たず、守備隊に援軍を送ろうともせずにロンドンにとどまっていた」との言説がこれまで過度なくらいに流布《るふ》してきた。ほんとうのところ、ジョン王は動こうにも動けなかった。部下たちがおよび腰で、大陸に渡って戦うことをこばんだからだ。ジョン王は「おお、神様の歯よ！　わたしの直臣はだれひとり、味方となってくれない！」と叫んだといわれる。いずれにせよ、ノルマンディを失ったことで、イングランドと大陸を結んでいた絆が断ち切られた。一〇六六年からドーヴァー海峡の両側に領地をもっていたフランスとイングランドの領主たち――その数はたいへんに多かった――は選択を迫られた。両国の王はどちらも、他方の国王に仕える封臣の領土は没収する、宣言したからである。その結果、ドーヴァー海峡はもはや行き来するための通路ではなく、和解不能な敵同士となった両国をへだてる溝《みぞ》となった。こうしてイングランドはほんとうの意味で島国となり、自衛のために艦隊の卵とでもよべるものを整えた。一二〇五年には、三つの指揮系統に分かれた、合計五一隻のガレー船が南海岸の一五の港に配備された。敵の上陸にそなえるため、沿岸防衛態勢整備もはじまった。一二〇五年一月、国王諮問会議は、いざとなれば沿岸の伯領から戦闘員を強制動員して元帥の指揮下に置くための制度を作り、船の建造や武器調達に五〇〇〇ポンドをついやした。ゆえに、ジョン王がフィリップ二世の攻勢を傍観していた、というのはまちがいである。それどころか、彼はロイヤルネイビー［英国海軍］の生みの親という称号に価するといえなくもない。

その間も大陸では瓦解が続いていた。一二〇五年、フィリップ二世はトゥレーヌとポワトゥーを奪取し、ブルターニュはフランス国王側についた。しかしながら一二〇六年にジョン欠地王は必要な戦力を結集することに成功し、六月にラ・ロシェルに上陸した。ラ・サントンジュの南までのすばやい軍事作戦により、ジョン王はポワトゥーの一部、そしてアンジェをとりもどしたが、トゥアールより先には進めなくなり、一〇月に休戦条約締結を受け入れた。休戦期間は二年と決まり、ジョンはノルマンディ、メーヌ、トゥレーヌ、アンジュー、ブルターニュの喪失を受け入れてからイングランドに戻った。一二〇七年と一二〇八年、フランス国王の指揮官たちは最後まで抵抗していたポワトゥー地方の領主たちを服従させた。これで決闘はフィリップ二世の勝利で終わったかと思われた。しかし、この戦いは一二〇八年に再燃する。しかも、欧州全体をまきこんだ形で。

教皇が行司役をつとめる、欧州レベルでの戦い（一二〇八―一二一六年）

最終的に雌雄《しゆう》を決するために足場を固めようと考えていたフィリップ二世とジョン王のどちらも、政治および宗教にかかわるさまざまな出来事を追い風として、それぞれに同盟関係を築くことに成功した。一二〇八年、神聖ローマ皇帝の肩書きをめぐり、ヴェルフ家のオットー・フォン・ブラウンシュヴァイクと、ホーエンシュタウフェン家のフリードリヒが対立した。皇帝は七人の選帝侯によって選ばれ、ローマで教皇によって聖別、戴冠される。オットーはジョン欠地王と同盟関係にあるだけでなく友人でもあり、一二〇七年に前者はロンドンで後者から礼をつくしたもてなしを受けていた。教皇インノケンティウス三世もオットーを支持したので、彼は皇帝に選ばれ、一二〇八年一〇月四日に戴冠、オットー四世とよばれるようになった。しかし、それからまもなくして皇帝と教皇の仲は険悪となった。オットー四世が、シチリア王国を征服する意図を明らかにしたからである。オットー四世からさかのぼること三代前の名高き皇帝、フリードリヒ赤髭王（在位一一五二―一一九〇）も、シチリア王国は神聖ローマ帝国の一部であると主張していたが、代々の教皇にとってこれは認めがたいことであった。すでにイタリア北部を支配している神聖ローマ帝国がシチリアをおさえたら、教皇領は北と南からはさまれる格好になるからだ。こうなると、エスカレートは避けられなかった。一二一〇年、インノケンティウス三世はオットー四世を破門し、「オットー四世の臣下は彼に対する忠誠の誓いを破ってもよい」と宣言した。そのうえ、オットー四世のヴェルフ家とはライバル関係にあるホーエンシュタウフェン家のフリードリヒ（皇帝ハインリヒ六世の息子）と手を結び、フランスのフィリップ二世に自分の側について介入するよう要請した。フリードリヒはフィリップ二世を「まことに親愛なる兄上フィリップ」とよんで同盟関係を結び、ジョン王は破門されたオットー四世をあいかわらず支援していた。

じつは、ジョン王も、オットー四世とはまったく異なる理由で破門されていた。一二〇七年、ジョン王が別の候補者を支持していたにもかかわらず、カンタベリーの僧侶たちは教皇の求めに応じて新たな大司教としてステファン・ラントンを選出した。選出が行なわれているときにラントンはイタリアにいた。ジョン王は、ラントンを大司教とは認めずに、彼のイングランド入国を阻止した。三月二六日、制裁がくわえられた。インノケンティウス三世はイングランド王国に聖務停止令を出し、一二〇九年一一月にはジョン王を破門した。インノケンティウス三世はイングランドの司教の一部から反発されたジョン王は、報復として彼らの聖職禄をとりあげた。同じころ、貴族のあいだでは、ジョン王の専横的なやり方を非難する声が時間を追うごとに高まった。

一二一二年、状況はさらに緊張の度合を高めた。教皇の要請にこたえ、フィリップ二世の長男、ルイ王子がフリードリヒと会い、約束事がかわされた。英仏それぞれが、同盟国をつのった。フィリップ二世は、ウェールズの勢力者や、不満をいだくイングランドの高級貴族、ドイツの領主らと接触した。そして、神聖ローマ帝国の選帝侯らを懐柔《かいじゅう》して、フリードリヒを皇帝に選定させることに成功した。ジョン王は、ブローニュ伯ルノー・ド・ダンマルタンを味方に引き入れることに成功、ルノーの領地について臣従の礼を受けた。フィリップ二世から二つの町をとりあげられことを承服できないフランドル伯フェルナンド・デ・ポルトゥガルもジョンの側についた。戦闘開始の合図を待つばかり、まさに一触即発の情勢であった。

合図を出したのは教皇であった。一二一三年一月、教皇はジョン欠地王の廃位を宣言し、この宣言を実行に移すためにイングランドに侵攻する任務をフィリップ二世に託し、フィリップ二世の息子のルイにイングランド王位を約束した。フィリップ二世は二つ返事で引き受けた。四月にソワソンに招集された高級貴族と司教の会議で賛同を得ると、フィリップ二世は軍隊と艦隊をブローニュとグラヴリーヌ［どちらもドーヴァー海峡に面した町］に結集させた。五月、遠征隊はいつでも出発できる準備が整い、国王がじきじきに視察に訪れた。すると、カンタベリー大司教が現れ、イングランド討伐中止を告げた。教皇特使パンドルフォに会ったジョン王が全面的に恭順の意を示したためだった。前例のない降伏であった。ジョンは王位を教皇にゆだね、教皇は臣従の礼と年貢の支払いを条件に王位をジョンに返した。こうしてジョンはインノケンティウス三世の封臣および被保護者となり、破門を解かれた。いまや、畏《おそ》れ多くも教皇の「いとしい息子」ジョンに手を出すようなことがあれば、フィリップ二世のほうが破門されること必定《ひつじょう》だった。あきらかに、教皇にとって王侯とは、自分が思うようにあやつるべきマリオネットであった。フィリップ二世は激怒した。ある年代記には「フランス国王は、イングランドへの道を閉ざした教皇に大きな怒りと憤りをいだいた」と書かれている。インノケンティウス三世は、フィリップ二世にいったん差し出した獲物を引っこめてしまったのだ。

しかし、軍隊が勢ぞろいしているのだから、なにかに役立てねばもったいない。フィリップ二世は、イングランド遠征参加を断わったフランドル伯フェルナンドを罰するために軍隊をフランドルにさしむけた。しかし一二一三年五月三〇日、ダンメ港内でイングランド軍によってフィリップ二世の艦隊は破壊された。これによりジョン王の陣営にはまた希望が芽生え、一二一三年から翌年にかけての冬のあいだに、同盟を結んだ王侯らとともに二方面から同時にフランスに侵攻する大計画を練った。オットー四世とフランドル伯フェルナンドとルノー・ド・ダンマルタンが北から侵攻し、ジョンはポワトゥー――ここでは、ジョンが放った工作員が貴族の一部を味方につけることに成功していた――を起点に南から攻める、という案だった。二月一六日、ジョンはラ・ロシェルに上陸し、まずまず見事な軍師ぶりを発揮してサントンジュ、ポワトゥー西部、リムーザンに侵攻し、ロワール川を渡り、アンジェを攻略した。フィリップ二世はポワトゥー地方でジョン王の侵攻を止めようと試みたのち、フランドルに戻ってオットー四世と対決することを余儀なくされ、ジョン王をくいとめる任務を息子のルイに託した。一二一四年七月、フランス軍は二方面で勝利をあげた。二日、アンジェ近辺のラ・ロシュ＝オー＝モワンヌを攻めていたジョン王は、ルイの攻勢によって攻囲を解かざるをえなくなった。そして二七日、フィリップ二世はリールの近くのブーヴィーヌで、オットー四世の軍と同盟軍に対して鮮やかな勝利をあげた。この戦いで、フランドル伯フェルナンドとルノー・ド・ダンマルタンは捕虜となった。九月一八日、シノンで和平協定が結ばれ、ジョンはまたしても大陸にプランタジネット朝がもっていた領土の喪失を認めた。そして一〇月、イングランドに帰国した。

これが決闘の終わりではなかった。イングランドに戻ったジョンは国内諸侯の反乱に直面した。

フィリップ二世に焚きつけられた諸侯は、一二一五年のはじめにロンドンに集まり、ジョン王による強引な徴税と専横的な統治手法を非難して反逆に立ち上がった。六月一五日、追いつめられたジョンは、ウィンザー近くのラニーミードで、貴族を主体とする臣民の基本的権利のいくつかを明記し、王権を制限するはじめての憲章、マグナカルタに署名するほかなかった。これは、立憲君主制に向かう第一歩を象徴するきわめて重要な法文である。ここでまた教皇が介入し、封臣であるジョン王の擁護にまわった。一二月、教皇はマグナカルタの無効を宣言し、反逆にくわわった諸侯のうち三〇名を破門した。すると、ジョン王と、いまや国王を王位から引きずりおとすことを狙っている諸侯たちとのあいだで内戦がはじまった。当然のこととして、諸侯たちはフィリップ二世に支援を求めた。フィリップ二世にとっては、イングランドを支配下に置くチャンスの再来であった。なんなく協定が結ばれた。フランス国王がイングランドに送りこむルイ王子がジョンを追いはらい、かわりに王座につくことになった。フランスの法律家たちは、甥のアーサーを殺したためにジョンは事実上すでに廃王となっているし、ルイはジョンの姪であるブランシュ・ド・カスティーユの夫であるからイングランドの王位継承権をもっている、との理屈をひねりだして、このたくらみを正当化した。

いささかむりのある理屈だが、気にする必要はない。どうせ力がものをいうのだから。だたし、教皇の反対――わたしの封臣に手を出してはならん！――は想定外であった。インノケンティウス三世は、一二〇三年に自身が命じたイングランド遠征計画の再提案にすぎないこの計画を禁止し、ルイ王子を破門した。にもかかわらずルイは一二一六年五月二一日にイングランドに上陸し、ロンドンに入り、ジョン王の軍隊を追走した。不条理で滑稽な状況であった。破門を乱発する教皇が、三年前に自身が破門して退位を宣言したが破門を撤回した国王［ジョン王］を支持し、破門された別の国王［フィリップ二世］のこれまた破門された息子［ルイ王子］が破門された諸侯［ジョン王に反旗をひるがえすイングランドの諸侯］を支援するのはまかりならん、と反対しているのだ！

しかし最終的な決闘はあっけなく終わった。一二一六年一〇月一九日、ジョン欠地王はニューアークで急死した。死因は赤痢だったと思われる。すると、イングランドの諸侯はジョンの息子ヘンリー三世を押し立てて結束し、フランスのルイ王子にくるりと背を向けた。救済者として迎えられたルイは一転して侵略者とみなされた。一二一七年四月二二日にリンカンの戦いで敗れたルイは帰国するほかなかった。弱り目に祟《たた》り目というべきか、再建されたばかりのフランス艦隊は八月二四日にカレーで木っ端みじんにされ、フランスとイングランドの絆は完全に断たれた。

プランタジネット朝のフランス侵略が失敗に終わったように、カペー朝のイングランド侵略も不首尾に終わった。地図を見れば、フィリップ二世が大勝利をおさめたように見えることは確かだ。ジョンはフランス国内の領土をほぼすべて失ったからだ。しかし、これはだまし絵のような勝利である。冒頭で述べたように、プランタジネット家はイングランド人というよりはフランス人であったからだ。彼らはイングランドの人的および物的資源をつぎこんで、大陸における自分たちの権益を守ろうとしていた。イギリスの歴史研究家、オースティン・レイン・プールは「（彼らは）イングランドを、国外で軍功をあげるのに必要な資金を引き出すための銀行として利用していた」とさえ言いきっている。もしジョン王が勝ったとしたら、イングランドはアンジューやノルマンディの属領でありつづけたことだろう。領土が縮小して島に限定された結果、イングランドはいわば自分自身となり、フランスのそれとは異なる固有の文化アイデンティティーを形成することになる。ジョン欠地王の息子、ヘンリー三世（在位一二一六―一二七二年）は、一〇六六年［ノルマンディ公ギヨーム二世によるイングランド征服］以降ではじめての、真のイングランド君主となった。ゆえに、ジョンは決闘の敗者となることで、イングランドの独立を勝ちとり、何百年にもわたる英仏のライバル関係の端緒《たんしょ》を開いたのだ。百年戦争、次いでナポレオンとの力比べという二つのピークをへて、英仏協商［一九〇四年］でやっと終止符が打たれる長い対立のはじまりである。

ジョルジュ・ミノワ

原注

1　ウィリアム一世（一〇六六―一〇八七）、ウィリアム二世（一〇八七―一一〇〇）。ヘンリー一世（一一〇〇―一一三五）と続いたのち、マティルダと従兄のスティーヴン（フランスのブロワ伯であった）が熾烈な内戦をくりひろげて王座を争った（一一三五―一一五四）。

2　ヘンリー二世（一一五四―一一八九）、その息子の獅子心王リチャード（一一八九―一一九九）および欠地王ジョン（一一九九―一二一六）。

参考文献

Aurell, Martin, L'Empire des Plantagenêt (1154-1224), Paris, Perrin, 2003.

Baldwin, John, *Philippe Auguste et son gouvernement*, Paris, Fayard, 1991.

Church, Stephen (dir.), *King John. New interpretations*, Woodbridge, Boydell, 1999.

Flambard-Héricher, Anne-Marie et Gazeau, Véronique (dir.), 1204. *La Normandie entre Plantagenêts et Capétiens*, Caen, CRAHM, 2007.

«Les Plantagenêts, un empire au Moyen Âge», *L'Histoire. Les collections*, n° 53, octobre 2011.

Warren, W. L., *King John*, Londres, Eyre Methuen, 1961.

第7章 カール五世対フランソワ一世 破れたキリスト教世界統一の夢

　フランソワ一世とカール五世の対決は、ほぼたえまなく三〇年間近く続いた。それぞれが自分に権利があると主張する領土をめぐる争いにはじまったライバル関係は、どちらもがわれこそが神聖ローマ皇帝にふさわしいと主張し、キリスト教世界の支配者になろうとしたことによってエスカレートした。これがさらに激化したのは、神との結びつきゆえに威光がいやます普遍君主の肩書きを争ったからだ。すなわち、分裂したキリスト教世界に平和をもたらし、教会を改革し、次に不信心者をカトリック信仰に改宗させることで、永遠の平和の序章であるキリストの再臨を可能とする使命をになう、伝説的な終末期の帝王として認められたい、という思いだった。こうした二人の争いは何万人もの兵士と民間人の死をまねき、イタリアやフランスの町や村を破壊した。そのクライマックスは、外交のかけひき、戦闘、罵詈雑言の応酬をへて、互いに相手を挑発して決闘する以外の選択肢がなくなった一五二八年であった。

フランソワ一世に有利な不均衡

もとをただせば、このようなライバル関係の予兆など少しもなかった。一五一五年、フランソワは二〇歳、カールは一五歳だった。この年の一月一日、フランソワは前王の死によってフランス国王となった。四日後の五日、幼いころからブルゴーニュ公の称号をもっていたカールは、父方の祖母［ブルゴーニュ女公］がハプスブルク家にもたらしたネーデルラント［ほぼ、現在のオランダとベルギーとルクセンブルクに相当］の君主と認められた。ほぼ同時期に権力の座についた二人だが、前者の勢力は後者のそれとくらべて格段に大きかった。フランスはキリスト教世界でもっとも豊かな国であり、代々のフランス国王は篤信王《とくしん》［いとも敬虔なキリスト教徒の王］という名誉称号をもつ最良のキリスト教徒とみなされていた。父方の祖父が神聖ローマ皇帝マクシミリアン一世であるとはいえ、ハプスブルク家のカール［カールの父親はマクシミリアン一世の長男フィリップ美公、母親はカスティーリャ女王イサベル一世とアラゴン王フェルナンド二世の娘フアナ］は、フランソワ一世ほどの威光を享受できなかった。彼自身の権威は主としてネーデルラントに限定され、フランドル伯としてはフランス国王に臣従する立場だった。一五一五年四月にカールがフランソワ一世とのあいだに結んだ和約は、こうした主従のヒエラルキーを尊重したものであり、カールとルイ一二世［ヴァロワ朝第八代のフランス国王。男子の相続人がいなかったので従兄の息子であるフランソワが王位を継承］の末娘ルネとの結婚でこの絆を盤石にしようという話になった。この年の夏、一五一二年にフランスが失っていたミラノ公国とジェノヴァ共和国の再征服にフランソワ一世がのりだしたとき、カールは少しも異議を唱えなかったし、九月一四日のマリニャーノの戦勝によってフランソワ一世がふたたびミラノ公国の支配者となったときに、だれよりも先に祝福の言葉を贈ったのはカールであった。これは、祖父であるマクシミリアン一世の利益に反する行為であった。フランスがミラノの領有をめぐって争っていた相手は神聖ローマ帝国だったからだ。

しかしながら、フランソワ一世の優位は短期間のうちにあやうくなった。一五一六年一月、カールの母方の祖父であるアラゴン王フェルナンド二世が亡くなった。若き公子カールはただちにアラゴン王位の継承権は自分にあると主張し、同時に、母親のファアナには統治能力がないとの理由でカスティーリャの王位にもつくと宣言した［ファアナは、母親であるカスティーリャ女王イサベル一世の死後にカスティーリャを引き継いだが、精神的に不安定であった。異名は狂女ファアナ］。これによりカールは、ナバラ［フランス語読みはナヴァール］およびナポリにかんするアラゴンとフランスの長年の対立も相続した。フェルナンド二世は一五一二年からナバラの一部を占拠していたし、フランソワ一世はアラゴンが支配しているナポリを征服することを狙っていたからだ。一五一五年に同盟を結んだばかりのカールは手強《てごわ》い潜在的ライバルへと変容し、カールがスペイン王の肩書きを得たことで、二人が協定を結びなおすことは必須となった。一五一六年八月にノワイヨン［ブルゴーニュ］で締結された条約は、一年前の和約ほどはフランソワ一世にとって有利なものではなかった。ミラノとジェノヴァは保持できるが、ナポリ征服を断念することになったからだ。マクシミリアン一世も、この妥協策を承認した。一年半後、イングランドのヘンリー八世も同盟にくわわった。フランソワ一世と、いまやスペイン王カルロス一世とよばれるカールが調印した和平協定は全ヨーロッパに平和をもたらしうると思われ、教皇レオ一〇世を喜ばせた。折も折、オスマン帝国がキリスト教世界を脅かしていたので、教皇は十字軍遠征を考えていた。そのためにはキリスト教徒の君主たちが一致団結するのは欠かせない。すでに一五一五年一二月の時点で、フランソワ一世は十字軍遠征計画に賛同し、教皇から最高司令官に任命されていた。フランソワ一世と同盟関係にある君主のだれからも、このような特権的肩書きが彼にあたえられたことに対する異議は出なかった。彼らにはフランス国王ほどの戦力も資金もなかったからだ。

すなわちフランソワ一世はこの三年間で軍事力と外交によって自分の絶対的権力を欧州に認めさせたことになる。おかかえの宣伝係たちはこれをたたえるため、フランソワ一世こそが皆が待ちこがれていた普遍君主である、と主張した。だが、神聖ローマ帝国にとっては、権力をこれ以上フランス国王に奪われることはがまんがならなかった。マクシミリアン一世は孫息子のカールをローマ王に選出させることを考えた。ローマ王に選定されれば、次の段階で教皇による戴冠で晴れて次期神聖ローマ皇帝となれる。そうなれば、キリスト教世界でいちばんの権勢を誇るフランス国王と堂々と張りあうことができる。

紛争のはじまり

威勢のよい言葉が飛びかったにもかかわらず、十字軍遠征は実行されなかった。一五一九年一月のマクシミリアン一世の死によって準備は中断された。ローマ王選出に皆のエネルギーがついやされたからだ。カール「スペイン王としてはカルロス一世」は候補者であった。フランソワ一世もしかりだ。フランソワ一世は一五一五年からすでに、自分に票を投じるよう選帝侯たちに強《し》いるためのネットワークを築いていた。得票に大いに役立ったのは金であった。あらゆる種類の約束も同じように有効だった。とはいえ、神聖ローマ帝国を護る能力がある、との信頼を得ることは必須だ。この点でフランソワ一世は大きな切り札をもっていた。マリニャーノの戦いでの勝利は、彼には軍隊を指揮して栄光へと導く能力があるとの証拠となった。一五一九年冬の時点で、彼の当選は確実と思われた。競争相手であるカールには戦争経験が皆無であり、軍隊を指揮したことは一度もなく、資金もないうえ、スペイン国王の肩書きはドイツの諸侯の離反をまねく要素であった。とはいえカールは、二世代にわたって神聖ローマ帝国の頂点にあったハプスブルク家の君子であった。ゆえに、選挙運動に出遅れたにもかかわらず、春にはカールが優位に立った。緊張は高まり、戦争がすぐにでもはじまるかと思われた。結局のところ、選挙は規定どおりに行なわれ、一五一九年六月二七日にカールは全票を獲得、ローマ王に選ばれた。血統が重んじられたのだ。すでにスペイン王であったカールは、ドイツを中心とする神聖ローマ帝国をも手にしてカール五世とよばれるようになった。カール大帝以降、キリスト教世界でこれほど広い領土を治めた君主はいなかった。しかし、カールは物理的にはフランソワ一世と比べて弱い立場にあった。恨みがましいそぶりは見せなかったものの、フランソワ一世は落胆した。即位してからはじめて経験した負けであるうえ、ライバルの勝利で、これまでよりも自分に不利な条約を結ぶ羽目になるおそれもあった。イタリアで支配下に置いている領土だけでなく、フランス王国そのものも安泰ではなかった。カール五世は、父方の祖母に権利があったがフランス王国に編入されたブルゴーニュを奪還する意志を隠していなかったからだ。ただし、ローマ王選定の結果はまだ有効ではなかった。ローマ王は教皇による戴冠をもって神聖ローマ皇帝となるので、選定結果を有効とするかどうかは教皇の意向しだいであった。カールは母方の祖父からアラゴン王国を引き継いだ結果、アラゴンが支配していたナポリの王ともなっていたが、教会法は神聖ローマ皇帝がナポリ王となることを禁じていた。神聖ローマ皇帝もしくはナポリ王のどちらかの肩書きを放棄しないかぎり、カールは膠着《こうちゃく》状態を抜け出せないことになった。

それぞれの使節のあいだには激しいやりとりがあったものの、フランソワ一世とカール五世が選挙運動中に表立って対立することは一度もなく、世間の目には同盟関係を保っていると映った。フランソワ一世は、有名無実《ゆうめいむじつ》となった十字軍の総指揮官のままであり（その後、十字軍の話はまたもちあがる）、普遍君主の有力候補者としてのオーラを保っていた。この状態はその後も一年間続いた。一五二〇年六月、仏英の和平を固めるために組織された「金襴の陣」の祝祭［ヘンリー八世とフランソワ一世が、フランスの英領カレーの近くでもった会見。それぞれが金襴のテントや衣装で絢爛豪華を競ったために金襴の陣とよばれる］は、そうした状況を反映したものである。ただし、フランソワ一世は将来が自分にとってそれほど甘くはないとわかっていたし、ヘンリー八世も同じ見解であった。そこで、ヘンリー八世は金襴の陣からほどなくしてグラヴリーヌ［北海に面したフランドルの要塞都市］でカール五世と会い、フランソワ一世がカール五世の領土に攻撃を仕掛けた場合は支援にまわる、カール五世がブルゴーニュ公国を奪還するのも助ける、と約束した。見返りとしてカール五世は、イングランドが所有権を主張しているフランス王国内の領土の征服への協力を約束した。

こうした戦争の可能性にフランソワ一世が怯《ひる》むことはなかった。戦争を遂行するための資金も兵力ももっていたからだ。くわえて、スペインの領土は防衛がむずかしいうえ、カール五世の統治手法に反発する有力諸侯の存在が戦力の結集をさまたげていた。神聖ローマ帝国内でも、不満をもつ封臣たちがフランソワ一世の目立たぬ形での支援を受けて反カール五世の声をあげていた。さらには教皇が、「一五一九年のカール五世ローマ王選定を有効とは決して認めない、カール五世のイタリア支配を妨害するために全力をつくす」とフランソワ一世に確約してくれた。

一五二一年の春、膿《う》みきった傷口が破れるように紛争が勃発した。ブイヨン公ロベール一世・ド・ラ・マルクがハプスブルク家の領土であるネーデルラントを侵略、スペインではエンリケ二世［フランスではアンリ・ダンブレとよばれる］が王位を求めてナバラに侵攻した。カール五世は、この二つの攻撃の裏にはフランソワ一世がいる、と非難した。しかし、この段階ではどちらも慎重な姿勢を保ち、話しあいによって紛争を解決しようとするそぶりを見せた。仲裁役に指名されたヘンリー八世は、秋にカレーで会合をもつことを提案した。

切迫する事態

表面的には外交努力を打ち出していたが、フランソワ一世もカール五世も戦争準備にはげんでいた。フランソワ一世は、いったん占拠した土地からカール五世の軍隊によって追い出されようとしているエンリケ二世とブイヨン公をおおっぴらに支援して憚《はばか》るところがなかった。カール五世は、フランソワ一世をまずはイタリアで弱体化させるため、教皇を味方につけた。神聖ローマ帝国内でのマルティン・ルターの教えを禁じる見返りとして、自分の神聖ローマ皇帝としての戴冠、神聖ローマ皇帝かつスペイン王である自分がナポリ王国を保有しつづけることの了承を教皇からとりつけたのだ。ジェノヴァとミラノでは、駐屯しているフランス軍に抵抗するよう反フランス派をたきつけた。

しかしフランソワ一世にはまだ余裕があった。スペイン侵略計画は失敗に終わったが、スペイン軍がフランス王国内に入るのは防ぐことができた。ピカルディーやシャンパーニュの状況も悪くはない。こうした理由で、カレーでの交渉は不毛に終わり、事態は急展開して武力で決着をつけることになった。ところが、数週間で今度はフランス側が劣勢に立たされた。フランス王国は敵の侵略を押し返すことができたが、ミラノのフランス軍は大敗を喫した。一五二一年の終わり、フランスはミラノ公国をほぼ失った。一五二二年四月二七日のビコッカの戦いでイタリアにおけるフランスの敗北は明らかになった。弱り目に祟《たた》り目、ヘンリー八世の軍勢がカール五世の軍勢にくわわった。

一五二二年の夏、ヨーロッパでもっとも強かった君主、キリスト教世界に君臨して平和をもたらす普遍君主となると期待されていたフランソワ一世はいたるところで攻撃を受け、すべての前線で劣勢に立たされていた。それでも彼はあきらめなかった。カール五世の軍隊の勢いを殺《そ》ぐために東部に前線を開こうとポーランドやハンガリーに同盟者を探し求め、イングランド軍対策としてはスコットランドでも協力者をつのった。一五二三年夏、フランソワ一世は新たな侵略軍をみずから率いてふたたびイタリアに攻め入ろうと考えていた。しかし、病気のために——フランソワ一世は数週間床を離れることができなかったということ以外、病気の詳細は不明である——親征《しんせい》は不可能となった。ボンニヴェ提督がかわりに遠征軍を指揮することになった。追い打ちをかけるように、遺産相続問題でフランソワ一世から不当な仕打ちを受けたシャルル・ド・ブルボン〔元帥〕がカール五世の陣営につく、という裏切りがあった。さらには、悪天候と農作物の不作が貧困問題を深刻にし、税金は重くなる一方だった。カール五世の状況も、それよりはましとはいえなかった。ドイツではプロテスタント勢力が日に日に勢いをまし、農民一揆が拡大していた。スペインでは、カスティーリャが旱魃《かんばつ》とペストで荒廃していた。ゆえに、ヨーロッパ各地で人々は、これは神の怒りである、占星術師たちが一五二五年——さまざまな天体が重なるたいへんな年——に起こると予測していたアポカリプスがいよいよはじまる、と噂した。

しかし、こうした不幸にもかかわらず、二人のどちらも引こうとしなかった。とくにフランソワ一世は頑《かたく》なだった。フランス王国の北部はイングランドと神聖ローマ帝国の攻撃に耐えていたが、ミラノではボンニヴェ提督がスペインと神聖ローマ帝国の軍隊を相手に苦戦、一五二四年の晩春にはミラノ公国の外に押し返されてしまった。これで、カール五世がヘンリー八世およびブルボン元帥と一五二三年に立てたフランス侵略計画の実行が可能となった。三人の軍隊が北、南西そして南東からフランスに襲いかかる、という案だった。一五二四年の夏、シャルル・ド・ブルボンは南仏を占拠した。しかし、ヘンリー八世は行動を起こさなかった。彼はふたたびフランソワ一世とよりを戻していたのである。このお陰で、フランスは破滅をまぬがれ、病気が癒えたフランソワ一世はブルボン元帥の軍隊を国外に押し戻したばかりか、イタリアまで追走した。フランス国王のミラノ公国に入ってからの行動はめざましかった。ミラノはすぐさま陥落し、一一月にはパヴィーアを攻め落とせばよいだけとなった。パヴィーアの攻囲戦がはじまった。一五二五年初頭、だれもがフランスの勝利を信じて疑わなかった。

だた、ここで運命の歯車が逆転した。二月二四日、こぜりあいからはじまった戦闘が、フランソワ一世にとって致命的な結果に終わった。彼はこの戦いに負けたばかりか捕虜となってしまった。一三五六年のポワティエの戦い［英仏の百年戦争のさなか、ポワティエの戦いでフランス王ジャン二世がイングランド軍の捕虜となった］以来、フランス国王がこのような無様《ぶざま》な目にあったことはなかった。一四一五年のアザンクールの戦い［これも百年戦争のさなかに起きた戦闘。フランス軍は大敗を喫した］以来、これほど多くの貴族が戦場で捕らえられたこともなかった。また、一つの戦闘においてこれほど多くの武官が戦死したこともなかった。パヴィーアの戦いは、たんなる軍事上の躓《つまづ》きではなく、フランス王国にとって非常な災厄であり、フランソワ一世にとっては目をおおいたくなるような屈辱だと思われた。

スペインにいたカール五世はこの知らせを聞くと、歓喜の表情を人前で浮かべることはいっさいなく、よきキリスト教徒として、この勝利の栄光は神に帰すものである、と述べた。しかし、おかかえの宣伝係がかわりに喜びを表明した。一つの出来事についての情報をできるだけ多くのキリスト教徒に伝えるために、一国の政府が複数の言語でプロパガンダ文書を用意する、という前代未聞の事態となった。パヴィーアにおけるフランスの敗北、カール五世の宣伝係が描くフランソワ一世のどす黒い人物像をヨーロッパ中の人に知ってもらう必要があったからだ。フランソワ一世は、四年前からキリスト教世界を傷つけてきた戦争の責任があると糾弾され、神聖ローマ皇帝を負かすために、悪魔――トルコ皇帝――とひそかに手を結んでいるゆえに、キリスト教徒として最悪の人間であると非難された。フランソワ一世はマリニャーノの戦いでは幻想をふりまいたが、つねにカール五世のほうを好ましいと思っていらした神のおぼしめしにより秩序が回復したのである。神はまず、人間によってカール五世が皇帝に選定されるようにお導きなり、次にフランスの暴君を罰することをカール五世にお許しになることで、カール五世を普遍君主としてお選びになった。彼こそが、ルターが説く異端の教えを根絶し、不信心者［イスラム教徒］を征伐するための十字軍を率いるために天が遣《つか》わした人物である…。カール五世は、こうした文書が描く普遍君主のイメージに自分を重ねあわせるため、スペインに残っていたイスラム教徒に洗礼を強制するよう命じた。しかしながら、勝負はまだついていなかった。

腕相撲のような力比べ

フランソワ一世はまずはイタリアで、次にスペインでカール五世の捕虜として一年間をすごすことになるが、パヴィーアでの敗北の直後からフランス国王解放のための交渉がはじまった。優位に立ったカール五世は、一五二三年に彼が同志（ヘンリー八世とシャルル・ド・ブルボン）と結んだ協定が適用されることを要求したが、自分が求めるのは「もともと自分に権利がある」ブルゴーニュと、ミラノとナポリの国王としての権利だけである、と強調した。その一方で、シャルル・ド・ブルボンのためには、南仏の割譲と、フランソワ一世が彼からとりあげた所領の返還を求め、ヘンリー八世のためには、プランタジネット朝の遺産である大陸の領土、すなわちギュイエンヌ、ポワトゥー、ノルマンディ、イルドフランスの譲渡を要求した。いずれも、フランソワ一世にとって受け入れがたい請求であった。彼はイタリアの覇権を放棄し、没収した領地をシャルル・ド・ブルボンに返還することは受け入れたが、その他は拒否し、莫大な身代金の支払いを申し入れた。この拒絶は、パヴィーアの敗北からこのかた茫然自失となっているフランスを侵略する口実となりえた。しかし、資金難のカール五世はこれを実行することができなかった。そのうえ、ヘンリー八世――娘のメアリ王女とカール五世の結婚話があったのだが、カール五世がメアリを袖にして、莫大な資産をもつポルトガル王女イサベルを選んだので腹を立てていた――が敵側にねがえろうとしていた。実際、一五二五年九月、ヘンリー八世はフランスに手をさしのべた。そしてイタリアでは、教皇領とヴェネツィアがカール五世による全イタリア半島掌握を警戒し、自衛のための同盟戦線を張っていた。ほんの数週間でカール五世は、四年前のフランソワ一世と同様の状況におちいった。彼はキリスト教世界で最強であるとともにもっとも孤立した君主となった。

にもかかわらず、フランソワ一世は一五二六年一月一四日にマドリードで条約に署名し、イングランドへの領土割譲を除いて、カール五世のもともとの要求をすべてのんだ。長男と次男を身がわりの捕虜としてスペインに引き渡したフランソワ一世は、このマドリード条約を実行に移すための口実で自由の身となったが、約束の大半を反故《ほご》にした。そして約束不履行を正当化するために、捕虜であった自分には発言権がなかったので条約は無効であると主張した。さらには、反カール五世でまとまったイタリアの諸勢力が早々《はやばや》と送りこんだ大使たちとの協議により、コニャック同盟が成立した。教皇が主導するこの同盟の表向きの目的は、トルコに対する戦いであった。だが、カール五世の軍隊をイタリアから追い出すのが真の狙《ねら》いだった。このくわだてにおけるフランソワ一世の役割は解放者のそれに限定されていたし、フランソワ一世も、これを機にまたもミラノを征服するようなまねはしない、と約束した。ヘンリー八世もフランスの同志としてコニャック同盟に参加した。カール五世の強大な勢力に対するおそれがフランソワ一世の国際政治復帰を可能としたのだ。

カール五世の宣伝係たちが、ブルゴーニュの人々は本来領主であるべきカール五世を求めている、と説く文書をばらまく一方で、フランソワ一世はブルゴーニュとオーソンヌの高等法院にフランス王国からの分離について審議するように求め、当然ながら分離拒否の結論を引き出す、というプロパガンダ合戦がかまびすしいさなか、教皇はカール五世に宣戦布告した。これにはスペインも神聖ローマ帝国もびっくりしたが、驚きから立ちなおると優勢をとりもどし、数週間後にカール五世麾下《きか》のナポリ兵がローマになだれこんだ。孤立した教皇は、コニャック同盟からの離脱を余儀なくされた。カール五世はこれでイタリアの反対勢力を抑えこめると想った。しかし、教皇は約束を破り、イタリア半島侵攻のために軍勢を整えているフランソワ一世の軍事作戦を支持しつづけた。

くわえて、一五二六年八月のトルコによるハンガリー侵略は、ローマ王としてカール五世が責任をもつべきキリスト教世界東方の境界線の脆《もろ》さをさらけ出した。これはフランソワ一世にとって、これまでにない種類の戦争――誹謗文書による戦争――に突入するきっかけとなった。こうした文書が読者として想定したのはすべてのキリスト教徒であり、彼らはこれまでカール五世とフランソワ一世の対決の傍観者もしくは犠牲者であったが、ばらまかれる誹謗文書を通じて観客および審判にもなった。むろんのことであるが、フランソワ一世に雇われた中傷文書作者たちに言わせると、トルコによるハンガリー占拠という災厄《さいやく》の責任を負うのは、ほんとうの敵がだれであるかを理解していなかったカール五世である。捕囚の身であったフランソワ一世の提案を拒否し、ドイツの人々を脅《おびや》かす危険を軽視したことで、カール五世は羊小屋に狼を引き入れてしまった。人間的感情を欠き、戦死したハンガリー王ラヨシュ二世の悲運と、自分の実の妹であるラヨシュ二世の寡婦の悲しみに心を動かされることもないカール五世は、トルコの欧州へのさらなる侵攻がもたらすであろう災禍についても責任がある。ゆえに、ドイツ人たちはこれ以上、カール五世を信頼することはできない…。こうした非難に対して、カール五世も負けないくらいに激烈に、しかも中傷文書という同じ手段で応酬した。すなわち、自分が捕囚の身であったフランソワ一世をいかに丁重に扱ったかを強調し、フランソワ一世が誠実であると信じたからこそ彼を解放したのだ、と説いた。ところが、平和の妨害者であるフランソワ一世は、自分のものではない土地を占拠しつづけた。不実なフランス国王は、カール五世の破滅を目的として教皇が結成した破廉恥な同盟に参加したばかりか、カール五世をあからさまに侮辱している！　ハンガリーがトルコに征服されたのはカール五世の責任ではなく、カール五世の行動をしばってしまったフランソワ一世の責任である。そもそも、フランソワ一世がハンガリーの民を思って流す涙は偽物である。カール五世は、フランソワ一世とスルタンが一五二二年から関係を結んでいたという証拠、すなわちオスマン帝国のスレイマン一世の手紙——稚拙な偽物であったが、この手紙は公表された——をにぎっている。この手紙のなかでスレイマン一世は、カール五世は自分の過ちの代償を支払うことになる、ハンガリーははじまりにすぎず、ドイツを侵略し次にローマを破壊してやる、と述べている。しかし神はカール五世の味方であり、地上においてカール五世がコニャック同盟を打ち破るのをお助けくださるであろう。フランスの暴君はほどなくして無意味な存在となり、スレイマンは敗れるであろう！

これに対するフランソワ一世の返答は、コニャック同盟へのいっそうの肩入れであった。一五二七年のはじめ、フランス軍はイタリアに侵攻した。しかし、教皇はふたたび危機にされされた。教皇の裏切りを知ったカール五世の兵士たちがふたたび教皇をおびやかしたのだ。教皇軍はまたも敗北を喫し、教皇はコニャック同盟の解散を宣言した。降参した教皇に不満をいだいたのは、イタリア半島にとどまる口実がなくなってしまったフランソワ一世のみではなかった。シャルル・ド・ブルボンによってミラノにつれてこられたが何か月も前から俸給を受けとっていなかったドイツ人傭兵たちは、彼らに給金を支払うことを強制された教皇から渡された金額が不十分だと腹を立てた。ブルボン元帥から不満はもっともだと理解を示された彼らは、ローマに進軍した。一五二七年五月五日、ローマは攻略され、劫掠《ごうりゃく》された。

ローマ劫掠と教皇の拘束はキリスト教世界を震撼《しんかん》させた。カール五世とフランソワ一世のどちらも、この惨状を利用しようと考えた。スペインのプロパガンダ発行者は、旧約聖書が伝えるダニエルの有名な幻視から着想を得た昔の預言を発掘し、現状にあわせて脚色した。いわく、フランソワ一世は簒奪者《さんだつしゃ》、クレメンス七世は悪しき教皇であり、カール五世は人類の幸福のためにすべてを改革するために天がつかわした君主である、と主張した。フランスのプロパガンダも負けてはいなかった。カール五世が合法的に支配している領土以外では、救済者はカール五世ではなくフランソワ一世である。とくにイタリアにおいては、怪物カール五世から自分たちを救うために来てほしい、と人々がフランソワ一世に懇願《こんがん》している。神がフランソワ一世を見すてたことは一度もない。神がフランソワ一世に大きな試練をおあたえになり、彼の憤怒を頂点まで高めたのは、彼が個人的な野心をすててスペインのドラゴンから人々を救うためである。にせの信仰を打ち負かす任務を託されているのはフランソワ一世であり、カール五世ではない。神がカール五世を創造なさったのは教会に途方もない罰をあたえるためであるが、幸いなことに神は、教皇をその座に戻すためにフランス国王を創造された。ローマ劫掠《ごうりゃく》により、神は現代のカール大帝であるフランソワ一世に、彼に課せられた使命――教皇の権威の回復、キリスト教世界の統一、地上の平和の確立――を果たすようお命じになったのだ……

　フランソワ一世はローマに大きな不幸をもたらした劫掠をチャンスととらえ、イタリア征服というフランスの長年の夢がかなえられるのでは、との希望をふたたびいだくようになった。イタリアに入ったフランス軍が最初の数週間であげた成果が、この希望をいっそう高めた。ジェノヴァはまたたくまにふたたびフランスのものとなり、六年間の戦争と疫病で荒廃したミラノの再征服も容易だと思われた。これと並行して、フランスのアミアンでフランソワ一世はヘンリー八世をふたたび同盟を結んだ。その目的は教皇と息子たちの解放であった。

果たし状

フランソワ一世とヘンリー八世の大使が仏英協定の内容をカール五世に伝えたのは一五二八年一月、場所はブルゴス［スペイン］であった。二二日、カール五世は返答として、フランソワ一世の軍隊がイタリア半島に残っているかぎり、意見を変えるつもりはない、と述べた。この拒絶に対する仏英の答えは宣戦布告に等しく、大使らはそれぞれの君主から託された手紙を読み上げた。フランソワ一世は手紙のなかで、これほどの憎しみと怨念を示すカール五世に対する不快感を表明した。悪意に満ちたカール五世は、平和を求めるかわりに、教皇を捕囚とし、信仰の敵［イスラム教徒、すなわちオスマン帝国］による侵略が日に日に進むのを放置する一方でイタリアを荒らしまわり、いたるところでキリスト教徒の血を流している。カール五世は地獄に墜ちるであろう…。ヘンリー八世も手紙のなかで、一五二四年にロードス島を征服して、今回はハンガリーを蹂躙《じゅうりん》したトルコの侵攻に対する懸念を表明した。彼は迫り来る神の怒りをおそれていると述べるとともに、フランソワ一世がマドリード条約の履行を拒否するのは正当な権利である、と断じた。そして、これまでの精算として身代金を支払うのがもっとも賢い解決策だと認めつつ、フランソワ一世と同様に、教皇とフランソワ一世の息子たちの解放を求めた。以上の重大な非難に対する答えとして、カール五世はマドリード条約の履行をひたすら請求し、フランソワ一世の非難をそのまま返して、一五二一年からのすべての戦争について責任があるのはフランソワ一世だと主張した。何千人ものキリスト教徒が死んだのは、フランソワ一世がミラノを執拗に渇望したためである。フランソワ一世が平和を望んでいると思えない。なぜなら、彼は漁夫の利を得ようとして不和の種を蒔《ま》いているからだ。そして、自分は捕囚の身であったフランソワ一世を虐待したことなど一度もなく、自分が求めているのは祖母の遺産［ブルゴーニュ公国］の返還のみである、と力説した。教皇にかんしては、すでに自由の身である――教皇は一か月前に脱走していた――し、ローマの過去と現在の状況は自分の責任ではない、と述べた。カール五世はトルコの侵攻にも言及し、これまでどおりに、これはフランソワ一世のせいだ、と主張した。フランソワ一世の欺瞞《ぎまん》とつきあうのに疲れてしまった、と嘆くとともに、一五二六年の約束を守らなければ息子たちを返さない、とおどした。

使者たちが帰国の途につくと、カール五世は英仏の君主の自分に対する非難と、それに対する自分の返答をスペイン語、ドイツ語、ラテン語だけでなくフランス語でも公表させた。これにフランソワ一世は激怒した。自軍はミラノとナポリを攻略するためにイタリアで展開しているためにカール五世にただちに宣戦布告することはできないため、フランソワ一世は別の手段を思いついた。自分の名誉が傷つけられたとして、カール五世に決闘を申しこんだのだ。

決闘の申しこみは、三月二八日、フランス王国の大貴族と同盟国の大使たちを前にしてパリで行なわれた。スペイン大使に退去を命じたが、これは開戦が間近であることを宣告するに等しかった。次に、フランソワ一世はカール五世の伝令官［紋章官］――彼の名がブルゴーニュであること自体、フランソワ一世に対する挑発であった――に話しかけ、自分はそなたの主君の捕虜ではない、なぜならわたしたち二人がパヴィーアでじかに対決したことがないからだ、と述べ、戦争法が禁じているにもかかわらず、自分は捕囚の身であったときに虐待を受けた、とあらためて主張した。そして、カール五世は自分が病気であったことを利用して条約への調印を強制したのであり、ゆえにマドリード条約は法的に無効である、とつけくわえた。話は続いた。自分は暴君でも簒奪者《さんだつしゃ》でもなく、イタリアにおけるみずからの権利を守ろうとしているだけだ。当然であるが、自分はローマ劫掠《ごうりゃく》にかんしてカール五世が無実であるとは信じていない、と。そして、カール五世の主張をそっくり返して、一五二一年以来の戦争の責任はカール五世にある、と述べた。演説が終わると、フランソワ一世はカール五世の伝令に一通の手紙を渡した。この手紙は大声で朗読された。死ぬまで汚されることがあってはならない、究極まで守ろうと決めていた自分の名誉はカール五世の発言によって傷つけられた、自分は以上の理由でカール五世は虚言を弄《ろう》していると断じ、決闘を申しこむ、と書かれていた！

これは深刻な事態であった。決闘は脱法行為だからだ。決闘が認められるのは、適用すべき司法の通常のルールが存在しない不透明な状況においてのみであり、これは今回のケースにはあてはまらない。それなのに決闘を申しこむことは、自分が法律よりも上に立つことを意味した。くわえて、神の秩序の冒涜、神の全善と全能に対する挑戦とも受けとられかねなかった。さらに、決闘を受諾することは、キリスト教徒にふさわしくない感情である情念、怒り、恨みに身をまかせることを意味した。

決闘状と決闘場所指定の要請状を伝令官から受けとったカール五世も、フランスとの戦争を開始する手段をもちあわせていなかったが、自分の弱みを相手よりも先に明かすのは嫌だったので、相手が仕掛けてきた挑発の芝居にのった。決闘の日時を決める権利をフランソワ一世にゆだね、自分は決闘場を指定した。オンダリビアとアンダイエ〔いずれもバスク地方〕のあいだにあるビダソア川の真ん中、二年前にフランソワ一世が二人の王子との交換で解放された場所である。挑発された側の権利として、カール五世は武器を選ぶこともできた。彼は、フランソワ一世が四〇日以内に返答しない場合、その責任はフランソワ一世がかぶることになり、これまでの不名誉にさらなる不名誉を上ぬりすることになる、と返書にしたためた。

カール五世からこの返書を託された伝声官は、以下のようにふるまうよう主君から命じられた。フランソワ一世にお目通りを許されたときに、返書を皆の前で読み上げる。次に、フランソワ一世によるブルゴーニュ返還の約束を記したマドリード条約の条文を皆に前で同じように読み上げ、その後フランソワ一世に直接返書を手渡す。フランソワ一世がこの手順に反対しても、伝令官はあくまでこのやり方をとおすと主張せねばならない。もしフランソワ一世が一言も聞かずに返書だけを受けとることを望むのであれば、返書とマドリード条約の問題の条項を記した書面を床に投げすて、わたしの主君はこうして拒絶されたことを公表いたします、と宣告せねばならない。こうした細かなとりきめは、決闘の申し込みを受けて立ったものの、カール五世にはかならずしも実行するつもりがなかったことを示している。彼の対決相手も同じであった。

九月一〇日になってやっと、伝令官ブルゴーニュはパリで国王の面前に通された。フランス側が伝えるところによると、フランソワ一世みずからが、この日の集まりの目的を説明した。キリスト教徒の血が流れるのを止めるためにできるだけ早く実行したいと思う決闘の果たし状をカール五世の伝令官から受けとることである、と。そして、果たし状の受けとりを公開としたのは、欧州のほかの君主たちに証人となってもらい、フランス国王は軽はずみな気持ちで敵に決闘を申しこんだのではない、と認めてもらうためである、と説明した。次に伝令官に話しかけ、果たし状を手渡すよう求めた。伝令官はカール五世の言いつけられたとおりに話し出したが、フランソワ一世は彼の話を遮《さえぎ》り、決闘場所が安全であるとの確約がほしい、話しはその後で聞く、と述べた。伝令官は応じることはできない。カール五世の指示に反することになるからだ。フランスにいる以上、この国の君主であるフランソワ一世の意思を尊重せねばならないが、それがかなわぬ伝令官は果たし状を手渡すことができぬままスペインにもち帰るほかなかった。ゆえに、フランスに言わせると、決闘を拒否したのはカール五世であることになり、フランソワ一世の名誉はいっさい傷ついていない。スペインの見解は正反対であり、決闘不成立の責任を負うのはフランソワ一世である。伝令官が話しはじめたら、すぐに立ち上がって果たし状の受けとりを拒否したのだから。これで決闘話は終わった。二人のどちらも、相手に過《あやま》ちがあると断じ、これまでに表明されたすべての非難をあらためてくりかえした。

いずれにせよ、二人の対決がはじまって以来、これほど緊迫した状況ははじめてだった。しかしながら、フランスもスペインもイタリアも和平を必要とした。いたるところで資金が不足し、兵士たちは精《せい》も根《こん》もつきはて、死者の数は膨大となっていた。しかし、あれほどの悪口雑言、嘘八百のエスカレートがあり、死体があれほど積み上がっても、二人のどちらも自分から先に和平に動こうとはしなかった。そこで、表向きには劇的な対決が続いているのと並行して、どちらの面目もつぶさないための戦略が練られた。フランソワ一世の母親（ルイーズ・ド・サヴォワ）とカール一世の叔母（マルグリット・ドートリッシュ）に和平交渉をしてもらう、という戦略であった。数週間前より、ミラノでもナポリでもフランス軍の旗色が悪くなっていたことを背景に、一五二九年八月にカンブレーで二人の女性がまとめた和平条約、いわゆる「貴婦人の和約」はまたもフランソワ一世にとって不利なものとなった。ブルゴーニュをフランスにとどめることはできたが、イタリアの領地はすべて諦《あきら》め、息子たちをとりもどすために二〇〇万エキュの身代金を払った。あげくのはてには、ローマ王が、三〇歳の誕生日にあたる一五三〇年二月二四日にボローニャでの戴冠によって晴れて神聖ローマ皇帝となることを止められなかった。この和平により、キリスト教世界における君主のヒエラルキーでフランソワ一世が二位に後退することは決定的となった。しかし、当人がこれを認めようとしなかったのはいうまでもない。

不可能な復讐

五年間、フランソワ一世は復讐の機会を狙いつづけ、自分の野望をつぶしたカール五世の力を殺《そ》ぐためなら手段を選ばなかった。今度こそ勝つため、彼は時間をかけ、カール五世の勢力に刃むかってくれそうなすべての勢力と同盟関係を築いた。ゆえに、メディチ家出身の教皇クレメンス七世の遠縁にあたるカテリーナ・デ・メディチ［フランス名はカトリーヌ・ド・メディシス］と次男のアンリ王子との結婚によって教皇との結びつきを強める一方で、いまや国教会をつくって教皇庁と対立しているイングランドのヘンリー八世、ドイツのプロテスタント王侯たち、新教に転向したスイスの諸州にも近づくという無節操ぶりを示した。カール五世がキリスト教世界に君臨することと比べれば、カトリックとプロテスタントの争いなど重大ではないと考えていたかのようだ。それだけではない、今回ばかりはほんとうにオスマン帝国のスレイマン一世［スレイマン大帝］とも手をにぎった。目的のためなら手段のえり好みはなしだった。一五三五年一二月にミラノ公フランチェスコ二世スフォルツァが死去すると、自分の次男にミラノ公国を継ぐ権利があると主張した。カール五世は拒絶した。これに端を発した第四次イタリア戦争は三年間続き、フランス王国の陸上の国境地帯も、フランソワ一世が侵略したサヴォイア公国も戦場となった。ローマ時代以来、これほど多くの兵士を動員する戦争ははじめてだった。並行して、言葉の戦争も続いた。フランソワ一世は、長男の王太子フランソワが一五三六年八月に死んだのはカール五世が暗殺させたのだ、と公言してはばからず、倦《う》むことなく言い募《つの》っているその他すべての非難につけくわえた。カール五世もあいかわらず、フランソワ一世が嘘つきで卑劣、裏切り者であるとヨーロッパ中に告げてまわった。しかしながら、戦争は二人の力をすりつぶすだけだった。一五三八年に結ばれたニースの和約により、フランソワ一世は交渉でミラノ公国を手に入れることができるかもしれないと期待した。三年間、カール五世はフランソワ一世に幻想をいだかせたあげく、最終的に拒絶した。一五四二年の夏、またも大砲が炸裂し、非難の応酬が再開した。しかも過去と比べてもっと激しく。しかし、フランソワ一世はヘンリー八世との同盟関係も、教皇の支持も失っていた。その後も二年間は粘ったが、一五四五年九月にクレピー＝アン＝ラノワ［現クレピー］で、カンブレーの「貴婦人の和約」よりもさらに条件の悪い和約に調印した。これほど失敗を重ねているので考えなおしてもよいはずだったが、とんでもない！　一五四六年春にイングランドと、これまたフランスにとってひどく見おとりのする和約を結ぶと、フランソワ一世は次の夏にまたもカール五世に対して攻勢にでることを考えた。死がこれをさまたげた。フランソワ一世は一五四七年三月三一日にその魂を神に返した。

三〇年におよんだこのライバル関係はこれで終わったと思われたが、違った。アンリ二世が父と同じ栄光の夢を追ったために、その後も一二年間続いたのである。即位するやいなや王室御用達《ごようたし》のプロパガンダ担当者たちから「あなた様ならかなえられますとも」とおだてられ、普遍君主の夢に心を奪われたのだ。しかし、神聖ローマ帝国の力を相当なまでに弱める戦果をあげたものの、一五五七年のナポリ王国征服の試みは失敗に終わり、一五五九年四月に締結されたカトー＝カンブレジの和約はフランスにとってまたしても屈辱であった。アンリ二世の事故死、未成年だったフランソワ二世の即位、財政問題、カトリックとプロテスタントの対立――これがフランス王国を二分しはじめた――により、王権がイタリアに目を向ける余裕はなくなり、キリスト教世界の覇権を狙う夢はお預けとなった。カール五世はすでに政界から引退していた。一五五六年一月、彼はスペイン王位を息子のフェリペ二世に、神聖ローマ帝国の帝位は弟のフェルディナント一世にゆずった。そして、自身の魂の救済に専念するためにユステ修道院［スペイン］のすぐ近くに隠棲して修道士さながらの生活を送り、一五五八年九月二一日に五八歳で亡くなった。

この長い決闘の勝者はまちがいなくカール五世である。しかしながら、彼もキリスト教世界に君臨するという大望を実現するにはいたらなかった。彼とフランソワ一世のために、兵士が何千という単位で殺された。両者の軍勢をふくらますために定期的に集まってきたスイスやドイツの傭兵たちをふくめ、兵士たちの大多数は、かならずしも金のためだけではなく戦い、死ぬことを受け入れていた。彼らは、カール五世とフランソワ一世がキリスト教世界に平和をもたらす普遍君主になろうとしていることを十分に承知していたし、応援すらしており、なにもかもわかったうえで支持していた。教会の説教において何度も聞かされた、キリスト再臨の前ぶれとなる平和を希求《ききゅう》していたからだ。彼らはキリスト教の普遍性と神の子キリストの再臨を心の底から信じていた。一八世紀以降の近代人が進歩の利点を疑うことなく信じてきたように。フランソワ一世とカール五世の対決は、いまだに多くの歴史研究者が考えているような個人的野心のぶつかりというよりも、死による解放を待つことなく苦しみから解放されてついに幸福を味わうための過程、と受けとめられていた。フランソワ一世もカール五世も、そして彼らの息子たちも、もっといえば彼らの先人であるほかの多くの君主たち――フランスについては、すくなくとも尊厳王フィリップ二世以降の君主についてこれがあてはまる――も、それぞれの時代の覇権争いにおいて、救済者である可能性を秘めた者、臣民を新たな黄金時代へと導くために神の摂理によって選ばれた者、とみなされていた。カール五世もフランソワ一世も心の底から、自分はこうした至高の使命をおびている、と信じていた。互いに憎しみあっていたものの、二人の信仰心には嘘偽《うそいつわ》りがなかった。しかしながら、二人が自分たちの王国の外で普遍君主として認知してもらえずに苦戦したのは、並行してもう一つの概念が育ちつつあったからだ。その後の数世紀においてますます勢いを増すことになる、国民国家の概念である。この概念から、自分たちは特定の人々の集合体としての国民、国境で区切られた特定の空間に帰属している、との感情が育《はぐく》まれた。一六世紀前半において、この国民感情はすでにかなり強かった。ゆえに、キリスト教徒世界統一の夢はあいかわらず達成すべき理想であったものの、これに向けた努力は毎回、各国の国民感情の高まりによって妨害された。どの国の人々も、キリスト教世界を統一する普遍的帝国の実現を夢見ていたものの、自分たちの国の剣および盾《たて》である正統君主をさしおいて、他国の君主が帝王として君臨することに拒否感をおぼえていたのだ。

ディディエ・ル・フュール

参考文献

Beaune, Colette, *Naissance de la nation* France, Paris, Gallimard, 1986.

Chastel, Andr., *Le Sac de Rome : 1527. Du premier maniérisme à la Contre-Réforme*, Paris, Gallimard, 1984.

Collectif, *La Prise de décision en France, 1525-1559*, études réunies par Roseline Claeer et Olivier Poncet, «Études et rencontres de l'école des chartes», n° 27, Paris, École nationale des chartes, 2008.

Le Fur, Didier, *François Ier*, Paris, Perrin, 2015.

—, *Henri II*, Paris, Tallandier, 2009.

Le Thiec, Guy et Tallon, Alain (dir.), *Charles Quint face aux réformes*, colloque international organisé par le Centre d'histoire des réformes et du protestantisme, 11e colloque Jean Boisset, Montpellier 8 et 9

juin 2001, Paris, Honor. Champion, 2005.
Redondo, Augustin (éd.), *La Prophétie comme arme de guerre des pouvoirs du XVe au XVIIe siècle*, Paris, Presses de la Sorbonne Nouvelle, 2000.
Zeller, Georges, «Les rois candidats à l'Empire», *Revue historique*, Paris, t. CLXXIII, 1934.

第8章　ヘンリー八世とトマス・モア

死にいたるまで忠実

ヘンリー八世は、美女を手に入れるためにイングランド国教会を創始したのだろうか。ロマンティックなこの説を信じたい気持ちもわかるが、当然のことながら真相はもっと複雑である。第一に、国王が虜にされ、王妃キャサリン・オヴ・アラゴンを離縁してまで結婚したアン・ブーリンは、たしかに魅力的な女性ではあったが、絶世の美女というわけではなかった。第二に、ヘンリーは宗教を変えようというつもりはなく、教皇と絶縁してみずから国教会の長となろうとしただけである。もっともこれによりイングランド国教会は、カトリックから見れば分派とみられることになるが。「最良の王」の随一の臣下だったトマス・モアは、当時もっともすぐれた知識人の一人だったが、教皇庁に忠実であったが為に、両者の対立のまきぞえをくったもっとも著名な犠牲者となる。このためモアはカトリック教会により殉教者の列にくわえられ、名誉ある「聖人」の称号を受けることになった。祝日は六月二二日である。

ラファイエット夫人著の「クレーヴの奥方」の冒頭をもじると、イングランドにおいて、一六世紀初頭という時代ほど壮麗とギャラントリ（女性崇拝）が輝きを放った時代はなかった。同族同士が殺しあう一四五五〜一四八五年の薔薇戦争をへて、ロンドン塔で幼い甥たちを殺させた疑いがかかっている残忍無比なリチャード三世をボズワースの戦いで破ったヘンリー七世が、世にもまれな吝嗇ぶりを発揮した治世をへて、後継者のヘンリー八世には人々を安心させるイメージがあった。民衆の歓心を買うため、ヘンリーはまず手はじめに、父故王にもっとも近かった重臣二人の首を意気揚々とはねた。それほどの悪党でもなかったが、人々から憎まれていたエドモンド・ダドリーとリチャード・エンプソンは一五一〇年八月、ヴォルテール流に言うならば「他者に勇気をあたえるために」生け贄として祖国の祭壇に献げられた。ヘンリーはスポーツを愛好し、屋外活動、トーナメント（馬上槍試合）、男同士の格闘、団結心、戦友の絆などを愛した。疲れを知らぬ活動的な若き王ヘンリーは、同世代の遊び仲間にとり囲まれていた。シェイクスピアがジョン・フレッチャーと共同執筆した戯曲『ヘンリー八世』には、夜陰にまぎれて乱痴気騒ぎにうつつを抜かすこの一団の、お祭り好きな姿がみごとに描かれている。ユーゴーの息子［でシェイクスピア作品の仏語版訳者］であるフランソワ＝ヴィクトルは、ロマン主義に染まっていた当時［一九世紀］の風潮に擬似牧歌的な場面がうけることを意識しつつ、ヘンリーが「杖を手にした羊飼いの姿」で舞踏会に現れ、「同じ扮装の一二人の貴族たちがその後に従った」ことを紹介している。これとは対照的に、トマス・モアは根っからの学者であり、体を動かすことより精神的な物事に心を惹かれていた。一〇歳年長の友エラスムスは、青年モアにはじめて会ったときに受けた印象を感歎をこめて描いている。「上背はないが、小ささを感じさせない」と彼は記し、続けて「完璧なまでに均整のとれた体つき」を賞賛し、その肌は「白いけれど青白くなく、透き通っている。赤ら顔というのとはまったく違って、全体がほんのりと色づいている」と記している。髪は「濃い栗色」または「明るい褐色」で、瞳は「緑灰色のなかに斑紋がある」。そしてエラスムスはこうしめくくる。「まなざしにはいつも温厚な性格が表れていて、イギリス人のあいだで愛すべき人物とみられている」。モアは愛想がよく、その場に気まずい雰囲気が流れても、ユーモアで和ませるようなところがあった。「顔にも性格が反映されていて、愛すべき、心からの茶目っ気があらわれている。ときには、笑いをこらえているような雰囲気がある」。要するに、モアからは「厳しさ」や「威厳」よりも、「喜び」があふれ出ていたのである。

主君であるヘンリー王とは対照的に、この人は自分の体つきや外見には一向に関心がないようだった。右肩がかすかに上がっていて、それよりなにより、身だしなみにかまわなかったし、食べるものも果物と卵と乳製品だけで、たまに少しの牛肉や塩漬けの魚、パンを口にするという禁欲的なものだった。放埓な王に代表されるような、陽気で大食漢のパンタグリュエル的な時代のイメージとはほど遠い男だった。さらに彼は、この時代にはめずらしく酒をたしなまなかった。もっぱら水ばかり飲んで、ごく薄めたビールやワインを口にすることはあっても「口先で舐《な》める程度で、それも酒を嫌悪しているとみられないため、あるいは世間のやり方に合わせるため」だった。

主従関係にある二人の友情は、まったくの非対称性の上に成り立っていた。これほどかけ離れた組みあわせは考えられないだろう。にもかかわらず、崇拝とまではいわなくとも、相手を愛し、尊敬しあっていた。つつしみ深いモアは、人間を崇拝することはなかった。たとえ王であっても、人間はあくまで人間である。そうはいっても、モアは死にいたるまでヘンリーへの忠誠をつらぬいた。この恩知らずな王が、最高の知性と英明さをそなえた最良の臣下を死に追いやることになったのは、モアが言葉に出さず、いっさい波風を立てることなく、こうすることを自分でも残念に思っているようすで、面と向かってたてつくことは一度もないままに、みずからの生き方、行動、そして信念をとおして、いきすぎた専横に走る国王の権力に痛烈きわまりない批判を浴びせたからである。

人好きのする暴君

ヘンリー八世は親しみやすい王様で、社交的で派手好きなところが人々に好かれていた。その点、吝嗇で有名な父ヘンリー七世が貧相な堅物だったのとは大違いだった。即位した当時のこうした陽気なイメージは、中年以降の重々しさと、「結婚をめぐるゴタゴタ」にかき消され、忘れされている。しかし、イギリスの歴史家デイヴィッド・スターキーが言うように、ヘンリー八世は当初、「キリスト教世界の若きリーダー」だった。彼をお茶目で悪ふざけの好きな人物、人生を愛し、音楽を愛した人物と描くのは映画やテレビシリーズの独擅場である。だれもが一生に一度は耳にしたことがある名曲「グリーンスリーヴズ」は、彼の作曲になるともいわれている。アレクサンダー・コルダ監督の一九三三年の作品『ヘンリー八世の私生活』は豪放磊落なヘンリー像を決定的なものにし、主演のチャールズ・ロートンの演技がその後の人物造形に影響をあたえることになった。たしかに治世前半の一五〇九年から一五三〇年のあいだはそのとおりだった。そしてこの時期に急速に頭角をしたのが、野心的な枢機卿ウルジーである。ウルジーは王を神聖ローマ皇帝の位につけ、みずからも負けずおとらず権威ある教皇の称号を得ようとしていた。イングランド人が皇帝にも教皇にもなって、なんの不都合があるだろうか。ウルジーは野心的なだけでなく、勤勉でもあった。イプスウィッチの肉屋の息子に生まれた彼は、一四九八年に司祭に叙階されたのち、教会においても国政においても次々と出世の階段を上っていった。リンカン司教、ヨーク大司教、枢機卿、最後は現代フランスの法務大臣に相当する大法官まで上りつめた。同世代のもっとも才能ある法律家の一人、トマス・モアを抜擢《ばってき》したのもウルジーだった。ウルジーもモアも働き者だった。ヘンリー八世は浮ついた人間ではなかったが、治世の初期は国事をかえりみなかったし、すくなくとも面倒な政治活動を最大限に人まかせにすることで、人生を楽しもうとしていた。爪を立てるとおそるべき肉食獣と化したとはいえ、若き日のヘンリーは嬉々として喉を鳴らす太った猫であって、教会を大切にする孝行息子として、宿敵フランスを放逐するためにスペインや教皇庁との同盟実現に熱心だった。

この名高い王とは対照的に、トマス・モアはひかえめで品のよい、身なりも質素でむだづかいを嫌う人物だった。国王に英雄的な抵抗を示し、教会の長としての国王の至上権を認めるのをこばんだことから、モアは使徒の伝統にもとづくカトリックの「真の信仰」に命を捧げた殉教者という名誉ある称号をあたえられ、二〇世紀には聖人に列せられ、二一世紀初頭にはヨハネ・パウロ二世によって、すべての政治家が見習うべき模範、「政治家の守護聖人」と宣言された。映画における扱いも同様の変遷をたどり、フレッド・ジンネマン監督の一九六六年の作品『わが命つきるとも』は、この聖人を人間愛あふれる博愛主義者、現代において万人が奉じる正義の価値を予告した先駆者として描いている。こうしてヘンリー八世とトマス・モアの対決は、西欧人の意識にある種の警鐘を鳴らすものとなった。全体主義の専制が怒涛のようにおしよせるとき、『ユートピア』の著者である人文主義者モアほど高潔な対抗馬があるだろうか。モアが考案したこの「ユートピア」という新概念はみごとに後世に生き残り、予言者・賢者としてのモアをいっそうきわだたせることになった。

ヘンリー八世とトマス・モアのあいだに決闘があったとしても、それは寓意的なものでしかありえなかっただろう。この二人は後世の人々にとって画期的な役割を果たすことになるが、同時代の人々にとってそうした役割は未知のものだったからである。個人の信念と国家による暴力、良心の自由と専制政治という対立軸を置いたのは後世の人間である。そして出来事を分析し、信念の力と世俗権力の対立の姿を明らかにするのは、歴史家に託される仕事となるのである。

修道院か、ファランステール［フーリエが構想した共産主義的共同体］か

トマス・モアは一四七八年二月七日未明、二時から三時のあいだにロンドン中心部にあるミルク・ストリートで誕生した。父ジョン・モアは有力な法律家であり、息子を同じ法律の道に進ませ、本人が強く願っていたカルトゥジオ会修道士となる夢は断念されることとなった。修道生活の理想は、トマス・モアのもっとも特異な著書の核心にあるものだった。一五一五年から一五一六年にかけて書かれた『ユートピア』は、しかし大きな誤解を生んでいく。ユーモアあふれる白昼夢のようなこの物語

に、人々は社会主義の萌芽を見出し、その社会主義をマルクスとエンゲルは「空想的（ユートピア）社会主義」とよぶことになる。モアは夢物語をかたったのに、社会主義を発明してしまったのだ。この点は、もっと慎重な見方がなされるべきだったろう。

モアはこの本で貨幣経済と資本主義を痛烈に批判しているが、人々はそれも体制批判とまちがって受けとめた。しかしモアは人文主義者として、そしてキリスト教徒として、イングランドに蔓延する「囲いこみ」という悪を告発しているのである。当時の地主たちは、牧羊を広め、フランドルへの羊毛輸出をうながそうとして、農地を囲いこんでいた。「男も女も、既婚者も未亡人も孤児も、幼児をはじめとする家族をかかえる父親母親たち」も、こうして貧窮へと追いこまれていった。モアは貧困から失業へ、失業からと犯罪へと続く悪循環を告発した。けれどそれは体制批判ではまったくなく、彼の分析はテューダー朝のヘンリー七世、ヘンリー八世の考え方を踏襲したものだった。彼らは農村の不安定化を懸念し、国力が人口に比例する時代にあって、そうした不安定さは国家にとって有害であると考えていた。テューダー朝の二人の王は、囲いこみは「王国の過疎化」につながると一貫して非難していた。すでに一四八九年、議会は共同保有地の私有化によって現実の危機がさしせまっているとして、集落の消滅に反対する禁止令を可決していた。『ユートピア』初版から一年後の一五一七年にいたっても、大規模な調査によって囲いこみに起因する人口流出の危険性が告発されていた。トマス・モアは行きすぎた富と浪費を非難したが、それは王家の政治姿勢を完璧に映し出しさえするものだった。これは政権に近い者だからこそできることだった。一見、きわめて過激に見える部分もあるが、『ユートピア』は決して革命の書ではない。封建領主の横暴に対する非難もまた、王権が軍事力を独占し、乱暴でいさかいの絶えない貴族層を押さえつけようとする、テューダー政権の意志を反映したものにすぎない。

そのうえ、モアの描く理想社会はなによりも退屈な社会だった。そこにこそ、未来の社会が予見されていた。人々は従順であり、衣服や住居は均質とされ、万人の平等がうたわれている社会である。住民も、その住まいもどれもよく似ている。「一つの町を知っていれば、どれも同じようなものなので、どの町もわかってしまう」。衣服に違いがいあるとしても、それは厳密に実用的なものにかぎられた。「この島では衣服の作りは皆同じだが、男性の衣服は女性のそれとは異なり、未婚者の衣服は既婚者のそれとは異なるだけである」。「常軌を逸した名誉心」や「もったいぶった虚栄」は、「真珠や宝石」と同じようにひかえるべきものである。

モアはまた、蓄財や資本主義初期のあらゆる形の蓄積をも批判した。「金塊を使うためではなく、ただ眺めて楽しむために富を貯めこむ人々のことを、ユートピア人はどう思うだろうか？」。ユートピア国の人々は、個人財産がふたたび入り込むのを避けるため、一〇年ごとに互いの家を交換している。唯一の楽しみといえば、野菜や果物、花を栽培する私有の庭園であり、それはコルホーズまがいの共同所有生活に耐えるための、魂の糧となっている。『ユートピア』に描かれたのは、文字どおり「共産主義社会」であり、のちにマルクスがプルードンを評した言葉のように、「貧困の哲学ならぬ哲学的貧困」であった。個人の貧しさは、全員の豊かさを保証すると考えられていた。とはいえ、後世の人々から「革命家」とよばれたトマス・モアが、王の僕《しもべ》という立場にことのほかこだわった人物だったことも確かである。くりかえしになるが、左翼とされているこの人物は、じつは保守派であることを人々は知らない。それゆえ、比喩的な意味でヘンリー八世と剣を交えたのは、『ユートピア』の著者としてのトマス・モアではなかった。資本主義のもとに出現しつつあった最初のグローバル化現象としての市場経済は、この男をおそれる必要などなかった。トマス・モアが王と対立したのは、基本的に宗教的な問題だったのである。

『ユートピア』は要するに、根本的に誤解されているのである。後世の人々は、このいたずら心のある言葉遊びの書を、人類がやがてたどるべき社会主義の萌芽を予告するものとみた。『ユートピア』に描かれ、さりとて推奨されているわけではない社会の姿は、（フーリエのいう理想社会）ファランステールではなく、修道院に起源をもつもののようだ。それは世俗的な世界に拡張された修道院の共同体なのである。モアはサン＝シモンやフーリエ、マルクス、レーニンの天才的先駆者ではない。モアの名前が、クレムリン宮殿脇にあるアレクサンドロフスキー庭園に建つ、社会主義の思想家たちを祀ったオベリスクに、カンパネッラやプルードン、ジョレス、そしてプレハノフとともに、二〇一三年にいたるまできざまれていたにもかかわらずである。[1] ともかくトマス・モアはよくも悪くも、その精神において社会主義運動につらなるものといまもみなされている。彼は当時の経済システムの悪弊に対する、先見性にあふれる同志であり、予言者的な批評家として尊敬されているのである。

エラスムスの「キリストの哲学」

一四九九年一一月、オランダ人文学の父とされるエラスムスとの出会いは、モアの生涯における決定的な出来事となった。二人の友情は、新約聖書をふくむ、ラテン語、とくにギリシア語の原語で復元された古典文献に対する共通の情熱によって育まれ、モアの死まで続くことになる。トマス・モアはロンドン南東部、グリニッジ近くのエルサム宮殿で育てられていたヘンリー七世の子どもたちにエラスムスを引きあわせた。未来のヘンリー八世はまだ八歳だったが、祖国と国王ヘンリー七世、そして王の子どもたちの徳をたたえる賛歌を、ラテン語でものしてほしいとエラスムスに依頼した。一〇年後、ヘンリーが父親の跡を継ぐと、エラスムスとモアは自分たちの出世はまちがいない、と思った。すくなくとも知識人の素朴さをもって、自分たちの思想の勝利は確実と想像した。文学と芸術の保護者、古代の知恵と福音書の知恵を和解させる理想の君主はヘンリー八世ではないか。イングランドはすでに一種のユートピアなのではないか。節度ある革新をとおしてキリスト教世界を燃え上がらせることのできる、約束の島なのではないか。一五一一年に出版されたエラスムスのもっとも著名な作品『痴愚神礼賛』が、ロンドンのモアの自宅で書かれたのは、純然たる偶然なのだろうか。

それにしてもだれが痴愚で、だれが賢者なのか。この激動の時代に、自分の立ち位置を決めるのは容易なことではない。実際、ヘンリー八世は当初は人文主義の理想的君主とみられていた。そして一五〇九年、ヘンリーはキャサリン・オヴ・アラゴンと結婚。キャサリンはのちの神聖ローマ皇帝カール五世［スペイン国王としてはカルロス一世とよばれる］の叔母にあたり、これによって教皇が望んでいたイギリスとスペインの反フランス同盟が実現した。だれもがけんか腰で、オスマン帝国に対する十字軍派遣の話でもちきりとなった…。ウルジーがこの外交交渉の仕掛け人であり、そうした環境のなかでトマス・モアはみずからの地位を築いていく。早くからいまでいうビジネス・ロイヤーとして頭角を現わしたモアは、まずはロンドンの中産階級のためにその経済的利益を守り、次には優秀な人材を側近に集める王室の利益を守るようになった。一五一一年の終わり、イングランド＝スペイン連合はアキテーヌをともに攻撃することで合意した。翌年の春、教皇ユリウス二世はルイ一二世から「篤信」王という称号を剥奪し、その領土も奪ってヘンリー八世にあたえ、フランス征服を求めた。一五一五年五月、モアは外交使節としてヨーロッパ大陸に派遣された。モアは新たな任務について、エラスムスにこう書き送っている。「使節の仕事で笑顔が浮かぶことはありません。この仕事はわたしたち俗人よりも、あなた方聖職者にふさわしいものです。あなた方は妻も子どももないし、あったとしても、どこでも連れていけるからです」。三年後、エラスムスはこう嘆く。「モアは宮廷の仕事にひどく忙殺されている」と言って気の毒がるのである。

　モアは廷臣としての能力を発揮する。そのうえ、数年後には異端の取り締まりなどのむずかしい任務にもあたるようになる。中世末期にあたる当時のイングランドは、宗教的な反乱に見舞われていた。大陸におけるワルド派と同様、ロラード派は二人一組で福音を宣《の》べ伝え、清貧を説き、カトリックにおける聖体の教義を否定した。モアは「ルター派」――あらゆる「邪悪な信仰の臭いがする者」たちの総称であった――を嫌い、彼らの最悪の敵としてたちふさがる。容疑者に自白させるのに第一に必要なのは、巧妙さと、独善的な人々の教義に精通している鋭い精神である。サタンはほとんどの場合、際限ない屁理屈のくりかえしの細部に隠れている。カトリック君主としてのみずからのイメージを完璧にしようとするヘンリー八世は、反プロテスタント論争に身を投じた。王はルター派が主張するように秘跡は二つか三つなのではなく、七つあると主張した。モアはこれに賛同するだけでなく、ほかの重大問題においても、むずかしい概念をあやつることが苦手で不器用な王を補佐し、容赦ない反論を磨くのを手伝った。ヘンリー八世がルター派の主張に対抗して支持した「教皇派の」秘跡のなかでも、結婚の秘跡をとりあげないわけにはいかない（この高貴な秘跡に、王は年ごとに固執してゆくことになるのだが）。教皇レオ一〇世はことのほかこれを喜び、その功績をたたえて、イングランド王に「信仰の擁護者」という名誉ある称号をあたえた（一五二一年秋）。現在にいたるまで、イギリス王室はこれを君主の補助的称号として使っている。

ヘンリー八世はますますトマス・モアを高く評価し、「天文学、幾何学、神学、さらには政治分野」でも彼の能力を認めたと、一六世紀末の終わりに書かれたモアの初期の伝記の一つが記している。王は夕食の直前または直後の晩祷の際に、モアと会話することをこのんだ。モアは俗人ながら、ロチェスター司教ジョン・フィッシャー、ロンドン司教カスバート・タンストルとともに、「ルター派の異端」に傾倒する信者たちと論争する任務を託された。ルターとその著作の告発にともない、禁じられた書物の捜索、焚書、疑わしい書物の輸入禁止が実施された。一五二五年から一五二六年にかけての冬、のちに大法官となるモアは異端の者たちの取り締まりを指揮した。しかし一五二七年一〇月、大きな方向転換が起こる。司祭たちやウルジーへの猜疑心をつのらせたヘンリー八世が、英才モアにこう打ち明けたのである。モア自身が七年後、そのときのことを書簡のなかでこう述べている。「王に派遣された使命を終えて海の向こうより戻り、任務を解かれたわたしは、ハンプトンコートで陛下に拝謁した。グランド・ギャラリーにて、陛下は突然、わたしに近づき、ご自身の重大な問題について話された。それによると、陛下の結婚は教会の実定法や聖書に記された神の掟に反するだけでなく、自然に反し、相手がだれであろうと教会が見逃しにできないものであるという」

こうして、ヘンリー八世とキャサリン・オヴ・アラゴンの離婚問題が、思いがけずトマス・モアの人生に入りこんだのである。漠然ととまどいをおぼえつつ、モアはコモン・ローではなく、教会法にかかわるこの問題に対して裁定をくだすことを極力避けた（コモン・ローは教会法を基礎とはしているが）。ヘンリー八世はきわめて感情的であり、気持ちが高ぶって側近のモアに抱きつくこともあった。モアはこの問題から手を引こうとしたが、王は承知しなかった。モアとその友情をあてにして、いまの結婚は無効であることを聖職者たちに納得させる手助けをしてもらいたいと思っていた。ヘンリーが兄の妻と結婚したことは、おそるべき罪ではないか？[2]　近親相姦ではないか？　ヘンリー八世はとうとう聖書を引用した。レビ記にはこんな一節があるではないか。「兄弟の妻を犯してはならない。兄弟を辱めることになるからである」そして、別の一節では「兄弟の妻をめとる者は、汚らわしいことをし、兄弟を辱めたのであり、男も女も子に恵まれることはない」とある。これとは逆に申命記では、兄弟がともに暮らしていて、そのうちの一人が子どもを残さずに死んだならば、死んだ者の妻は「家族以外のほかの者」に嫁いではならない、亡夫の兄弟が彼女のところに入り、めとって妻とするよう求めている。これはレヴィラート婚とよばれるものである。

トマス・モアの栄光と没落

モアは沈黙を守った。王に対して反対とも、賛成とも判断をくださなかった。しかし気の短いヘンリーが、いつまでもモアの判断留保を見逃すはずがなかった。キリスト教世界全体の将来が、この危機の行方にかかっているかのように、ヘンリー八世は教皇が自分に味方して介入してくれることを願った。しかし一五二七年にカール五世の軍勢によってローマが劫掠されるなかで、教皇クレメンス七世はどうすることもできなかった。[3] トマス・モアは年ごとに、教皇と同じ危機感を募らせていた。カトリック信仰はいま、四方八方から不信心者たちの攻撃を受けていると、モアは感じていたのだ。ルター派の異端者もオスマン帝国も、彼にとっては同じことだった。そしてここへ来て、ヘンリー八世は猫の目のように意見を変え、教会の忠実な息子だったはずが、数年もたたないうちに教皇と対立しようとしている。モアは内なる裏切り者たちを激しく攻撃した。かたくなに意見を変えない者には、火あぶりの刑でのぞむしかないと考えていた。

モアは、ヴォルテールや啓蒙思想家たちが言うような「寛容な精神」の持ち主では決してなかった。彼にとって、よい異端とは死んだ異端であり、決着をつけるには火あぶりにするのが最善だと思っていた。彼はペトロの首位権［教皇がペトロの後継者として全聖職者・信徒に対し完全で普遍的な至上権をもつとする考え方］を支持し、トマス主義［トマス・アクィナスの思想・教説を奉じる学派］の伝統をかたくなに守って信仰と理性の均衡を重視した。主君とのあいだに対立が起きはじめるなかで、それでもモアは順調に出世し、大法官にまで登りつめた。一五二九年八月、皇帝カール五世の叔母マルグリット大公女と、フランス王フランソワ一世の母ルイーズ・ド・サヴォワの尽力で、カンブレーにて「貴婦人の和約」が結ばれたときも、モアは調印に立ち会った一人だった。この条約により、フランス軍はイタリアから完全に撤退した。テューダー朝のイングランドはこの際、キリスト教世界の仲介者の役割を果たした。外交官としてもすぐれていたモアは帰国後、ウルジーの後任として大法官に就任する羽目となった。一〇月、グリニッジでの私的な謁見の際に、モアは王から玉璽を受けとった。イングランドではじめて、聖職者でなく俗人が大法官の地位についたのである。不運なウルジーのことをおしむ者はなく、奇しくも失脚と時を同じくして心臓発作で世を去った。『ユートピア』の著者であるモアも、いつ同じ運命をたどるともかぎらない。モアは自問する。「わたしにあたえられたこの名誉は、わたしの貧弱な資質ではとうていまかなえないものではないだろうか。栄光に満ちた立身出世というより、これは下降ではないか。それは名誉の増加というより、気の重くなる負担ではないか？」

以上の言葉は、本人が意識していた以上に正鵠《せいこく》を射ていた。ヘンリーがモアを抜擢した理由は不明だった。王はアン・ブーリンに夢中だったが、アンは王の求愛をこばんでいた。「結婚してくださらないなら、絶対に嫌です」と言って。トマス・モアは王妃キャサリン・オヴ・アラゴンにとくに思い入れがあったわけではない。キャサリンは一五三一年に王と別居させられ、二年後には離婚を言いわたされることになる。モアはこの件に容喙《ようかい》することを拒否した。結婚問題は自分の領分ではない、権限を逸脱することはみずからの良心にそむくから、というのが口実だった…。さらに彼は、主君の気持ちに幻想をいだくほど鈍い人間ではなかった。「陛下のわたしに対する友情をことのほか誇ろうとは思いません。わたしの首がフランスの城館一つに値するとしたら、首はいつまでもわたしの肩の上に乗ってはいないでしょう」と彼は述べている。

大法官に就任したモアは自分の使命を明確に自覚していた。王国のナンバーツーの地位につけることで、王はあきらかにモアが信仰の敵を取り締まってくれることを期待していた。異端という毒の蔓延を、すぐにでも止めなければならない。忠実な使徒たるモアは、一五三〇年二月、ケント州メードストンで火刑に処された哀れな不信心者に対して、「火刑の炎から地獄の炎へと渡された」と揶揄することもあった。大法官としてみずから行動にのりだし、ロンドンにあるチェルシーの自宅でみずから尋問を行なうこともあったとされている。処刑された者の一人は、いまわのきわにこう叫んだという。「サー・トマス・モアはわたしの告発者であり、裁判官でもあった」と。

大法官の地位にあった二年半のあいだに、モアは六人を異端のかどで火刑に処し、そのうち半分はみずから裁断をくだした。鉄血大法官も人間性を失っていたわけではないが、寛容と同情は死者にのみ向けられ、もはや失うもののなくなった煉獄の魂たちのためにとりなしを祈るよう求めて恬として恥じなかった。ルター派はこうした神との取引を非難し、死者のためのとりなしとミサをシモニア［霊的な事柄を売買の対象とすること］だと告発した。ロンドンとローマのあいだでは緊張が高まっていた。一五三一年一月、議会は国王がイングランド国教会の守護者であり首位者であることを認めるよう、聖職者たちに迫った。教会側は五月に屈服し、トマス・モアはただちに玉璽を返上した。モアの、体制内批判者としての短いキャリアの始まりであった。こうして自らが危なっかしい立場に置かれていても、なおもモアはあいかわらず異端の取り締まりを訴えていた。告発を受けた者はすべて犯罪者と見なして、無実の者を尋問することさえしばしば認めた。「正直な隣人たちがだれひとり、魂と良心に誓って（あの人は）異端でない、と主張できない」場合、容疑者に対して法を厳格に履行して何がいけないのだろうか。

とはいえ、モアは節度を保つことも忘れなかった。一瞬たりとも、国王の正当性に疑問をつきつけることはなく、チェルシーの自宅で静かに引退生活を送っていた。ヘンリー八世は彼を懐柔しようと飴と鞭を用い、臣下のモアに対して立場をはっきりさせるよう命じつつも、愛情をチラつかせながら籠絡しようとした。「わたしを愛すると言いなさい。ローマ教皇よりわたしを愛すると」。モアは当初、教皇に対する見解については名言を避け、ヘンリー八世に「陛下も否定はできますまいが、教皇はあなたと同じく君主なのです」と述べるにとどめていた。一方で、モアは王妃キャサリンの側につくことも慎重に避けていた。そして自分はあらゆる臣下と同様、「陛下と王妃、そして子孫の方々のために、長命と安寧を神に祈っています」と述べた。ヘンリーとの決定的なくいちがいは教皇首位権の問題であり、彼はそれを「分裂を避けるために（…）キリスト教共同体によって制定され、一千年以上にわたる継承をへて強化されてきた」ものと考えていた。ウェストミンスターの司教座とローマ教皇庁の断絶は、一五三三年五月に国王とアン・ブーリンの結婚が正式に認められたことで決定的となる。ヘンリーに破門が宣告されるのは一五三八年のことだった。一五三四年秋、議会は国王の「地上における」首位権を承認する。この首位権はイングランド国教会（アングリカーナ・エクレシア）に対するもので、独自の信仰告白や教義という考え方はまだなかった。当面、国王が「正当な、あるべき姿としてのイングランド国教会の至上の首長」であることを主張して、国王の「皇帝」たる地位を保証することが目的だった。

聖ペトロの鍵

実利的なモアは、ほかの神学者たちとは異なり、ペトロの首位権は神が定めたものかどうかについて意見を表明することはしなかった「キリストの弟子の一人であったペトロは、最初のローマ教皇とみなされている」。そして当初から一貫して妥協点を模索していた。「キリスト教世界は全体が一体であるから、その成員の一人が集団全体の合意を得ることなく、共同体の長と袂を分かつことなど想像することができません。われわれが教皇から合法的に離反することができない以上、（公会議でこの件が討議されるのでないかぎり）教皇の首位権が神によって定められたものか、あるいは教会によって制定されたものかを問題にすることになんの意味があるのか、想像がつきません」と彼は書いている。だがモアはのちにみずからの裁判においてこの主張を翻《ひるがえ》し、救い主キリストが直接、聖ペトロと代々のローマ司教に特別な権限をあたえたことを認めることになる。しかしすくなくともはじめのうちは、モアも論点を絞りこんで、公会議が教会内で最大の権威をもって、各国の利害に対する重しとなるべきだとの考え方をもっていた。これはのちに一九世紀後半の第一ヴァチカン公会議で宣言されたような、教皇不可謬説とはかなりかけ離れた考えといえる。一五三四年三月、議会は王位継承法を採択し、王位はヘンリー八世とアン・ブーリンの結婚から生まれた、あるいはこれから生まれることになる子どもによって継承されることを宣言した。すべての臣下は、必要に応じて、この規定を認める宣誓を行なうことを求められる可能性があった。そして前大法官のモアは、この宣誓を拒否したのである。優秀な法律家である彼は、尋問官の罠に決してひっかからなかった。尋問官たちはこれを頑迷の罪として告発し、ロンドン塔に幽閉した。彼はそこでキリストの受難に思いをはせ、苦しみの模範としてこれに倣《なら》う覚悟を固め、高徳の聖人というイメージを完璧なものとした。彼の家族さえ、その意固地さを非難した。しだいに孤立したモアは、妻アリスの慰問を受けた。妻はこう言い放った。「ごきげんよう、あなた、驚きましたね、賢明さで知られたあなたが、ネズミたちに囲まれて、こんな狭くて薄汚い牢獄に閉じこめられているとは狂気の沙汰です。司教たちやこの国でもっとも賢明なる方々を見習いさえすれば、晴れて自由の身となり、王様や参事会の好意と友情を受けられるはずですのに」

モアの選択ははっきりしていた。自分にとっては裏切りでしかない、人々から提示されたあらゆる取引に応じるよりも、みずからの霊を救おうと考えていたのである。一五三五年五月、彼はヘンリー八世の第一の側近となっていたトマス・クロムウェルにこう答えている。「もはや国王陛下の称号についても、教皇の称号についても論争するつもりはありません。わたしは国王のいとも忠実なる僕《しもべ》であることに変わりなく、日々、陛下やご家族のため、そして陛下の尊い顧問官であられる皆さま、ならびに王国のために祈っているだけであり、陛下の問題について容喙《ようかい》する意図はいっさいありません」

七月、トマス・モアはウェストミンスター・ホールにて、裁判官の前に立った。彼らはモアの有罪を証明できずにいた。「わたしはつねに、なにも隠すことなく、わたしの良心の命令にしたがって陛下にわたしの意見をお伝えしてきました。したがって、大逆罪を犯しているどころか、その逆であり、わが偉大なる王が、王国の安寧にかかわることがらについてわたしの意見を求められたなら、真実であると信じることをお答えしないのは罪深い阿諛追従《あゆついしょう》であって、良心に反して行動したこと。そうしなければ、わたしは悪い僕であり、神の前で罪人となります。わたしがこの件で陛下のお怒りをかったとしても、だれであろうと質問に答えることが非難の対象となることはありますまい」。だれの目にも明らかのように、モアは王に対立する立場を示したことは決してなかった。「わたしたちの心の秘密を裁くことができるのは神のみです」とモアは指摘した。

七月六日の朝、トマス・モアはタワーヒルで処刑された。モアは自分を牢に閉じこめることで、みずからの終わりについて十分に瞑想する場をあたえてくれたことに対し、ヘンリー八世に感謝を捧げた。「この哀れな世界の悲惨からわたしを解放してくださることに感謝します」と彼はしめくくった。そして死刑執行人を抱擁した後、彼に赦しをあたえ、「言っておきますが、わたしの首は短いから、狙《ねら》いを違《たが》えてあなたの評判をあやうくしないようになさい」と忠告した。トマス・モアは彼の生涯があたえる印象にふさわしい、美しい死をとげた。彼はキリストに倣《なら》って自身の十字架を負った。ヘンリー八世は臣下のなかでももっとも忠実だった男の死を知らされ、自室にこもって涙にくれたという。

さて、トマス・モアとヘンリーとはほんとうに決闘したといえるのだろうか。イングランドの紳士階級（gentleman）であったモアも、大陸的な意味ではかならずしも貴族（gentilhomme）だったとはいえない。コモン・ローの弁護士としての訓練を受けた彼は、フランスであれば裁判官の世界に属していただろう。そして決闘は対等の関係でのみ起こりうることであり、そもそも王が一個人の挑戦を受けて立つことはないのである。さらにいえば、もし臣下が君主と決闘をするならば、それはこの人物を対等と認めることになり、社会秩序を根本的に問いなおすことになる。しかしトマス・モアは一貫して、宗教的にも社会的にも政治的にも保守派だった。彼がつきつけたほんとうの挑戦は道徳的なもの、内面的なものだった。そして勇気と犠牲の精神によって彼は偉人となった。いかにスケールが大きい偉人であるか、とくに政治的な意味での忠誠とはどういうことかわからなくなっている現代のわたしたちには、うかがい知ることができないほどだ。ロラン・ムニエはアンシャン・レジームの社会にとって、忠誠という言葉のもつ意味を次のように指摘している。

「忠臣はみずからの身体と魂を王、主君、主人に捧げる。彼は主人の僕《しもべ》である。（略）そして主人と一体になっている。しかしそこには、暗黙の互恵関係がある。忠臣が主人、君主、王に対して負っている義務は、王、君主、主人、庇護者もまた、その臣下、忠臣、とりまきに対して負っているのである」。最後は究極の犠牲へといたった二人の複雑かつ密接な関係を表現するのに、これ以上の言葉はないだろう。根にもつタイプのルターが、トマス・モアをたんなる「暴君」とみなしたの対し、慎重なエラスムスは、自分はモアの無謀を嘆いていたと主張する。「彼が危険な問題に決してかかわらず、神学の問題は神学者にまかせていたらどんなによかったことか」。だれもが権力者に抵抗できたわけではないのだ。

一方のヘンリー八世にかんしては、しめくくりにわがフランスのアンリ四世に語ってもらおう。アンリ四世は一五九一年、ヘンリー八世について「今世紀、すべての国が偉大な君主を数多く輩出したが、この王もやはり偉大な君主であり、女性の色香を格別に好んでいた」と評し、続いて「彼の臣民は、近親相姦であるといわれていたスペイン王女とヘンリー八世の縁組みに違和感をおぼえており、この問題について王をあのように権威的に叱責した教皇に対して相当に怒っていた」と述べ、フランスも必要とあれば同じ行動に出ると匂わせた。いわく、「この問題は、人々が教皇に反対を叫んでいた時代に起こったので、教皇のくびきを脱して、普遍的なカトリックの教義のみを保つよう説得することは、この王にとって容易であった。ただし、彼の国は、教会統制の仕組みと、彼のみが権限を掌握する特別な聖職者組織をもつ、という条件で」。この提案を「今、わたしアンリ四世がフランス国民に示すならば」納得してもらうのは決してむずかしくないだろう。なお、フランス教会は、この提案の内容とほぼ同じ特権と自由を享受している」。結局のところ、このイングランド王は、他国の王たちもいつの日か誘惑に駆られて選んだかもしれない道をたどったにすぎなかった。しかし彼はその道を貫徹し、ローマとの諍《いさか》いを教会分裂にまでもっていった。彼が成立させたイングランド国教会を、一五六三年から一五七一年にかけて「イングランド国教会」三九個条を制定することによって永続させるのは、彼の娘エリザベスである。三九個条は、現代にいたるまでイングランド国教会の教義上の基盤となっている。

ベルナール・コトレ

原注

1　このオベリスクはその後、当初の趣旨に立ち戻り、ロマノフ家を記念する塔となった。

2　ヘンリーの兄アーサーは、スペイン王女キャサリン・オヴ・アラゴンと結婚した直後の一五〇二年に死去した。結婚が実質的なものであったかどうかは不明である。

3　一五二七年、スペイン軍、イタリア軍、そしてカール五世に仕えるドイツのランツクネヒト（傭兵）たちが永遠の都ローマを劫掠し、教皇は命からがら天使城へ逃げこんだ。

参考文献

Billacois, François, *Le Duel dans la société française des XVIe-XVIIe siècles*, Paris, EHESS, 1986.

Cottret, Bernard, *Thomas More. La face cachée des Tudors*, Paris, Tallandier, 2012.

Guy, John Alexander, *The Public Career of Sir Thomas More*, Brighton, Harvester Press, 1980.

Moreau, Jean-Pierre, *Rome ou l'Angleterre ?*, Paris, PUF, 1984.

Mousnier, Roland, «Les concepts *d'ordres, d'états, de fidélité* et de *monarchie absolue* en France de la fin du XVIe siècle à la fin du XVIIIe siècle», *Revue historique*, 247-2, 1972, pp. 289-312.

Peltonen, Markku, *The Duel in Early Modern England : Civility, Politeness and Honour*, Cambridge, Cambridge University Press, 2003.

Phèlippeau, Marie-Claire, *Thomas More*, Paris, Gallimard, 2016.

第9章　スペインのフェリペ二世とイングランドのエリザベス一世

スペイン黄金時代の終焉

舞台は一六世紀のヨーロッパ。プロテスタントの宗教改革派とカトリックの対抗宗教改革派のあいだで熾烈な戦いがくりひろげられていた。二人の君主、スペインのカトリック王フェリペ二世（在位一五五六―一五九八）とイングランド女王でイングランド国教会の首長エリザベス一世（在位一五五八―一六〇三）は、同時代の人にも後世の人にも、和解不可能な二つの宗派の擁護者であり、またヨーロッパを焼きつくすこともいとわない情け容赦ない敵同士と思われた。根強い「黒い伝説」の犠牲となったスペイン王は、狂信的なカトリックを体現し、王国領内でローマ教皇庁の教えから離れる者をすべて迫害した、と思われている。そして「真の信仰」の擁護とスペイン支配の確立のためには、みずから火つけ役となって、軍隊を出動し敵を襲撃する人物であると。他方エリザベスは、女性ゆえにその統治は恐ろしいものと多くの人には思えたが、彼女の歴史的評価は分かれる。征服欲の強いプロテスタントの闘士とみなす人もいれば、攻撃的なカトリックの格好の的になったとみなす人もいる。いずれにせよ、二人はその性格と行動によって彼らの時代――それはセルバンテスとシェイクスピアの時代でもあった――に絶大な影響をあたえた。フランスはその間、国内の宗教戦争のために国際舞台からは遠ざかっていた。

理性による理解

すぐれた画家の筆になる肖像画を比べてみると、二人はあらゆる点で正反対である。金羊毛騎士団の頸飾以外は黒一色の地味な服装のフェリペ二世は、ハプスブルク家特有の突顎で美男子とはいえず、陰気で冷酷な官僚風で、その冷たいまなざしはまるで一度も笑ったことがないかのようだ。他方、エリザベスは、美しいというよりは優雅であり、ご自慢の手を得意げに見せ、お洒落で、化粧は厚く、レースと宝石がちりばめられた豪奢なドレスをまとっている。両者の領土を比べると、力の差は歴然としている。フェリペ二世は父親の皇帝カール五世［スペイン王としてはカルロス一世］から、カスティーリャとアラゴン、ネーデルラントとフランシュ＝コンテ［フランス東部の地方名］、ミラノ公国、ナポリ王国、シチリアとサルディニアという広大な領土を相続していた。スペインだけでも人口は七〇〇万人、アメリカの植民地[1]には金銀の財宝が無尽蔵にあった。対するエリザベスのイングランドははるかに貧しく、ウェールズとアイルランドをくわえても、人口は三〇〇万から三五〇万人にすぎなかった。

　にもかかわらず、二人の君主には共通点もあった。二人とも知性、教養、活力、威厳の持ち主であった。年の違いもわずか六歳。フェリペのほうが年上で一五二七年生まれ、エリザベスは一五三三年生まれ。亡くなるのは五年違いで、享年はほぼ同じである。フェリペは一五九八年に七一歳で、エリザベスは一六〇三年に七〇歳間近で亡くなっている。即位の年はさらに近く、スペイン王は一五五六年、イングランド女王は一五五八年。治世期間は四二年と四五年。さらに一五五九年四月にカトー・カンブレジで各々がフランスのアンリ二世と結んだ平和条約が、二人にとって国際舞台の第一幕となった。この条約で、イングランドはフランス軍によって前年に奪われたカレーをあきらめ、スペインはヴァロワ朝フランス［一三二八―一五八九年］のイタリア獲得の夢に終止符を打った［ハプスブルク家対フランスのイタリア戦争は一四九四年から続いていた］。二人の君主の共通の脅威はフランスであった。イングランド女王にとってカレーを奪回する唯一のチャンスは、スペインと同盟を結ぶことであった。それはフランスの野心をくじこうとするスペインにとっても得策であった。フランスは元フランス王妃で、イングランド王位継承権があるメアリ・ステュアート[2]を押し立てて、イングランドに触手を伸ばそうと考えていた。フェリペ二世はもしフランスが上陸した場合には、イングランド王室を守るつもりであった。カトリックのスペインとプロテスタントのイングランドは皮肉にも外交上の理由で友好関係を維持せざるをえなかったのである。

　フェリペ皇太子は即位する少し前、将来敵となるエリザベスに二度会っている。イングランドがカトリック教会に戻ることを望むフェリペ皇太子は、一五五四年七月、熱心なカトリック教徒であったイングランド女王メアリ・テューダー（在位一五五三―一五五八）をめとった。メアリは歴史上、狂信を体現した人物として知られる。しかし将来のスペイン王はこの「血まみれのメアリ」がイングランドのプロテスタントを迫害することを勧めなかった。それどころか逆に、寛容を説き、犠牲者の側に立ち、メアリの異母妹エリザベスが宮廷から長期間追放されないよう手配した。[3] イングランドで一年を過ごすと、フェリペは一五五五年八月、大陸に戻った。しかし、スペインがフランスに宣戦布告すると、イングランドの協力を得るためにロンドンに戻り、一五五七年の三月から七月まで妻のもとに滞在した。一五五八年一月、アンリ二世がカレーを征服すると、イングランドがカレーを取り返すのを助けるために、フェリペは軍隊を立ち上げることすら提案した。将来のスペイン王は機会がある度に、妻が疑念を懐くエリザベスに好意を示した。そして妻が死ぬと――おそらく癌で四二歳で――エリザベスに求婚しようとまで考え、翌年の一月まで、結婚の打診を続けた。

二人の結婚はありえなかったか。そんなことはない。ともにフランスを敵とする両国の利害を考えると十分ありえた。しかも結婚によってエリザベスは、メアリ・ステュアートによるイングランド王座に対する権利の主張をしりぞけることができた。しかし、イングランドの新女王はスペイン王の求婚を巧みに避けた。[4] 宗教上の違いは克服しがたい障害であった。在ロンドン・スペイン大使は王に言った「あの女にはなにも期待できません（…）ゆりかごのなかから異端に浸っていますから」。フェリペ二世と結婚するためにエリザベスがカトリックに改宗することは考えられなかった。そもそもエリザベスに結婚する気があったのか。この意味でもこの外交官は正しかった。同じ年の一五五九年、イングランド国教会の二つの基礎が成立した。すなわち、王国の宗教上の指揮を女王にゆだねる「国王至上法」と、エドワード六世時代のカルヴァン派の祈祷書を復活させる「礼拝統一法」が議会で採択された。教義はのちに「三十九信仰個条」（一五六三）によって定められる。二人の結婚計画が葬り去られたいま、カトリック王と離教者女王の死闘が始まるのだろうか。

通念に反して、決闘はなかなか始まらなかった。二五年間、フェリペ二世はエリザベスに対して寛大であり続けた。イングランドがローマ教皇庁と絶交しても、カトリック王は冷静だった。それどころか、王は女王に破門宣告を出さないことを教皇に勧めすらした。マドリードからの再三の忠告にもかかわらず一五七〇年二月に破門が公表され、教皇はエリザベスを女王とよぶことを否認した。それでもスペイン王はエリザベスを女王とよびつづけた。一五六五年、プロテスタントの臣下の反乱によって、スコットランドのカトリック女王メアリ・ステュアートがイングランドに逃れてきたときにも、王はメアリを助けようとはしなかった。フェリペ二世は周到に先を読み、危険をランク付けし、フランスと親しいイングランドよりは、プロテスタントのイングランドのほうが好ましいと判断したのであった。「ブリュッセルを守るように、イングランドを守らなくてはなりません。スコットランドとフランスからイングランドを」とグランヴェル大臣は強調した。

自国の弱さを自覚するエリザベスは、世界最強国スペインとの関係を絶つことがないようにつとめた。他方、カトリックと反宗教改革の熱烈な擁護者といわれるスペイン王も、イギリス海峡の向こう側のプロテスタントは許容していた。ネーデルラントを保持するために、スペインはなんとしてもフランスとイングランドが同盟を結ぶことを阻止しなくてはならなかった。さらに、最悪の事態を避けるためにも、イングランドとは良好な関係を維持する必要があった。戦略的理由が宗教的理由に優先していたのである。しかし、それもいつまで？

奇妙な戦争

イングランドのスペインに対する「ひどい仕打ち」が行なわれたのは、ブリュッセルではなく、海外の植民地であった。植民地の富は宗主国に属するという原則により、いかなる国もスペインが獲得した新世界の領地と交易をすることはできなかった。ところが、一五六二年と一五六四〜六五年の二回、イングランドの船乗りジョン・ホーキンズがヒスパニオラ（ハイチとドミニカ共和国の旧名）と不法な三角貿易を行なった。[5] しかも二回目以降、この企てが成功するために必要な資本に、エリザベスが個人的に投資をした。スペインが経済的損失をこうむり、イングランド女王が投資に参加したにもかかわらず、フェリペ二世はロンドンと断交することをこばんだ。

数年後の一五六八年九月、イングランドがふたたびカリブ海で海賊行為を行なうと——今回もエリザベスが投資家としてからんでいた[6]——、スペイン海軍は立ち上がり、メキシコ湾内のベラクルス沖でホーキンズとドレイクの船を攻撃した。イングランド国民は大いに奮し、海賊二人を真の愛国の英雄に祭り上げた。二か月後、アントウェルペンに駐屯するスペイン王軍の俸給を運ぶスペイン船が、嵐のためにイギリス海峡沿いのイングランドの港に避難を余儀なくされた。イングランドはすかさず高価な積み荷を取り押さえた。スペインの「タカ派」は願ってもない報復の口実を得た。事態は悪化した。今度はスペイン側がアントウェルペン在住のイングランド人の財産を没収した。するとイングランドは報復として、イングランド在住のスペイン人の財産を取り押さえた。二国間の通商関係は中断した。事態はどこまで悪化するのだろうか。国交断絶の危機が迫っていた。ところが、事件の主導者であるエリザベスも、イングランドの敵対行為に疲れはてたフェリペも、公然とした戦いを望むことはなく、好戦論者たちを絶望させた。教皇庁ではローマ教皇がカトリック王の意思の弱さに業を煮やした。

その後も海賊行為がおさまることはなかった。その範囲は大西洋と中央アメリカにまで広がり、一五七二年、フランシス・ドレイクはパナマ地峡で、ペルーから金銀を積んできたラバのキャラバンを奇襲し、続いてパナマ東海岸の町ノンブレ・デ・ディオスを略奪した。アメリカにおけるスペイン領土の安全が侵されたのであった。この大胆不敵なドレイクが、彼の名を一躍有名にした世界一周を一五七七年から一五八〇年の三年間でなしとげ、その途中、チリとペルーの沿岸でスペインのガリオン船［一六―一八世紀に南米から金銀を運んだ商船］の積み荷をすべて奪い取ると、海の支配はもはやスペインの独占ではなくなったことが誰の目にも明らかになった。貴金属のセビリャ到着を麻痺させたエリザベスは、スペイン王室の財政にも打撃をあたえた。スペイン王国へのお金の貸し手は、金銀が回収不能となるリスクを考えて金利を上げ、王の信用をそこねたからである。「手ごわいスペインの歩兵隊」もその犠牲になりかねなかった。

戦争の脅威はヨーロッパでも感じられた。スペイン勢力に対抗するため、一五七二年四月、イングランドがブロワでフランスと結んだ外交同盟は、以前からフランスを恐れていたフェリペ二世を不安におとしいれた。しかし、この同盟がやっかいな結果を招くことはなかった。というのも、王も女王も依然として断交する気がなかったからである。ところが、ある陰謀の発覚により、両者は戦争につき進みそうになった。ロンドンで開業し、ブリュッセル、マドリード、ローマとつねに連絡をとりあうロベルト・リドルフィという名のフィレンツェ人の金貸しが、ロンドンでスペイン大使とメアリ・ステュアートの手先と秘密裏に会って、大胆な計画を立てた。スペイン領ネーデルラントの総督アルバ公が、イングランドにいるカトリックの反徒に資金、武器、兵士を送る。続いてスペイン軍がイングランドに上陸し、ロンドンに向かい、エリザベスを捕らえ、血縁者である女王によって一五六八年以来囚われているメアリ・ステュアートを解放し、女王と宣言するという計画である。この陰謀が暴露されると、スペインがイングランド沿岸に上陸し、カトリックが反乱を起こすことを恐れていたイングランド国民は激怒した。ただちにスペイン大使は国外に追放された。今回も戦争は不可避だと思われた。が、またもや回避された。

　イングランド政府はスペイン外交代表部を閉鎖したが、スペインはあいかわらず代理大使をロンドンに置いていた。接触が絶たれたわけではなかった。エリザベスは綱渡り芸人さながらに器用にも、フランスと同盟関係を保ちつつ、スペインともなんとか関係を持とうと努めた。一五六八年以来とだえていたロンドンとマドリードの経済関係を再開し、外交関係を再樹立すべく秘密裏に動いた。二人は各々和解に努めた。フェリペ二世はアントウェルペン港をふたたびロンドン商人に開放し、エリザベスは、マドリードすなわち、スペインの合法政府に反対するネーデルラントの反抗勢力「プロテスタント」を支援するつもりはないと言わせた。イングランドにとって通商が死活問題であることをスペイン王は十分わかっていたし、エリザベスのほうも「海の乞食[7]」を奨励する気はないと言い、フェリペ二世に反徒と交渉するよう勧めた。もちろんむだに終わったが。

二人の慎重な行動は、マドリード、ローマの「早くけりをつけたい」人々をいらだたせた。大陸に亡命したイングランドのカトリック教徒同様、グレゴリウス一三世も、「壮大な企て」すなわち「邪悪なイゼベル」〔イゼベルはイスラエルの王アハブの邪悪な妻。ここではエリザベスをさす〕に対する公然とした戦いを強く推した。レパントの海戦[8]でオスマントルコを破り、栄光に輝くスペインには、アルビオン〔イングランドの雅称。白い土地の意。ブリテン島南部の白亜質の絶壁にちなむ〕との戦いを支持する人が大勢いたし、イングランドでは、女王の側近たちが、スペインに反抗するネーデルラントのプロテスタント側について戦うようエリザベスに迫った。しかし、二人の君主は依然として直接対決を避けた。

とはいえ、断交の機会は幾度かあった。一五八〇年、フェリペ二世によるポルトガル併合はエリザベスを不安にした。そんな女王に、フェリペ二世に対抗してポルトガル王位を請求していたクラト修道院長ドン・アントニオの支持者が支援を要請した。エリザベスはリスボンの良港がスペイン艦隊の出航拠点となって、イングランド島を脅かすことを恐れていた。迷いに迷ったエリザベスは最終的にはスペインとの衝突を恐れて彼らへの支援をこばんだ。アイルランド問題でも、イングランド政府に敵対するカトリックを支援して、アイルランドに拠点を設けようとするスペイン王の敵意ある陰謀にエリザベスはいらだっていた。イングランド本土においても、フェリペ二世を警戒する必要があった。一五八一年と一五八三年の二回、スペイン大使[9]メンドーサはリドルフィの陰謀をふたたび実行すべきだと考えた。その陰謀とは、フェリペ二世が資金を提供した侵略軍がスコットランドに上陸する、スコットランドのカトリックにはあらかじめ資金と武器をあたえておく、別の軍隊はアイルランドで陽動作戦を行なう、その間にエリザベスを暗殺し、メアリ・ステュアートを王位につけるというものだった。一五八四年一月、メンドーサは追放され、イングランドとスペインの外交関係はふたたび絶たれた。

これらの陰謀を知らされていたフェリペ二世は、暗黙裡に了承し、教皇が望むカトリック軍のアイルランドへの派遣の資金は提供したものの、みずからが関与することはこばんだ。一方エリザベスは依然としてネーデルランとの反徒にはいかなる共感も示さなかったが、ひそかに彼らを支援した。二人とも舞台裏で操ることを選び、明確な立場を表明することや、公の行動をとることを避けた。

スペインに亡命したイングランドのカトリックは、フェリペ二世が行動しないことに絶望した。その中の一人は「子どもが火を恐れるように、王は戦争をおそれている。キリスト教徒の運命がイングランドの襲撃にかかっているというのに」と記した。王の慎重ぶりは有名になっていた。「慎重王」とあだ名され、その事なかれ主義ゆえに「鉛の足」の君主と非難されるのもしかたがなかった。書類を検討、処理するほうが得意なこの王は、気性からして物事に積極的に関与することを嫌った。状況を冷静に判断すると、フェリペは王国を戦争の危険に巻き込む気にはなれなかった。彼はスペインの財源が無尽蔵ではないことを知っていたし、イングランドのカトリックの力を疑っていたし、エリザベス一世によって一六年前から囚われているメアリ・ステュアートに対してはなんの同情も感じていなかった。他方、エリザベスが世界最強国に対して参戦することを延期しつづけたのも、彼女の性格の特徴である例のためらいと、彼女の王国はまだ対決の準備ができていないという確信のためであった。

二人の君主の優柔不断な態度は主戦論者の圧力に抵抗しつづけることができるだろうか。というのも、ことある度にイングランドでは、フェリペ王の狂信的行為と帝国主義を非難するプロテスタントの声が高まり、スペインでは「イングランド異端者」の「悪意」と「背信」に決着をつけることを望む声が高まっていたからである。

断交

一五八五年、二王国はついに公然と戦いに入った。最初に動いたのはエリザベスだった。ネーデルラントの反徒との戦いで、スペインの総督アレッサンドロ・ファルネーゼが勝利を重ね、一五八四年七月、反乱の指導者オラニエ公ウィレムが、フェリペ二世の臣下のフランシュ＝コンテ人に暗殺されると、女王は公式に介入することを決定した。迷いの期間はついに終わりを告げた。従来の慎重さに別れを告げ、迷いを打ちすてたエリザベスは、ついに自国の参戦を決めた。その戦争は二〇年も続くことになるのだが。一五八五年八月中旬、女王はノンサックでオランダと結んだ同盟にもとづき、大陸に五〇〇〇人の歩兵と一〇〇〇人の騎兵を上陸させた。これはヨーロッパ規模の宗教戦争の第一歩なのだろうか。エリザベスは否定した。参戦の理由は、スペイン軍がイングランド沿岸に近づいてきたことだと言った。北海の両側に住むプロテスタント同士の宗教的な紐帯《ちゅうたい》以上に、イングランド王国防衛の必要性が女王を戦争にふみきらせたのであった。

したがってイングランドは軍事介入するにあたり、スペイン植民地に対する海上作戦も準備した。「女王陛下おかかえの海賊」フランシス・ドレイクは女王のためにふたたびカリブ海の島々を略奪し、カナリア諸島を荒らした。報復としてスペイン人はイングランド船とオランダ船を拿捕した。一五八五年一〇月、スペイン王国本土のガリシア地方の沿岸都市ビーゴをイングランド人が攻撃略奪し、町の宗教施設を冒瀆すると、フェリペはもう黙ってはいなかった。イングランドによるオランダの反徒への正式な支援に加え、スペインの植民地の略奪、スペイン沿岸の急襲に対して、王は当然ながら大反撃に打って出た。王はみずから戦略を練った。海軍をリスボンから出港させ、アイルランドで軍隊を降ろし、そこを攻撃の拠点とする。当然イングランド海軍が反撃に出て、その間イギリス海峡の監視がおろそかになる。そこへ無敵艦隊アルマダ[11]を進め、フランドルの港からケントの北東まで平底船でやってくる総勢一七〇〇〇人のアレッサンドロ・ファルネーゼの遠征軍と合流させる。一五八七年七月に予定されたこの二つの作戦の標的はロンドンであった。イングランドのカトリックの支援を受けて首都を支配し、ローマ教皇庁に忠実な王を即位させる。この「壮大な企て」に向けて、ヨーロッパのスペイン領のあちらこちらで急ピッチで準備が進められた。

敵の計画をスパイから知らされたエリザベスは、枢密院の反スペイン派に押され、計画を妨害するか、実行を遅らせるべく、一五八七年の春、あの必要不可欠なフランシス・ドレイク卿（一五八一年にサーの称号をあたえられていた）をカディスに派遣して、リスボンで準備中のアルマダに合流予定の船舶、食料、弾薬を略奪させた。ドレイクはさらに、備品を積んでポルトガルの首都に向かう途中の輸送船団を取り押さえ、スペインのラ・コルーニャ港を荒らし、アゾレス諸島沖で、財宝を積んだアメリカ帰りの大型船を奪い取った。フランシス卿はさぞ満足であっただろう。スペイン人に多くの屈辱をあたえ、「スペイン王のあの髭を赤茶色に焦がした」のだから。しかし、王は痛風の発作のためにひどく苦しんでいたものの、打ちのめされたわけではなかった。一五八七年二月八日にメアリ・ステュアート処刑の知らせが伝わった。プロテスタントは歓喜し、カトリックは憤慨し、スペイン王は決意を固めた。異端で女王殺しの「新イゼベル」をすぐに叩かなくてはならない。教皇シクストゥス五世はカトリック王にすぐに行動するよう迫った。キリスト教世界は戦闘がさしせまっていることを確信した。

「壮大な企て」の失敗

イングランドは海岸線の守りを固め、無敵艦隊アルマダはリスボンで出港準備を整えていた。一五八八年五月二八日、三万人の兵卒を乗せた一三〇隻の船舶が錨を上げた。しかし、その「企て」——「無敵の」という形容詞はのちに嘲笑の意味でくわえられた——も完ぺきではなかった。かの有能なサンタ・クルス総督の急死にともない、いきなり後任をまかされたメディナ・シドニア公は戦争経験がとぼしく、しかも臆病者だった。フェリペ二世の指示書に捕われ、主導権をとることなど考えもしなかった。備品の調達が不十分で質が悪く、大砲もイングランド製におとっていることがすぐに判明した。用意された作戦にも弱点があった。ケントの沿岸に向かう無防備の平底船に乗ったファルネーゼ軍の兵士の輸送の安全を、いったいだれが保証するのか。アルマダがそれを海上で行なうのは無理であった。兵士の乗り換えに必要な数日の間、ドーヴァー海峡の支配を保持するためだけでも、イングランドの港を一つ確保する必要があった。しかし、王の指令はその点を考慮していなかった。いったい全体、前もって、しかも現場から遠く離れた地点で、リスボンを出港する海軍とフランドルを出発する地上軍が合流する日を決めることができるだろうか。

リスボンを出港して二か月たった七月一九日、大艦隊はイギリス海峡に入ったが、一週間にわたってイングランドの船に追跡され、執拗に攻撃された。二七日、艦隊はカレーの前に錨を下ろし、ファルネーゼ軍を待った。ところが、軍の到着は八月なかばになると知らされた。合流は失敗であった。八月五日になるとグラヴリーヌ［カレーの東にある北海に面する町］の近くで、イングランドはスペインに有利となる接舷を避け13、代わりにかなり遠くから敵船を砲撃し、火船を投げる作戦にでた。強風に翻弄されてすでに散らばっていたスペイン艦隊は、敵が放った燃えさかる火を浴びながら敵国オランダの沿岸沖に散っていった。無敵艦隊アルマダの生き残った船は、夜陰にまぎれて逃亡した。風の向きが変わり、南に後退するのではなく、北海に向かって流された。それはもはや戦う艦隊ではなく、敗走する船の寄せ集めで、容赦ない嵐によって北へ北へと押し流されていくのであった。スペイン艦隊はイングランド船に長い間追跡された後、スコットランド東海岸沿いを進み、オークニー諸島とアイルランドを迂回して、哀れな姿でスペインに戻った。船体はひどく破損し、多くの乗組員が病や渇きのために命を落としていた。帰還したのは一三〇隻のうちの五〇隻、三万人のうちのわずか三分の一だった。「壮大な企て」は失敗に終わった。ユリウス・カエサルの歯切れのよい名文句「来た、見た、勝った」［カエサルがゼラの戦いの勝利をローマにいる腹心に知らせた言葉］をもじって、イングランド国民は「艦隊は来た、見た、逃げた」と歌いながらスペインの敗北をあざけった。

フェリペはエスコリアル宮に閉じこもり、祈りの日々を送った。敗者王は、臣下同様、かくもみじめな敗北の屈辱を痛いほど感じ、教皇、フランスのカトリック同盟員[14]、フランドルのカトリック政府支持者といった盟友たちの失望を察して胸が痛んだ。他方、エリザベスは勝ち誇っていた。決定的勝利に先立つ八月一九日、ロンドンの外港ティルベリーで、女王が兵卒を勇気づけ、士気を鼓舞した有名な演説がだれの耳にも響いていた。「わたしの体はか弱い女の体にすぎません。しかし、わたしには王の心と勇気があります。イングランド王の心と勇気が。(…)皆さんの勇気は報酬と褒賞に値します。皆さんにそれらを差し上げることを君主として約束します」。エリザベスは勝者であり、この勝利、彼女の勝利は、女王も感じていたが、彼女の治世の頂点であった。歴史ではよくあることだが、事態の急変によって、「世界君主」と名のる資格が、それまでのスペイン陣営からイングランド陣営へと移ったのであった。スペインの敗北を記念して描かれたエリザベスの肖像画のなかで、女王は地球儀の上に手を置いている。それは女王が世界最強国の君主になったことを象徴していた。

敵がイングランドの沿岸へ上陸する脅威が遠のいたとはいえ、完全になくなったわけではなかった。一五九〇年と一五九七年の二回、フェリペ二世は一〇〇隻程度の第二、そして第三のアルマダを派遣した。しかし、一回目と同じく嵐に翻弄されて、二回とも失敗に終わった。とはいえ、女王は無為に勝利の喜びに浸っていたわけではなかった。船乗りたちに命じてスペイン側の再軍備の試みを妨害し、植民地の資源がスペインに入らないようにした。もちろん公式にはそれらの行為を知らぬふりをして。フランシス・ドレイク、ジョン・ホーキンズ、そして新参のウォルター・ローリー[15]は、ほぼ毎年のように海上でスペインのガリオン船を略奪し、カリブ海の港やイベリア海岸への攻撃をくりかえした。すべてが成功したわけではないが、たとえ失敗でも、スペイン王国の弱体化には役立った。

勝負の結末

イングランドによる一五八九年の遠征は、前年の無敵艦隊アルマダへの対抗措置として女王がみずから考案したものだった。ドレイクが指揮し、ジョン・ノリス将軍の軍隊をのせた戦艦がポルトガルの沿岸向けて派遣された。はたして、スペインに併合された小王国ポルトガルを解放することができるのか。フェリペ二世の生き残った艦隊を破壊できるのか。アメリカ帰りのガリオン船の到着を阻止できるのか。作戦は三か月にわたったが、明白な成果はなかった。ポルトガルは謀反のよびかけに応ぜず、略奪の成果も少なく、艦隊はアゾレス諸島まで進めなかった。怒ったエリザベスはドレイクを宮廷から追放した。

別の危険が、アルビオンに迫っていた。それはイングランドの海岸に近いために恐れられていた。ブルターニュ領主メルクール公が率いる旧教同盟と結んだスペイン人が、ブルターニュ領内に入りこみ、パンポル、ブラヴェ（のちのポート・ルイ）、クロゾン半島に浸透することに成功していた。エリザベスは、ブレスト港に近いクロゾン半島が、敵の手に落ちることを恐れた。同半島の要塞は、イングランドにとってつねに脅威となっていたからである。敵の船はブルターニュから容易にコーンウォール［イングランド最南西端の地域］の港を襲撃することができた。二世紀以上にわたってイングランド領でありながら、最近フランスに奪い返されたカレーは、二年間（一五九六—一五九八）フェリペ二世の軍隊によって占領されていた。王がそこに新たなアルマダを招集するかもしれなかった。一五八八年の勝利にもかかわらず、危険を感じたエリザベスは油断するわけにはいかなかった。スペイン船の頻繁な略奪にくわえて、外交による国防活動を展開し、アンダルシアの重要な港を正式に攻撃した。

フランスとの関係では、女王は一五六二年以来フランスのプロテスタントに人と金を送りつづけ、他方のフェリペはカトリック陣営を援助していた。一五八九年に暗殺されたアンリ三世の後継者となったユグノー教徒［カトリック派がカルヴァン派の新教徒を卑しめてよんだ名称］のアンリ四世は内戦のさなかにあって、武力で自分の王国を勝ち取ろうと必死だった。ところが一五九四年、代々のフランス王と同じように聖別されて戴冠するために、アンリ四世はプロテスタントの信仰を捨て、エリザベスを大いに動揺させた。これを契機として、旧教同盟の貴族たち、すなわち、スペインとの結びつきがあり、これまではアンリ四世に敵対していたカトリック教徒がしだいに矛《ほこ》をおさめることになる。ところが、一五九六年五月、グリニッジで、エリザベスがスペインを敵とする防衛条約に署名した相手は、なんとこの新しいフランス王であった。その条約は、スペインがイングランドを攻撃した場合はフランスがイングランドを助け、その逆もあるというものだった。イングランドはもはやエスコリアル宮の主フェリペに対して、単独で戦わなくてもよくなったのである

同じ年、スペインの再度のイングランド上陸をはばむために、エリザベスはカディス港の攻撃を決め、寵臣のエセックス伯に指揮をゆだねた。作戦は最初から運に恵まれた。一五九六年の六月から七

月にかけての一六日間、カディスの町は略奪され、放火され、フェリペ二世の艦隊は自沈した。完璧な勝利であった。ふたたび屈辱を受けた王は、書斎に閉じこもり、意気消沈して、敗北を反芻した。それでもなお王は希望を捨てなかった。王の強い信念と責任感はあきらめることを許さなかった[16]。

そしてついに神が王にほほえんだ。一五九八年五月二日、王はフランスの求めに応じて、ヴェルヴァンでアンリ四世との和平条約に署名した。フランスの背信にエリザベスは激怒し、ブルボン王、あの「忘恩の反キリスト」をののしるに足るどんな言葉も見つけられなかった。グリニッジ条約に署名した者が別の和平条約に署名することは禁じられているはずではなかったか。女王はふたたび孤立した。それならいっそスペインと和平条約を結ぶべきか。ロンドンでは、枢密院の意見は二つに割れた。一方はイングランド国民の犠牲を考慮して、和平条約締結によって戦費の支出を抑えることを望み、他方はもう一度戦い、敵を決定的につぶして、国の独立を守ることを望んだ。

エリザベスは完勝とはよべない勝ちや完敗とはよべない負けで、紛争がいきづまったことを感じた。スペインの無敵艦隊アルマダやイングランドによるカディス略奪といった大作戦によっても、あるいはガリオン船の定期的な略奪やイングランドへの数回の上陸によっても勝敗がつかなかった。一人は四〇年、もう一人は四二年の長きにわたって権力の座にあり、この紛争以外にも政治的、個人的な厳しい試練にさらされていた二人は、ついに紛争の出口を模索するのだろうか。

紛争に決着をつけたのは戦争ではなく、死であった。フェリペ二世はあいかわらず多くの公文書を読み、署名し、処理した。痛風の痛みのために長椅子に横たわりながら。王は後継を決めていた。ネーデルラント南部の州［ほぼ現在のベルギーに相当］は娘のイザベル・クララ・エウヘニア・デ・アウストリアにゆずった。娘は従兄のアルブレヒト大公と近く結婚することになっていた。王は病のために安らぐことがまれになった。一五九八年、病は苦しむ王の肉体に打ち勝った。重体のフェリペは死の準備を望んだ。身柄をマドリードからエスコリアル宮に運ばせ、そこで最期を迎えるつもりであった。五三日間の苦しみと祈りのすえに、九月一三日、王はついに息を引きとった。

半世紀にわたって彼の頭を去ることがなかった、あの小国の異端女王、彼の多くの船を沈め、多数の兵士と船員を動員させ、大量のマラベーディ金貨[17]を使わせたあの女王のことが最後に王の頭を過《よぎ》ったただろうか。そのエリザベスといえば、スペインが援助し続けるアイルランドの反徒との戦いに決着がつけられずにいた。旧敵の後継者フェリペ三世（在位一五九八―一六二一）が戦いを継続していたからである。リスボンでは一五九九年、イングランドに対する新たなアルマダ派遣計画が練られていた。ネーデルラント南部ではスペイン総督スピノラがオステンド港を包囲し、陥落したらオランダの反徒に攻撃を仕掛けるつもりであった。一六〇一年、艦隊がラ・コルーニャを出帆した。アイルランドに上陸してカトリックの反徒を支援するために。戦いはいったいいつ終わるのだろう。

またもや運命は女王にほほえんだ。アルマダは今回も嵐に翻弄され、オステンドは抵抗し[18]、アイルランド南部キンセールのへの遠征は失敗に終わった。一六〇一年の議会の閉会式でエリザベスは、スペインとは平和な関係を望んでいたのに、王のほうが彼女に敵意を懐きつづけたという彼女なりの論理によって、自身の政策を正当化した。そして続けた。「わたしの忠実な臣下の皆さん、わたしほど国民を愛した君主はいないことを誓います。（…）わたしを女王にしてくださった神に、とりわけあなた方、わたしの愛する国民の皆さんに君臨するようはからってくださった神に感謝します。（…）

わたしの幸せは、あなた方の幸せです」。まるで遺言のような演説であった。

女王もよせる年波には勝てなかった。やせこけた顔を見るのが嫌で、長年の友であった鏡を見ることを拒否したといわれる。化粧もせず、食事は「やわらかいパンとチコリのポタージュ」だけ。しばしば押さえのきかない怒りの発作にみまわれた。一六〇三年の冬になると女王の体調が急変した。最期は速かった。「苦しくもないのに、自分が遠ざかっていくようです」と言いつつ、一六〇三年三月二四日、女王はついに遠くへ行ってしまった。彼女の宿敵に遅れること四年半であった。

ステュアート朝[19]第一代ジェームズ一世のイングランド王即位によって、イングランド・スペイン紛争に終止符が打たれた。エリザベスもフェリペ二世も講和を結ぶことはできなかった。戦いによって両王国は疲弊した。最終的にはイングランドがスペインに勝利をおさめたとはいえ、ほぼ恒常的に戦隊を配置し、ネーデルラントに介入し、アイルランドの反徒と戦うことでイングランドは財政が破綻した。スペインのほうは、植民地とアメリカからの輸送船団の防衛、常時警戒にあたる艦隊の動員、対オランダ戦争のために国家財政を使いはたし、一五九七年には三度目の破産を迎えた[20]。三〇年になろうとする両国の戦いに決着はつかなかった。一六〇四年八月一八日ロンドンで二交戦国のあいだでついに和平条約が署名された。どちらにも得《とく》にならない和平条約ではあったが。その条約はイングランドに海賊行為の中止を、両国にアイルランドとネーデルラント南部への介入の中止を求めた。二国の君主は外交関係を復活させた。一六二三年にはなんとイングランドの将来の国王チャールズ一世が、もちろんおしのびで、フェリペ四世のスペインを訪れた。スペイン王女のなかに結婚相手を見つけるために。

イングランド女王とスペイン王の長期間にわたる戦いにおいて、宗教は決定的要因ではなかった。フェリペ二世は言われているよりずっと実際的で、顧問のフェリア公やメンドーサ大使のような強硬派ではなく、教皇の非難にもひるむことがなかった。一方、エリザベスは宗教的理由をあげたが、それはプロパガンダか、大臣のなかの数人、とりわけウォルシンガムやレスター伯[21]を筆頭とする、強硬な反カトリック派の大臣たちを喜ばせるためであった。有名だが開始が遅れ、派手だが長期間延期された二人の公然とした戦いは、宗教的狂信よりは両国の相反する利害によるものであった。

エリザベスの治世において海洋国家としてのイングランドの将来が確立され、他方スペインの制海権は弱体化しはじめた。一方の勝利と他方の衰退が明らかになるのはまだ先のことであったが、一七世紀のはじめにはすでにその兆候が見えていた。スペインの海軍力はおとろえ、イングランドは、やがてオランダと「海の車引き［一六―一七世紀のオランダ人の呼称］」を、新たな好敵手とすることになる。エリザベス一世とフェリペ二世の決闘は近代ヨーロッパの新たな対立を準備したのであった。

ジャン＝フランソワ・ソルノン

原注

1　とくにカリブ諸国、メキシコ、中央アメリカとペルー。

2　一五五八年四月にアンリ二世とカトリーヌ・ド・メディシスの長男フランソワと結婚したメアリ・ステュアート《一五四五－一五八七》は、スコットランド王ジェームズ五世とマリー・ド・ギーズの娘で、生まれてすぐにスコットランド女王となり、一五五九年七月一〇日から一五六〇年一二月五日までフランス王妃であった。フランソワ二世が亡くなるとスコットランドに戻るが、そこでは過酷な運命が彼女を待っていた。

3　異母弟のプロテスタント王エドワード六世の後にイングランドの女王となったメアリ・テューダー（一五一六－一五五八）は、ヘンリー八世と最初の妻キャサリン・オヴ・アラゴンの娘であり、一方エリザベスは、ヘンリー八世と二人目の妻アン・ブーリンの娘であった。したがってメアリ・テューダーと結婚していた当時のスペインのフェリペは、エリザベスの義理の兄であった。本人は関与を否定したが、メアリ・テューダーとスペイン王家との結婚に反対したトマス・ワイアットの謀反に加担したとの疑いをかけられたエリザベスは、一五五四年の三月から四月までの二か月間ロンドン塔に幽閉され、その後はウッドストック城で監禁された。翌年四月、宮廷に戻ることが許された。

4　メアリ・ステュアートがテューダー朝の継承者であるという主張の根拠は、父方の祖母でスコットランドのジェームズ四世の妻、マーガレット・テューダーが、ヘンリー八世の姉だったことにある。ヘンリー八世に子孫がいない場合（それは十分ありうることであった。エドワード六世にもメアリ・テューダーにも子どもがなく、エリザベスもまだ結婚していなかった）、あるいは子孫が庶子と見做された場合（最初の妻キャサリン・オヴ・アラゴンとの結婚だけが教会法上有効とみなされた）には、メアリ・ステュアートは自分がイングランドの王位につく権利があると考えていた。

5　ジョン・ホーキンズはギニア沿岸で買いつけた黒人をアメリカに住むスペイン人に売却した。

6　私掠船の船長で探検家のフランシス・ドレイク（一五四〇―一五九六）は一五八一年にナイトに叙せられ、イングランド人にとっては英雄であったが、スペイン人の眼には海賊であり、名前をもじってエル・ドラケあるいはエル・ドラゴ（龍）とよばれた。

7　外国に亡命し、スペインと海上で戦うネーデルラントのカルヴァン派のこと。一五六六年以降、最初はブリュッセルで、その後はネーデルラント全土で反乱を起こした「地上の乞食」にちなんで、「海の乞食」とよばれた。

8　フェリペ二世の異母弟のオーストリアのドン・ファン・デ・アウストリアが指揮する「神聖同盟」軍は一五七一年一〇月七日の日曜日、オスマン帝国に対しレパントの海戦で勝利をおさめた。

9　一五七一年に閉鎖されたロンドンのスペイン大使館は一五七八年に再開されていた。

10　ネーデルラントの南部諸州を再編したアラス同盟（一五七八）はカトリックでスペインに忠実であったが、ホラントをふくむ北の諸州――ブルッヘ、ヘント、ブリュッセル、アントウェルペンなどの南部の町もくわわっていた――はユトレヒト同盟（一五七九）を中心に再結合し、プロテスタントでスペイン王に敵対していた。これ以後ネーデルラントの一七州はスペイン領ネーデルラントと北部諸州連合に分かれ、後者はオランダとよばれる。

11　スペイン語で、「艦隊」または「海軍」の意味。

12　サンタ・クルス男爵アルバロ・デ・バサンは輝かしい職歴の持ち主であった。地中海を横行する野蛮な私掠船と常時戦い、トルコによって包囲されたマルタの救援（一五六五）とレパントの戦いにも参加した。大西洋ではフェリペ二世のためにリスボンの攻略（一五八〇）とアゾレス諸島の征服（一五八二）に貢献した。

13　スペイン艦隊には総勢八〇〇〇人の水兵と二万人の兵卒が乗っていたが、イングランドの船は陸上兵力を搭載していなかった。イングランドの戦艦は、敵艦よりも高性能な大砲を頼みとしており、衝角［ラム。軍艦の艦首につけた、敵艦に衝突して穴をあけるための突出部］による攻撃よりも砲撃を優先した。

14　アンリ三世時代のフランスでは、過激なカトリックである旧教同盟員が王と真っ向から対立しており、首長にはギーズ家の貴族がついていた。彼らはすでにスペインの手先であったが、一五八四年のジョワンヴィル協定以後はスペインの同盟者となった。

15　彼は一五八四年にヴァージニア［処女エリザベスにちなむ］を植民地化し、無敵艦隊アルマダと戦った。

16　イングランドへの三度目の遠征も失敗に終わったが、イングランドのアゾレス諸島の攻撃も失敗であった。数多くの失敗によって、このような戦いで敵を決定的に打ち負かすことは無理だと思われた。

17　当時の貨幣単位。一ドゥカートは三七五マラベーディ、一レアルは三四マラベーディ。

18　三年間の包囲のすえにオステンドが陥落するのは一六〇四年九月のことである。

19　ステュアート朝は一三七一年から一七一四年までスコットランドを治め、一六〇三年から一七一四年の間は、清教徒革命とクロムウェルによる支配期間を除いて、同時にイングランドも治めた。

20　一五五七年と一五七五年の破産に続く。

21　イングランドのカトリックを容赦なくたたき、女王への数々の陰謀をあばいた国務長官フランシス・ウォルシンガムはエリザベスの「スパイ頭」とよばれた。レスター伯ロバート・ダッドリは女王の寵臣の一人であった。

参考文献

Chastenet, Jacques, *Élisabeth Ire*, Paris, Fayard, 1953.

Cloulas, Ivan, *Philippe II*, Paris, Fayard, 1992.

Cottret, Bernard, *La Royauté au féminin. Élisabeth Ire d'Angleterre*, Paris, Fayard, 2009.

—, Histoire de *l'Angleterre*, Paris, Tallandier, 2007.

Duchein, Michel, *Élisabeth d'Angleterre. Le pouvoir et la séduction*, Paris, Fayard, 1992.

Erickson, Carolly, *Élisabeth première*, Paris, Le Seuil, 1985.

Lemonnier, Lèon, *Élisabeth d'Angleterre. La reine vierge?*, Paris, Hachette, 1947.

Loth, David, *Philippe II, 1527-1598*, Paris, Payot, 1981.

Moulin, Joanny, *Élisabeth. La reine de fer*, Paris, Le Cerf, 2015.

Pèrez, Joseph, *L'Espagne de Philippe II*, Paris, Fayard, 1999.

—, *Histoire de l'Espagne*, Paris, Fayard, 1996.

Pfandl, Ludwig, *Philippe II d'Espagne*, Paris, Tallandier, 1981.

Sallmann, Jean-Michel, *Nouvelle histoire des relations internationales,* t. I. *Géopolitique du XVIe siècle : 1490-1618*, Paris, Le Seuil, collection «Points», 2003.

◆編者略歴◆

アレクシス・ブレゼ（Alexis Brézet）

「ル・フィガロ」の編集長であり、いくつかの視聴覚メディアに寄稿している。『フランスを作ったライバルたち』をジャン＝クリストフ・ビュイソンと共編している。

ヴァンサン・トレモレ・ド・ヴィレール（Vincent Trémolet de Villers）

「ル・フィガロ」および「ル・フィガロ・ヴォワ」の論説主幹で、「フィガロ・イストワール」に寄稿している。

◆訳者略歴◆

神田順子（かんだ・じゅんこ）…序文、1－3章、5－7章担当

フランス語通訳・翻訳家。上智大学外国語学部フランス語学科卒業。訳書に、ピエール・ラズロ『塩の博物誌』（東京書籍）、クロディーヌ・ペルニエ＝パリエス『ダライラマ 真実の肖像』（二玄社）、ベルナール・ヴァンサン『ルイ16世』、ソフィー・ドゥデ『チャーチル』（以上、祥伝社）、共訳書に、ディアンヌ・デュクレ『女と独裁者――愛欲と権力の世界史』（柏書房）、ジャン＝クリストフ・ビュイッソンほか『王妃たちの最期の日々』、セルジュ・ラフィ『カストロ』、パトリス・ゲニフェイほか『王たちの最期の日々』（以上、原書房）などがある。

村上尚子（むらかみ・なおこ）…4章担当

フランス語翻訳家、司書。東京大学教養学部教養学科フランス分科卒業。訳書に、『望遠郷9ローマ』（同朋舎出版）、オーグ『セザンヌ』、ボナフー『レンブラント』（以上、創元社、知の再発見双書）などがある。

田辺希久子（たなべ・きくこ）…8章担当

青山学院大学大学院国際政治経済研究科修了。翻訳家。最近の訳書に、グッドマン『真のダイバーシティをめざして』（上智大学出版）がある。

大久保美春（おおくぼ・みはる）…9章担当

東京大学大学院総合文化研究科博士課程修了。比較文化研究者。著書に、『フランク・ロイド・ライト』（ミネルヴァ書房）、訳書に、キャサリン・サンソム『東京に暮す』（岩波文庫）などがある。

世界史《せかいし》を作《つく》ったライバルたち
上

●

2019年4月10日　第1刷

編者………アレクシス・ブレゼ
ヴァンサン・トレモレ・ド・ヴィレール
訳者………神田順子《かんだじゅんこ》
村上尚子《むらかみなおこ》
田辺希久子《たなべきくこ》
大久保美春《おおくぼみはる》
装幀………川島進デザイン室
本文組版・印刷………株式会社ディグ
カバー印刷………株式会社明光社
製本………東京美術紙工協業組合
発行者………成瀬雅人

発行所………株式会社原書房
〒160-0022　東京都新宿区新宿1-25-13
電話・代表　03(3354)0685
http://www.harashobo.co.jp
振替・00150-6-151594
ISBN978-4-562-05644-6